# 深情呼叫

7号同学◎著

中国致公出版社　知音动漫

知音动漫图书 · 漫客小说绘出品

知音动漫图书 · 漫客小说绘出品

# 目录

# 第一章

# 爱丽丝

你是暗夜中的光，悬崖上的花。

是我梦中复现，却从未抵达的奇幻之境。

清晨七点，大雨滂沱。车在半路抛锚，千临冒着大雨回了家，连澡也没洗，衣服也没换，她就直接瘫倒在沙发上，还没来得及闭眼，手机便催命般地响。千临按掉了一个，手机还未脱手，又开始不客气地震动。

三天没有休息，这会儿睡意被打断让她的心情格外糟糕，滑动接听后，半晌没有说话。窗外雷声轰隆，像是哪个不负责任的家伙在对天起誓。

电话那头的方知鱼知道她的狗脾气，听着她沉重的喘息，小心翼翼地问："千临，醒了吗？"

"压根没来得及睡。"千临没好气道。

上个月，千临所在的"破晓"公益寻人机构接到了一个聋哑人的求助。他幼年时走失，一直在寻找父母。求助者也不识字，这让沟通显得异常困难，好在有个志愿者会手语，才解决了沟通难题。可惜他走失时年纪太小，对家的印象太过模糊，只能拼凑出个不完整的轮廓。

这寻亲之旅持续了整整一个月，从博陵寻到了南泽，又从南泽到官塘，一直没有收获。就在求助者即将放弃之际，终于在千里之外的云海，找到了他的家人。

可惜，他的父母和兄长已在多年前过世，只留下嫂嫂和两个已成家的侄子，与幼年便走失的他压根不相识，让这场寻亲变得异常尴尬。

千临陪着求助者千里迢迢转了两次机，又坐了五六个小时大巴，一路上见证了他的不安、紧张以及兴奋，看着他脸上的表情从愕然到失落、悲痛，一时间也不知该如何安慰。陪着求助者祭拜父母，看着他无助地号哭，她的心不停地往下沉。

满腔欢喜变成了遗憾，这使得回程的气氛异常沉重。更糟糕的是，本该凌晨抵达的飞机一直延误到五点，她的车还在半路抛锚了，折腾了许久才回到家。

千临现在便是蓄势待发的火山，而方知鱼刚好站在了火山口，几乎被热浪烤焦了皮。但方知鱼也不是寻常人，她毫无察觉地自说自话："我们半夜接到求助，有个女大学生失踪了。"

千临心里咯噔一下，当即从沙发上坐起："又是女大学生？"

最近博陵不大太平，"破晓"一连接到了三起求助，皆是博陵大学女大学生失踪。"破晓"接到求助后迅速展开寻人活动，人还没找到，警方已经侦破案件——三个女生都深陷网贷危机，因还不上钱而被非法分子骚扰，两个瞒着父母躲了起来，还有一个因不堪骚扰，又害怕连累父母，选择在出租屋结束生命，好在及时被发现，但现在还躺在医院。这起案件闹得沸沸扬扬，还上了博陵电视台的法制节目，也被学校当作教育案例。这才过了几天？

"是不是也是涉及校园贷、网贷的？"

但方知鱼说："女孩家境富裕，没有经济问题。"

"什么时候发现她失踪的？"

"三天前。"

千临也不多问，迅速起身。方知鱼有严重的社交恐惧症，你不和她说话，她可以十天半个月不开口，眼下一口气挤出这么多话已经是极限，她连再见都没说一声就挂了电话。

千临紧赶慢赶，抵达办公室，也是一个小时后的事了。方知鱼把刘海扎成了小揪揪，神情疲惫，估计也是一夜没睡，一见到千临，如见救兵般两眼放光。还不到上班时间，办公室里再无他人，面对情绪失控的家属，她实在手足无措，只能求助千临。

“破晓”是博陵知名的公益性专业寻人机构，成立至今已十五年，已有上千名志愿者，有独立的寻人网站、微信公众平台以及好几个志愿者微信群和QQ群，在博陵有着极高的知名度，几乎每天都能接到好几条寻人求助，囊括寻找亲人、流浪者寻家以及寻找走失儿童等等。

这个已经帮助无数人找到亲人的公益机构的指挥中心，坐落在老城安置区的居民楼里，看着比皮包公司还寒酸。几台拖拉机一样吭哧吭哧慢吞吞运转的电脑，昏暗且时不时闪灭的灯光，加上轰隆的雷雨声和方知鱼镜片下发黑的眼圈，让千临感觉自己仿佛踏入了恐怖片拍摄现场。

她拍了拍胸口，暗自安抚自己受到惊吓的心脏，不敢表现出来，生怕刺伤熬夜加班的优秀员工。“破晓”虽有数百志愿者，但正式员工却寥寥无几，不少毕业生带着满腔热血来应聘，但往往很快就会被现实击退——工资低得可怜，没有五险一金，加班是家常便饭，调休全看缘分，出差常常需要翻山越岭，还时不时要承受求助者的悲伤或恶意，能坚持一个月便是了不得了。

方知鱼虽是个闷葫芦，不喜欢与人沟通交流，但对工作有着无限的热忱，是办公室的加班狂人，向来任劳任怨，堪称新一代劳模。这会儿，将资料往千临手上一递，方知鱼又缩到电脑前，迅速地在志愿者群转发寻人讯息，她的手速极快，千临资料还没看完，她已经发布完了。

失踪者叫蒋百里，博陵大学的大一学生，性格内向乖巧，监控显示她于三天前凌晨从家中离开，就此失踪。家属昨天报了案，今天早上通过微信向“破晓”求助。千临看了家属发来的小区监控录像，画面中的女孩着装整齐，背着双肩包，因为下雨还带了伞，走到大门的时候，她回头望了一眼摄像头。

方知鱼在寻人软件、微信群、QQ群和博陵本地论坛发布寻人讯息后，已有志愿者出发寻人，而千临则前往失踪者的住所星湖水岸了解情况。

星湖水岸坐落在博陵陵江大道，由四栋滨江住宅与别墅区组合而成，是博陵有名的顶级住宅区，居住于此的人非富即贵。星湖水岸平时门禁森严，但这会儿千临刚说明来意，保安便迅速放行，还给她指明了位置。

蒋百里的父亲蒋兆四十多岁，挺着肚腩，坐在沙发上一根接一根地抽烟，屋子里烟雾缭绕，见到千临，他有些惊讶："你就是破晓的负责人？"

千临点点头，不多寒暄："蒋百里失踪前，有没有什么征兆？"

"他知道什么，他连女儿什么时候失踪的都不知道！"说话的是蒋百里的母亲徐清影，一个美丽且保养得当的女人，此时却披头散发，满脸眼泪，发出厉鬼般的尖叫。

"你天天不回家，别说百里失踪，估计连我死了、发臭了你都不知道……"

"现在是什么时候，你说这个有用吗？"

"没有用，如果你能够早点儿回家，能到昨天才发现百里失踪？"

"那你呢？不是也天天打麻将……"

千临站在客厅，听着男女高音二重唱，脑袋被震得发疼，原先的猜测也有了答案——百里与前些天失踪的女大学生不一样，她是离家出走的，因为熟悉路线，还巧妙地避开了其他监控摄像头。

估计问这对让人糟心的父母也问不出什么名堂，千临打算离开蒋家，前往博陵大学，走到大门时还听见徐清影的尖叫声："我就知道，你那天晚上又去鬼混了……"

蒋百里是博陵大学生物学院的大一学生，因为家离得近，平时并不住宿，只在中午时回寝室休息。她和同学关系不好也不坏，最好的朋友是同宿舍的女生姚瑶，也是她发现蒋百里两天没回学校，向老师反映，学校联系家长后才发现蒋百里失踪了。

比起蒋百里父母，姚瑶显得正常多了，她此时有些茫然又有些担忧：“她最近心情都不大好，我问她她却什么也不说。我现在特别担心她，我们几个同学也去她常去的地方找过了，也没有找到……”

“你知道她为什么心情不好吗？”千临问。

姚瑶摇头：“百里性格本身就很沉闷，朋友也不多，平时她有什么心事都会和我分享，但是这一次没有。”说着，她又叹了长长一口气，“姐姐，你说百里会平安的吧？”

失踪三天，毫无音讯，千临看着女孩清澈的眼睛，没有直接回答，而是说：“你如果想起什么就和我联系，我们会尽力的。”

千临还没出博陵大学，就接到姚瑶的电话：“姐姐，我忽然想起一件事，不知道和百里失踪有没有关系。”那边犹犹豫豫道，“百里在半个月前谈了恋爱，对方是我们学校的名人，医学院的郁延希。”

“你刚刚怎么没说？”

姚瑶有些委屈：“蒋百里说郁延希不想让人知道他们在谈恋爱，要低调。所以他们虽然住在同一个小区，但从来不一起上学，平时在学校遇到也极少打招呼。”

千临再次回到了星湖水岸，但这一次，她去的不是蒋家。

她绕了一圈，来到东北边的一栋小别墅门口，刚好与蒋家所在的高楼遥遥相对。

千临按了门铃，很快门禁传出一个有气无力的男声：“你找谁？”

“我找郁延希。”

“我就是，你是谁，我不认识你。”门依旧没有开，声音多了一丝疑惑。

“我叫千临，是博陵寻人机构破晓的工作人员，你的女朋友蒋百里失踪了，你知道吗？你最后一次看见她是什么时候呢？”

大门仍旧紧闭，郁延希的声音却猛地拔高了：“谁？我女朋友？什么百里千里？这是什么行骗的新花招吗？”

千临还没来得及说话，语音已被切断，她愣然地盯着门铃，半晌没有反应过来。蒋百里失踪了，她最好的朋友姚瑶说她有个男朋友叫郁延希，两人正在秘密交往。这几天郁延希请假没去上学，而她找上门的时候，郁延希却说不认识蒋百里。这事怎么看怎么可疑。

现在已经是蒋百里失踪的第三天，微信群里的志愿者一直在不停地发消息，说找遍了附近的水库与江河湖泊，没有找到蒋百里。没有消息，从某种程度上来说，也是好消息。千临脑海中闪过无数个念头，又迅速按下了门铃。

这次，郁延希懒得寒暄，直接道：“骗子你走不走，不走我喊保安了。”没给她说话的机会，语音再次被切断。

连续几日没有休息好，千临带着被加班蹂躏过的疲倦，再一次按响了门铃。她的身体已达到临界点，精神却仍旧紧绷着，但无论她再怎么按，门内的郁延希都没有再给她回应。郁延希没有见到，倒是等来了保安。

高级小区的保安赶人也是客客气气：“小姐，07号住户说不认识您，您是不是找错了？”

“这家人是不是姓郁？”

“是……”

“那我就没有找错。”

千临油盐不进，大有这门不开我不走的架势，保安有些为难。他是可以直接将千临赶出去，但千临怎么看都不像是骗子，他又不能太强硬，万一只是情侣间的小情趣怎么办?

“请问找谁？”

一个男声从背后响起，保安迅速回头，看到来人难掩激动：“郁先生，您回来了，这位小姐找……”

千临顺着他的目光望去，看到了一个男人。

他很高，也很好看，五官精致柔和，最吸引人的，是那一双眼，深邃而透彻。他穿着简单的黑西裤和白衬衫，配了一双白色板鞋，站在刚下过雨的湿漉漉的路上，如同雨后的空气，干净又清新。

明明他只是简单的一瞥，明明他脸上还带着疑虑，可千临却觉得那双眼似有无数的话要讲。

“我找郁延希。”千临说。

来人看向保安，保安看了看千临，避开他的目光，支支吾吾：“小郁先生说不认识这位小姐，让我把她请走。”

郁延希的原话并非如此，他说的可是“赶紧将这个女骗子赶走”，末了还不忘埋怨“星湖水岸的管理越来越差了，什么人都可以进来”。

“我叫郁延川，是郁延希的哥哥，请问有什么事？”他说。

千临掏出了工作证，“破晓寻人”四个大字十分显眼：“我是破晓寻人机构的工作人员千临，有个叫蒋百里的女孩失踪了，听说她是郁延希的女朋友，所以我来问问郁延希，看看有没有什么线索，女孩的父母现在挺着急的。”

听到“女朋友”三个字，郁延川眼皮跳了跳，上前两步，按了门铃。

这次，很快就接通，郁延希的破铜锣嗓子传了出来：“都说不认识，不认识什么百里千里，你还不走，我……哥，你怎么回来了？”

“不是病了吗？声音听起来不像。”他顿了顿，“出来。”郁延川的声音不大，语气也温和，但自他开口后，那边的郁延希便哑了一般。随即语音被切断，又过了一会儿，紧闭的大门开了。

郁延希穿着家居服和拖鞋，头发乱糟糟像鸡窝一般，面容白净俊秀，与郁延川有八分相似。除了一双眼不及郁延川深邃，五官甚至更精致。怪不得姚瑶说蒋百里从入学就喜欢他，为之着迷，连谈恋爱都不在乎有没有名分。郁延希不知道自己已被千临扣上“渣男”的名头，无辜地看向他哥：“她是谁，我真的不认识，而且我真是生病了，你听，我的声音都哑了，我还发着烧呢！”

长着这么好看的皮囊，撒起娇来却像个小孩子一样，千临瞠目结舌，郁延川却不为所动，看着脸颊发红的弟弟："什么时候谈了女朋友？"

"啊？我没有女朋友呀！"郁延希有些烦躁，"周元谈了女朋友，天天查勤，打个游戏都偷偷摸摸，女朋友有什么好的……"

郁延川打断他："蒋百里认识吗？是不是你女朋友？"

"谁？不认识。"郁延希瞪圆了眼睛，声音因激动而破音，"谁毁我清誉？哥，你要给我做主……"

郁延川压根儿没看他，对千临说："他不认识，你们弄错了。"

两张相似的精致面孔，一唱一和，搭配得天衣无缝，千临冷眼旁观，无言以对——对自己的弟弟，信任是必须的，但这种霸道总裁式的溺爱，还是让人震惊。

郁延川神情坚定又自然，压根儿没有怀疑过弟弟话语的真实性。他说完便转身进了大门，郁延希紧随其后，离开时还不忘朝千临做了个鬼脸。即便是好看的人，扬扬得意的样子也会让人恨得牙痒痒。

"站住。"郁延川的手刚触碰到指纹锁，便被这一声怒吼喝住了。

发出声音的人并非千临，她亦是诧异地回过头，就看见几个小时前见过的蒋家父母怒气冲冲而来。蒋家父母与千临目的相同，他们找的人亦是郁延希。不同的是，他们带来了女儿的日记。那是一本带指纹密码锁的笔记本，已被强硬地撬开，暴露了少女心事。

千临明白事出有因，但窥探别人隐私这种行为，仍旧让她忍不住皱眉。蒋兆越过千临，直指郁延希，厚重的笔记本几乎要戳到他的面门，这让原本还嬉皮笑脸的郁延希愣了一下。

"你是不是油嘴滑舌骗我家百里和你谈恋爱？她离家出走，是不是你怂恿的？她现在在哪里？你最好老实交代！"

"我……"千临的出现郁延希不以为意，而蒋兆突如其来的指责，却让少年脸上出现了一丝迷茫和慌乱。

"你什么你，你把蒋百里骗去哪……"

他的话没有说完，郁延川已经挡在了弟弟面前，他一米八出头的身高，站在蒋兆面前，仍是平静淡然的模样："有什么事？"

"你是谁？我和他说话，关你什么事？"蒋兆挺着大肚子嚷嚷着，声音虽大，气焰却不像原先那样嚣张了。

郁延川说："我是他的家长。"

"你是他的家长，那正好，你家郁延希和我家百里是男女朋友，整天和她出去玩，去了不少地方，她去哪里了，他应该知道吧！"徐清影的声音有些哑，但仍旧尖锐，"她还在日记里说希望他带她走！"说到最后，她几乎是咬牙切齿。

郁延希脸上的茫然更甚，甚至可以称之为惊奇，这一次没等郁延川开口，他直接说："我不认识什么百里，压根都没有听过这个名字！"

"不认识？这日记里可明明白白地写着，你们是男女朋友，百里亲手写的！"

日记本重重地砸在郁延希脚下，他正要蹲下身去拿，却被哥哥抓住了手，郁延希看着哥哥，有些委屈地想要解释。郁延川没看他，直接向来人道："他不认识，你们弄错了，该去问问她别的同学，别耽误时间。"

一直没开口的千临忽然说："她最好的朋友说你弟弟是她男朋友。"

"他不认识她。"人命关天的大事，他却只说了这样轻描淡写的一句，蒋兆和徐清影因他这随意又笃定的态度而震惊，蒋兆的肚子因愤怒而不断起伏，徐清影则指着郁延川"你……"了好久也没说出个所以然来。

保安严阵以待，就怕这两家人打起来。

郁延川刚用指纹将锁打开，蒋兆就冲过来抓住了郁延希："你别走，你给我说清楚。"

郁延希不知所措："哥……"

见弟弟被抓住，郁延川直接伸出手解救，蒋兆被郁延川拉扯得一个踉跄，直接跌坐在地。

见丈夫落了下风，徐清影直接冲了过来，扑向了郁延川。

保安见局势不妙，也冲了过去。千临看着这混乱的局面，正想着要不要上前分开他们，被徐清影抓住手腕的郁延川却忽然抬起头，怔怔地看着徐清影，随即看向蒋兆，最后将目光落在了千临身上。

“蒋百里失踪，报警了吗？”

千临一愣：“报警了，但没有消息。”

“我再说一次，郁延希不认识蒋百里。”郁延川说完，反手挣开了徐清影。

原先他虽然没什么表情，但给人的感觉始终是温和的，这会儿他的脸却完全沉了下来。

他看着千临：“作为寻人机构负责人，发动寻人工作之前不应该先确认真伪吗？盲目的热心，只是浪费人力物力。”

在千临的错愕中，他关上了门。而徐清影的脸色，蓦地变得惨白。

这一天对千临来说，是极其混乱的一天。关于蒋百里的线索，因为郁延川一句“不认识”而中断，离开星湖水岸后，她鬼使神差地给星湖水岸所在辖区的派出所打了电话，对方并没有接到蒋百里失踪的报案。

电话刚挂，便有志愿者发来定位地址，称在酒店找到了蒋百里。当时她眼神闪躲，鬼鬼祟祟，听到别人叫她名字就跑，最后躲到了客房。志愿者并非酒店顾客，只能蹲守在电梯口，并将地址发到了群里，通知方知鱼。

千临确认蒋百里是安全的，随即让方知鱼撤回了寻人启事，独自前往酒店。路上她打电话给蒋兆，对方听到蒋百里已找到先是松了一口气，但听到没报警瞬间就愤怒了，电话都没挂便质问徐清影，电话那头随即一片混乱，男人的破口大骂中夹杂着女人的哭泣声。

千临从中大概补全了这个故事——因为蒋父整天应酬不归家，蒋母联合蒋百里制造了这场失踪闹剧。

千临按照定位抵达酒店，又蹭着保洁阿姨的电梯卡上了楼。她敲了许久的门，蒋百里都没有开门，直到她搬出了“郁延希”的名字：“因为你的失踪，你父亲找了郁延希麻烦，觉得是他将你藏起来的。”她说完，也不再敲门，安静地站在门外默数，在她数到“9”的时候，门终于被打开了一条缝，露出了一双小鹿般湿漉漉的、带着畏怯的眼睛。

“你是谁？”

“我叫千临，破晓寻人的负责人。”这句话，千临不知道重复了多少遍，但今天，她咬字尤为用力。蒋百里沉默了片刻，终于拉开了保险锁。

如志愿者所言，蒋百里失踪的这三天，一直在酒店没有离开，登记入住用的是母亲徐清影的身份证，用餐是叫酒店的客房服务，在没有得到母亲的指示之前，她连房门都没有出。今天她之所以下楼，是因为要去便利店买卫生棉，她生性害羞，不好意思叫客房服务。

而就是这么巧，刚下楼她就遇到了奔波一整天的志愿者。

蒋百里面容白净，五官姣好，说话总是低着头，也不知道哪里来的勇气，竟和母亲策划了这一出离家出走的闹剧。

“爸爸总是不回家，妈妈总是哭，要么喝酒，要么打麻将。我不想看到他们这样……”

千临一腔怒火在胸膛中乱窜，但看到女孩滴落在沙发上的眼泪，满腔的怒意却烟消云散，只挤出一句：“因为你们玩闹似的失踪，几百名志愿者不眠不休地寻找。”

“姐姐，对不起……我……”

千临摆了摆手：“回去吧。”

原先紧绷着神经，她倒是不觉得累，这会儿找到了蒋百里，精神一松懈，便是再也撑不住，眼皮直打架，千临头疼欲裂，准备离开。

走到房门口，她忽然又想起了什么：“郁延希真的是你的男朋友吗？他说不认识你。”

话音刚落，蒋百里咬着的唇瞬间没了血色。

姚瑶说，郁延希是蒋百里的男友，蒋百里的日记本里也记录着两人的甜蜜过往。郁延希口口声声说不认识蒋百里，姚瑶却说两人一直保持着地下恋情，千临的疑惑，在见到蒋百里的那一刻就解开了。

这样胆小内向又羞怯的女孩子，怎么可能像日记中所写的一样肆意地恋爱，唯一的可能是，这是她的幻想，她把对爱情所有的期望都编成了故事。千临的情绪已处于临界点，懒得去顾及她的情绪，直接离开客房。

千临没有回办公室，有工作狂方知鱼坐镇，她安心地回了家。已超过四十个小时没有好好休息，她洗漱完，连头发也顾不上吹干，就瘫倒在床上。这一觉无梦，直接从傍晚睡到了第二天清晨，若不是肚子不懂事地抗议，她还能再睡几个小时。

手机上有上百条未读消息，一半来自志愿者群，一半来自办公室群——基本都是在谴责蒋母与蒋百里，一整日的奔波与忙碌，浪费了许多时间与资源，最后发现竟然是一场玩闹。

其中最愤慨的莫过于方知鱼，她害怕与人沟通，表情包倒是用得顺溜，在众人批判蒋家父母自始至终没有一声抱歉，还默默拉黑了“破晓”工作微信号的时候，她及时地抛出了“这样的人在电视剧里只能活一集”的动态表情。千临一边滑动手机，一边吃面包安抚被委屈的肠胃，出走的智商终于慢慢地回归。

虽然千临一开始就猜到蒋百里是离家出走，但她从未想过这是她与母亲联手制造的骗局，毕竟像这样不懂事的大人极少，蒋母的悲伤与慌乱也极为真实，很少有人会往这一方面猜测。而一般家中有人走失，最焦急的一定是家人，所以也没有人想过对方会没有报警。

那么，郁延川是怎么知道的呢？

他为什么这么笃定弟弟没有撒谎？

他为什么会猜测到蒋家人没有报警？

他为什么会知道这是一场闹剧？

千临将手中绵软的面包捏成了硬邦邦的小方块，整齐又方正，仍旧没有想出所以然。她从毕业之后就加入“破晓”，三年多来从不曾遇到过这样的事，蒋母的张牙舞爪掩盖了她的不自然，郁延川是怎么一眼洞穿的？她想起那张温和又平静的脸，那双深邃又多情的眼，忽然觉得有些熟悉，像是在哪里见过似的。

只是她还没想起来，便被突如其来的电话打断了。

做寻人工作时常会有紧急事件，手机别说关机，连静音都怕错过重要的讯息，千临一直都将铃声调到最大。这会儿周遭十分安静，突然响起的手机铃声让她吓了一跳。

打来电话的是孙晓岚。千临清了清喉咙：“喂，老师。”

“刚睡醒？吃饭了没？别又吃那些硬邦邦的面包。”

千临盯着手边的面包袋，觉得孙晓岚当美术老师屈才了：“您是在我家装了监控吗？”

“和你相处这么多年，我还不知道你？”孙晓岚自顾自地说着，“我在你冰箱里放了些食物，都在保鲜盒里，你热热就可以吃，别天天吃那些，等一下胃该闹腾了。”

千临随口应着，顺手打开冰箱，里面果然放了许多个保鲜盒，有她喜欢吃的土豆炖牛腩，还有最近流行的柠檬鸡爪，满满当当地填满了冰箱的每一条缝隙：“怎么这么多？”

“我每周就那么几节课，除了上课，还有什么事做？”孙晓岚说着，像是憋不住似的，又问千临，“阿临，听说你前两天去了云海？那……”

“老师，没有。”千临心里咯噔一下，低声应了一句。这句话她虽对孙晓岚说了千万遍，可每一次说出口都十分艰难，“我和那边的寻人机构、救援队都联系过了，没有。我拜托他们帮我留意，看看有没有二十五六岁的寻亲女孩，或者在二十年前收养女童的家庭，一旦有消息，就会通知我。”

虽然是意料中的回答，但孙晓岚还是沉默了许久，千临正准备宽慰两句，就听见那边传来一阵咳嗽。

“咳嗽还没好吗？要不要去医院检查下？”

“老毛病了，没什么。”孙晓岚的语气明显没有原先那么轻快，和千临又聊了两句，便要挂电话。

在她挂断之前，千临忽然道：“我没有放弃，一直都没有。”

电话那头的孙晓岚停顿许久，像是叹气，又像是在笑：“我也是。”

车还没修好，千临只能坐公交上班，抵达办公室时毫不意外地迟到了。

“破晓”寻人机构建立至今将近十五年，除去分布各地的志愿者，正式员工的数量雷打不动保持在一只手以内。上个月，千临好不容易找到一个刚毕业的女孩子来当财务，结果才上了两周班，她就怎么都不愿意来了。

“工资低就算了，办公环境差就算了，没食宿就算了，我明明是会计，我还有从业资格证，你天天让我干的都是什么？打电话、发微信更新、订餐和粉碎文件，这也就算了，你还让我去海边看捞尸体……”

千临还没来得及解释不是去看捞尸体，而是去核对死者是不是失踪者，女孩已经狠狠地摔上门走了，顺带震掉了挂在墙上写着“大道无私”的锦旗。

对于办公室仅剩的几朵娇花，千临向来小心翼翼地呵护，即便迟到了，也不忘在楼下早餐店打包几碗鸡汤小馄饨。但，人显然是惯出来的，对于千临的投喂，大家一开始感恩戴德，现在却开始挑三拣四了。

技术员石磊小声抱怨：“姐，天天鸡汤小馄饨，改天换个口味呗！”

林小圆附和：“就是，油重，我减肥。”

千临拉下脸：“不想吃别吃了！”几人赶紧抱着碗一哄而散，只有方知鱼老老实实回到座位，一声不吭。千临越看越觉得她乖，忍不住伸手要去揪她的辫子，结果揪了个空，方知鱼往她手里塞了把车钥匙。

“做什么？”

“开我的车。”方知鱼挤出几个字，便埋头吃起小馄饨。

千临看了看钥匙上的三叉戟，哭笑不得。

第一次发现这性格内向、整天穿着牛仔裤和T恤的姑娘开着跑车上班的时候，她也吓了一跳，但这姑娘明显有些缺心眼，拿着低于博陵人均收入的工资还甘之如饴。千临还当她是来体验生活，谁知道方知鱼每天第一个来，最后一个走，成了她最得力的助手。

千临攥着钥匙，觉得还是方知鱼最贴心，正要表达自己的感动之情，方知鱼的手机却横了过来，她不好意思直接表达自己的内心，就在手机上打了两个巨大的字——难吃。千临一口气哽在喉咙，差点儿没给呛死，她将钥匙还回去，狠狠地掐了一把方知鱼圆乎乎的脸以示报复。

接下来几日，千临仍旧忙碌。偌大的博陵，每日都有人迷路走失、离家出走、意外失踪、寻家寻亲，随着天气转热，寻人工作难度也在增大。

千临每日忙得脚不沾地，蒋百里这宗失踪闹剧很快就被抛之脑后，就在她几乎要忘记郁延川的时候，她再一次见到了他。

这一次，是在医院。

那天，方知鱼因为生病而没来上班，千临一边安置志愿者送来的迷路老人，一边还要在各个平台更新寻人信息，忙得水都没时间喝。

她接到孙晓岚出事的电话，就急匆匆往博陵中心医院赶，不小心闯了红灯，停车时因为慌乱还撞到了垃圾桶。千临无暇他顾，头也不回地往急诊室冲。险些撞到了推着手术车的医护人员，然后猛地顿住，不敢再往前。

因为被遮挡，她看不清躺着的人的脸，只看到被鲜血浸红的被子。千临张了张嘴，没有发出声音，她不敢上前，害怕看到的是自己不想看到的。

而她就是在这个时候，看见了郁延川。他穿着绿色的手术服，像是从手术室匆匆赶来，口罩挂在左耳上，估计自己也不知挂绳断了一边。

她听见他们喊他“郁医生”，但郁延川没应答，直接接过护士手中的急救插管箱，迅速取出喉镜插入气管导管，随即充气，听诊，再固定，整个过程行云流水，没有丝毫停顿。做完这一切，他迅速地起身，引导护士将推床送入手术室，自己紧随其后。走到一半，他像是感觉到什么似的，猛地回头。

千临就这样，对上了他的眼。第一次见，他温润如玉；第二次见，他雷厉风行。明明是同一个人，气场却大相径庭，若不是护士叫了他的名字，千临几乎要以为自己认错了人。

他仅回头匆匆一瞥，马上小跑着进了手术室。

给千临打电话的是中心医院，博陵市最大的三甲医院。

孙晓岚在下楼梯的时候没有站稳，整个人从楼梯滚下，当即就晕了过去，流了好大一摊血，邻居发现后打电话叫了救护车。

孙晓岚住在城北的教师公寓，这是单位分配的楼房，楼龄超过十五年，她从前的同事有条件的基本都已搬走，现在还住在这儿的，除了零星几户条件不那么好的，就是租户。

邻居都知道孙晓岚独居，脾气古怪，鲜少与人来往，经常与她走动的人只有千临。孙晓岚被邻居送到了医院，医生让通知家属，一问之下竟无人知晓。好在孙晓岚手机没有密码，医生直接照着她最近的联系人拨了过去。千临站在手术室门外许久没动，一身冷汗。

十三年前，她因意外掉落悬崖，野外求生了一周，最后被孙晓岚所救。父母出事后，她像只皮球般被踢来踢去，最后被孙晓岚收养。

虽然两人并未以母女相称，但相依为命这些年，早已情同母女。

寻人工作做多了，见多了生离死别和人性的阴暗，她的心越发冷硬，早以为自己百毒不侵，但这会儿，她却害怕了，还有些茫然和无措。这时有人喊了她一声。千临回头，是个三十多岁的女人，带着外地口音，她记得这是孙晓岚楼上的租户，好像是卖水果的摊贩，千临见过她和人因为五毛钱而争执得面红耳赤。

“你在这干吗？孙老师醒了，现在在病房！”

千临先是一愣，随即松了一口气，脚步虚浮地跟着她往病房走，并郑重地和她道了谢。是她发现了孙晓岚受伤，又及时送到医院，还垫付了医药费，陪着做了检查。

但她一颗心还未放回肚子里，邻居又斟酌着语气说：“她刚刚做了检查，头部没大碍，但是身体有些不好。”

千临听她的口气，心猛地往下沉。孙晓岚这一摔，头部落地，流了不少的血，看着凶险，但检查下来只是轻微脑震荡。她五十岁出头的年纪，身体却还不如七十岁的人，这一检查，高血压、高血脂、高血糖都一股脑儿地冒了出来，最令人无法接受的是，她长了一颗肿瘤，在肺部。

千临见完医生才去了病房，孙晓岚头上缠着纱布，打着点滴，精神看起来却不错。原先，千临还在犹豫要不要同孙晓岚坦白她的病情，虽说大多数人都会选择隐瞒，但千临始终认为每个人对自己的身体状况都有知情权。她还在天人交战，孙晓岚已经帮她做出抉择：“医生怎么说，我得了什么癌？”

千临吓了一跳，几乎以为她看过检查报告，孙晓岚却说：“我本来只是猜测，看你哭丧着一张脸，我就知道我猜对了。你也别瞒着我了，我有医疗保险，能治疗我会好好治疗，我还有事未完成，我不会就这样放弃的，我要好好地活着。”

孙晓岚有着立体的五官，是标准的美人长相，即便脸上岁月的痕迹比同龄人多了不少，即便这会儿还有血污，仍旧不显狼狈。

她的眼中有着明亮的、不同寻常的光，千临喉咙一哽，想说些什么，终究一句话也没有说，只用力地握住了她的手。

对于有的人来说，活着全靠那点儿信念，信念不坍塌，便永远屹立着，即便艰难，也咬着牙不倒下。孙晓岚是，千临亦是。

孙晓岚住院了，从神经外科转移到了肿瘤科。

对于自己的病，她似乎没有过多惊讶，平静得不像一个病人，甚至反过来劝千临：“现在医学很发达，你别苦着脸，像我就要过世了一样。”

千临不想和她谈这个话题：“要不工作就辞了？”

“不。”孙晓岚很坚定，“我和学校请了假，下周就回去上课。”

孙晓岚是国家美术家协会会员，多年前她的画作就已经卖出高价，现在仍有人找她求画。与别的画家不同，她对艺术没有太大追求，艺术家的气节在她这里约等于无，她不怎么画画，只有在需要钱的时候，才会提起画笔认真地作画，再找中介去卖点儿钱。平时她都老老实实在实验小学当她的美术老师，拿着低微的工资。

她卖画的钱不多，人家给多了她也不要，就怕哪天买家要求退货她还不上。因为钱一到手，她就会很快花光，资助学生，捐献灾区，她还是“破晓寻人”的大金主。

孙晓岚二十多年没有换过单位，算是实验小学的元老。

千临知道她脾气执拗，也不与她争执，见了一趟医生知道她情况稳定，也就老老实实听她的话回去上班。

因着孙晓岚生病，加上一连几日博陵的寻人事件都在增多，一直马不停蹄地奔波，千临情绪低落，整个办公室的人都不敢招惹她，除了方知鱼——她神经太大条，未察觉到千临情绪的变化。

清晨，博陵郊外有人报警，发现一具不明身份的女尸，警方确定为谋杀，正在寻找其家人。方知鱼配合警方发布了寻亲通告，又和负责的警官联系上，赶紧通知了千临。

千临收到消息的时候，刚踏进医院大门，许久之后才将消息点开，看到方知鱼说“法医说大腿没有胎记”，方才发现自己神经绷得太紧，整个后背冷汗津津。她还没回复方知鱼，却忽然听见有人在叫自己。

一般人叫千临，都是直接喊名字，或者叫阿临，又因她负责“破晓”，也有人叫她“千队长”，而那人叫她“千小姐”。字正腔圆，让她有一瞬间的恍惚。千临诧异地回头，发现是郁延川。这一次，他穿了白大褂，扣子整整齐齐地扣到了最上面一颗。

他看到了她眼中的疑惑，以为她不记得自己，补充道：“三周前，我们在星湖水岸见过面，我叫……”

"郁延川。"千临打断他，"我记得你。"

她当然记得他，她怎么可能不记得他。

千临这一周一直在往医院跑，一次也没有遇见郁延川。

当然，她也没有刻意寻找。两人不过是知道名字的陌生人，就算相遇，也只是匆匆地擦肩而过，不会有任何交集。可是，郁延川叫住了她。

那快要被千临遗忘的乌龙事件，又一次探出了头，千临看着他的目光不禁带上了一点儿审视。郁延川慢慢走近，最后停在了一米开外。

千临也终于看清楚了他的胸牌——麻醉科副主任医师郁延川。

"请问有什么事？"在医院遇见郁延川并不是奇怪的事，毕竟他在这里上班，但他叫住了自己，应该是有什么事。他们只有一面之缘，两人都不是热络的性格，这不会只是礼貌地打招呼或是寒暄。

果然，郁延川说："千小姐是破晓寻人机构的负责人？我想麻烦千小姐帮我找个人。"

"找谁？"千临有些惊讶，毕竟他看起来淡定又冷静，与别的委托者大相径庭。别的委托者无论是寻人还是寻亲，无一不是慌乱而急切，哪有人这般平静，可他又说得认真，实在不像开玩笑。

"郁延希，博陵大学医学院大一学生。"他想了想，又补充道，"你见过的，我的弟弟。他在三天前离家出走了。"

"报警了？"

"没有，他只是离家出走，没有危险，昨晚游戏还上线了。我找黑客黑了他的账号，顺着定位找过去时他刚走。"

叛逆期的少男少女敏感又脆弱，与家长若没有良好沟通，时常会发生离家出走的事情，但这并非男孩单方面的责任，更多也是因为家长不够负责任。千临对自以为是的"熊家长"十分厌烦，但对于家长的求助向来热心，且会用心地帮助寻人，毕竟离家出走后出意外的并不在少数。她刚拿出手机，正想录入郁延希的资料，蓦地又停住："郁……郁延川先生是吧，我可以接受你的委托，但我希望你能够回答我一个问题。”

“什么？”

“你是怎么知道，蒋百里的家长没有报警，怎么知道蒋百里的失踪是一场自导自演的骗局？”

郁延川估计没想到她会问这个问题，愣了一下，说：“我不知道。”

“你知道。如果不是你提醒，我压根儿不会怀疑她的父母。”

郁延川在千临的注视中，微微皱起了眉头，良久，他才说：“这个问题，我不能告诉你，但是只要你帮我找到郁延希，我可以答应你一个条件，只要法律允许，在我力所能及的范围内。”

果然，他是知道的。千临其实并不确定，她只是想诓他一把，即便郁延川拒绝回答，她亦会帮他寻人，没想到他这么老实，这倒是让人觉得意外。“成交！”她朝他伸出手，但郁延川只是盯着她的手，并没伸出手与她交握，千临手在半空停顿了几秒，尴尬地收了回来。

郁延希在三天前的深夜留书离家出走。现在的小孩离家出走都有花样，他留下了几个龙飞凤舞的毛笔字——“我走了，你解脱了！！！”千临盯着手机上的图片，问郁延川：“你们吵架了？还是说他与父母吵架了？”

“我父母在澳大利亚，我没有和他吵架？”

“那他离家出走，有什么征兆吗？”

“没有任何征兆。”郁延川十分坦然。

“你再想想，他用了三个感叹号，情绪很是激动，不可能没有事情发生。许是你没有在意，但肯定发生了什么。”

郁延川垂眸思考，他的睫毛长而卷翘，掩盖了他的情绪。半晌，郁延川才说：“可能是他参加电竞比赛，获了奖，我还批评了他。”

一周前郁延希参加了电竞比赛，获得了个人一等奖和团队一等奖的好成绩，回家得意地在哥哥面前炫耀了三遍。郁延川对于弟弟参加电竞比赛倒是没有什么特别感受，他从来不玩游戏，也不知道拿了全国赛区一等奖有什么了不起，只是“哦”了一声。他以为这样就完了，没想到郁延希却不走，仍旧站在他的书桌前：“你难道没有什么要和我说吗？”

“不要总是玩游戏，玩物丧志！”

郁延希不说话，盯着自己哥哥。郁延川再次补充：“你前段时间写的关于临床医学的论文，只有空谈，没有案例分析，写得非常差劲。”

郁延希仍是没有动，郁延川再一次从电脑前抬起头，发现弟弟正一脸不可置信地盯着自己，像被雷劈到了一般，只好补充：“我给你修改了，做了批注，发你邮箱……”

话音未落，郁延希已经发出愤怒的咆哮：“你是魔鬼吗？郁延川，你是不是魔鬼？”然后，不给他反应的时间，愤怒地摔门而去。

郁延川对他摔门这一举动十分不认同，还想批评他，但手上还有工作未做完，就暂且将教育计划搁置。没想到，当天晚上郁延希就离家出走了。他对弟弟离家出走这一行为感到十分不解，也丝毫没有意识到自己的问题。

千临看着他，为他弟弟抹了一把同情泪，迅速地联系了方知鱼，在各个平台发布了寻人讯息。与平常的寻人不同，这一次，她让负责制图的林小圆多打上了一行大字——你哥哥意识到自己的错误了，请你马上回家，他很担心你。随后，她将图片转发给刚加上微信的郁延川，不忘补充：“我一定会找到郁延希，也请你记住你的承诺。”

“好。”郁延川看着那硕大的两行字，惊讶地看向千临，她脸上带着毫不遮掩的狡黠，于是他点了点头。郁延川笃定郁延希没有危险，在他找黑客黑了郁延希的账号后，微信很快就收到了他愤怒的指控——你是魔鬼，你这个魔鬼！

郁延川打电话过去，他依旧关机，看来是特意开机对他进行控诉。

既然没有什么危险，喊话的声音听起来也中气十足，郁延川并不担心他，任由他胡闹。估计过几天玩累了闹够了就会回来，至于没回学校上课，反正挂科了需要重修的人是郁延希自己，他就更不费心了。

失踪超过四十八小时，但他没有选择报警，若不是父母打给郁延希的视频始终未能接通，越洋电话打到自己这儿，郁延川压根儿不想浪费人力物力去寻找不争气的弟弟。

这已经是他第三次在医院遇见千临。他有着过目不忘的识人本领，特别是与她的第一次见面这么“难忘”，他当然记住了她。

前两次是在手术室门外和停车场，这一次是在肿瘤科门口，她脸上没有病人家属那种愁苦和萎靡，走路永远挺直脊梁，步伐又快又稳。

郁延川想，或许她可以找到郁延希，于是，他叫住了她。

千临听他面无表情地陈述完毕，不禁对郁延希多了几分同情。

她在“破晓”寻人软件以及各种网络平台都发布了寻人启事，而在内部的志愿者群里，她又多发了几句语音：“请多留意网吧、网咖、游戏厅，以及各种咖啡厅、冷饮店、奶茶店，失踪者是个网瘾少年，有一定的消费能力。”

很快，有志愿者发出哀号：“现在的小孩还能不能好了，动不动离家出走，这周都好几起了……”

马上有人补上：“玩几天就会回来啦，这是浪费人力资源！”

千临还没开口，孙晓岚的消息忽然弹出：“你们也经历过叛逆期，在你们离家出走，孤零零地等着父母来找的时候，却没人来找你们，会是什么心情呢？失望、失落还是悲伤，甚至愤怒？有情绪偏激者，甚至会产生轻生的念头。我们是为什么聚集在一起？我们放弃他们，我们的亲人也总有一天会被放弃……”

“破晓”的志愿者，或多或少有一些相同的经历——亲人走失、孩子丢失或是自己曾与亲人失联，原本只是随口抱怨，可孙晓岚声音一落地，群里鸦雀无声，好一会儿才有人回复：“收到，有消息群里通知。”随即是整齐的接龙，手机叮叮咚咚地响个不停。

千临刚帮孙晓岚办完出院手续，回到病房时孙晓岚已经收回了手机，好像什么事也没发生：“送我回家后，你就忙去吧，我又不是行将就木的老人，不用天天来，你不烦，我看到你都烦。那离家出走的……”

“应该这两天就能找到。”千临说，“估计不是在网吧就是在游戏厅，他身份证没有带，住不了酒店，现在的孩子养尊处优，吃不了什么苦。”

但这一次，千临失策了。在寻人消息发布了两天之后，郁延希仍旧没有消息，志愿者和工作人员都出动了，也没有搜寻到他。这很不寻常。

千临在第二天下午便给郁延川打了电话，她原本是想给他建议，让他赶紧报警，免得耽误寻人的最佳时机，毕竟寻人机构不是万能的，在某些时候，还是需要寻求警方帮助。但是她接连打了三个电话，都无人接听。

直到凌晨两点，千临才接到郁延川的电话。

那时千临刚从救助站回来。志愿者偶遇从外地来寻亲却因为花光了钱而流浪街头的中年妇女， 接到志愿者求助后千临赶到现场，将那女人先安置在市救助站。女人早年被拐卖，不会说普通话，也没有身份证，或许是因为年少时的经历，对外界带着不信任和恐惧，千临费了好大气力，才让她平静下来。

从救助站回到家，她囫囵洗了个澡便躺上床，才闭上眼，手机就响了。看到郁延川的名字时，她是愤怒的，他在她心中已被定位成“不负责”的家长。谁知，这电话才接听，熊家长第一句话便是“对不起”。

千临愣了一下，以为自己听错了。她无数次在深夜被电话吵醒，却只有这一次，对方是先说了抱歉才进入正题。

电话那头很安静，只有呼呼的风声，郁延川以为千临没听清，重复了一次：“抱歉，这么晚还给你打电话。今天有四台手术，我到现在才看手机，请问是有郁延希的消息了吗？”

这似乎是千临第一次听他一口气说这么长的话，他的语气依旧温和，但还是透露出些许不安和着急。

千临告知他还是没有郁延希的消息，并且建议他报警。

电话那头的郁延川还没回答，又听见有人在喊他：“郁医生，急诊来了病人，失血性休克，您快来……”

郁延川再次说了“抱歉”，随即挂了电话。

千临半夜被吵醒，又被莫名其妙挂了电话，心情有些微妙，怎么也睡不着了，索性换了衣服，开车出了门。已入夏，博陵的夜潮湿闷热，千临开着车窗，没有开空调，出了一身黏腻的汗。

她的心情有点儿糟糕。一开始，她只是有些烦躁，打算出来碰碰运气，压根没有想到能够找到郁延希。她开着车沿着陵江找了一圈，又去了酒吧街和几个有名的网咖，最后把车开到了天桥下，看到几个裹着报纸睡觉的流浪汉，她鬼使神差地将车停在了路边。

找到和流浪汉依偎在一起睡觉，浑身脏兮兮、身上还有好几处伤口的郁延希，纯属瞎猫碰上死耗子。

她轻轻地推了他一把，这货竟然拂开她的手，翻了个身，继续睡。

这可真够随遇而安的。

被千临叫醒的前一秒，郁延希正在做梦。

在十八岁之前，他与哥哥郁延川接触并不多，说是兄弟，两人却有些陌生。他们之间有九岁的年龄差。他出生的时候，哥哥已经上了小学，再后来，哥哥初中、高中又寄宿，两人的相处只有短短的周末时间，哥哥总是很忙，忙着学习，忙着运动，并不爱带他这跟屁虫。

郁延川成绩好，长相好，性格好，是家长口中别人家的孩子，这让郁延希一度很自豪。别人家的哥哥都是熊孩子，只有我家哥哥是榜样。然而，他哥却不爱带他玩，偶尔帮他补习功课，他明明是年级第一，他哥却永远用“你是智障吗”的眼光看他，郁延希一气之下，怎么也不愿和他一起学习了。再后来，父母去了澳大利亚定居，他跟着去读了三年高中，一到节假日就能收到哥哥寄来的贺卡。起初他开心不已，后面发现这贺卡人手一份，除了称呼不同，与父母的甚至家里阿姨的并无区别，估计是直接批发的。

郁延希一气之下，单方面切断与哥哥的联系，但他哥似乎无所谓，贺卡和邮件还是准时寄到。高三的时候，郁延希不顾父母反对执意回国念大学，他申请了走读，回到家与哥哥同住一屋檐，但见到郁延川的机会却不多——上班、值班、手术，甚至半夜的突发意外都能将他叫走，郁延希在父母的宠溺中成长，虽然年满十八，内心却像个小孩儿，因被忽视而十分不满。

这一次，电竞比赛获奖却被批评，终于引爆了十八年来的不满，他做了一个勇敢的举动——离家出走。这会儿，他正在天桥下做着梦，梦见哥哥找到了自己，正抱着他哭着说对不起，可突然就被千临硬生生叫醒了，所以他看向千临的目光几乎是愤恨的：“你做什么？”

千临被他这么一吼，莫名其妙，仍是耐心解释：“你是郁延希？你哥哥在找你你知道吗？”

昏暗的灯光中，郁延希盯着千临的脸，好一会儿才想起，她是什么寻人机构的什么队长，他问：“我哥人呢？”

“医院，他……”

“我就知道！我就知道我还不如他的工作重要！”千临还没说完，郁延希已经不受控制地大吼，吵醒了正在睡觉的流浪汉，若不是千临拉他走，估计要被易拉罐砸破头。

“走吧，我送你回去。”

郁延希声嘶力竭：“我不回去！”

原先在天桥下看不清楚，这会千临才发现他和第一次见时的模样大相径庭——头发乱糟糟的，好几处还打了结，衣服脏兮兮，上面还有血迹，身上还有一股难以言喻的异味。不知他的爱慕者蒋百里看到他这模样，会是何种心情。千临并未露出嫌弃的神情，但她的震惊也足以让郁延希羞恼，他挣开了千临，拔腿就跑。

气喘吁吁地跑了半公里，拐进了路边的小巷，郁延希回头发现不见千临身影，还没来得及得意，一辆车横在了巷口，挡住了唯一的出路。

千临没有下车，只是摇下来车窗：“走吧。”

他不爱运动，加上一天没有好好吃东西，又累又饿，这会儿让他跑也跑不动了，索性破罐子破摔，上了车，还不忘声明：“我不回家。”

郁延希跟千临走了，却怎么也不愿意回家，千临原想将他丢在办公室，却被他眼巴巴地看着：“你忍心大半夜把我一个人丢在这里？”

“天桥下你都睡过，还怕？”话是这样说，千临还是把他拎回家，在二十四小时便利店给他买了两碗泡面，又打了两个鸡蛋，这家伙一口气吃完了连汤都不剩下，随后将碗一推，倒在了沙发上呼呼大睡，毫无戒备。

郁延川下了手术台，发现手机上有千临一个小时前发来的消息和定位：“已找到郁延希，他拒绝回家。”他盯着手机看了半晌，直到同事喊他：“郁医生，您怎么还在这？刘医生来了，您先回去休息吧！”

郁延川才注意到自己手术服还没换下。这台手术的病人是飙车追尾大货车的少年，身体被钢筋贯穿，刚到医院已出现失血性休克，手术室给他做插管急救的时候，郁延川看着那张年轻稚嫩的脸忽然就想起了郁延希。

这是他第一次觉得对郁延希愧疚，可是，他不能走。麻醉科医师虽不是手术室的主导，却也是最不可或缺的一部分，他要应对许多手术中的突发状况，负责ICU和急救复苏，注射、插管、监测、停药、拔管这几个简单字眼，考验的却是麻醉科医师的应变能力和综合素质。或许是因为麻醉科医师工资低、工作忙，社会地位又不及外科医生，同时还要熟练掌握病理药理、内科外科等临床医学知识，所以踏入这一行的人越来越少，刚毕业的年轻人更愿意去做临床医师，麻醉科永远缺人。

郁延川原本是有机会去外科的，他却在毕业后把执业医师资格变更到麻醉科。外科医生都不一定天天有手术，选择了麻醉科却意味着要将手术室当成家，手术多的时候两天都没能离开一次医院。一台手术下来，他出的汗比主刀医师还多，在低温的环境里，他手术服下的衣服仍旧被汗湿了。直到看到千临的微信，那悬着的心终于放了下来。

千临住在市中心的单身公寓楼，物管并不严格，郁延川没费什么力气就上了十四楼，但他没有按门铃，而是犹豫了一下，轻轻地敲了门，同时给千临发了微信——我到了。

千临打开门看到郁延川疲倦的容颜时，有些讶然。她因工作接触的人太多了，但郁延川的涵养却足以冲进她认识的人中的前三名：他永远温和，不急不躁，除去第一次见面时发生的不愉快，他从未大声说过一句话，也不曾给别人带来什么麻烦。同时，千临也觉得这人冷静得可怕，亲弟弟失踪这么久，他的情绪也没有露出一丝慌乱和不安，好像没有什么事能够让他情绪失控。难怪年纪轻轻，就已经是麻醉科的副主任医师。

郁延川并没有直接进屋，只是站在门口，已经可以看清整个屋子的面貌。千临家并不大，是典型的一房一厅一厨的单身公寓，整个房子加起来还没有郁家一个客厅大，东西算不上整齐，但是十分干净。此时他不成器的弟弟正缩在千临家那张小小的沙发上，大长腿委屈地蜷成一团，但他睡得很香，连鼾声也极其有规律，像是漏油的拖拉机。

郁延川仅存的那一点点担忧和愤怒也被他这呼噜声震没了，仅剩下一点无奈和尴尬，与千临面面相觑。

“他在网吧住了三天，账号被黑了之后就从网吧出来了。两天前遇到一伙社会青年，和他们发生了些许矛盾，打了一架。”郁延希是这样说的，但千临看着他破烂的衣服和这小身板，猜想他只有被虐的份，“没有身份证，打架摔坏了手机，钱包也丢了，就在外面流浪，这两天估计没怎么吃东西，晚上就和流浪汉挤在天桥下睡的。”

千临说话的时候，郁延川始终不发一言，认真地听着。

或许是因为连日加班没有休息好，他的眼袋微微发青，这为他天生多情的眼添了一点儿愁绪。他听千临说完，才将目光移向躺在沙发上的弟弟，千临以为他要说些什么，可他只是看着他，什么话也没有说。

“他不会和我回去的。”郁延川说。

“你说过，如果我找到你弟弟，你答应我一个条件，现在还有效吗？”

“当然。”

“我如果能够将他劝回家，你能不能告诉我，你为什么知道蒋百里的失踪是乌龙？”人就是有这样的劣根性，越是秘密，越是想刨根问底。千临不是八卦的人，这个谜题却始终萦绕在她心头，令她忍不住想一窥究竟。可是，郁延川却说：“不能。”他顿了顿，“如果你能帮我劝他回家，我可以答应你，再为你多做一件事，只要我力所能及，且不违反道德和法律。”

“成交，你欠我两个条件了。”

千临答应得很快，郁延川这才看见她眼底的笑意——她早就知道自己不会轻易开口，原先那么说，不过是试探。他忽然有些气闷，可转念一想，话是自己说出口的，况且，她帮自己找到了郁延希，这是铁一般的事实。

郁延川对郁延希的感觉挺微妙。他是爱他的，因为他是自己的弟弟，是这个家庭的希望。但他不知该如何与他相处，因为他在内心是嫉妒他的。祖父母都是中医，父亲郁金辉亦是医生，母亲戴月则是大学教授，郁延川在严厉的教育中成长，一出生就被安排好了未来，按照标准的模板成长，除了十五岁不堪压力离家出走，又不顾家人反对选择了麻醉科外，从未做过什么出格的事。

而郁延希和他不同。在郁延希出生之前，郁延希还有个妹妹，但刚出生便夭折。郁延希的出生给这个家庭带来了希望，所以他名为希。父母给予了郁延希许多的宠爱，甚至可以称得上是溺爱，他胡闹、撒娇、肆意地活着，做一切哥哥渴望却从未做过的事，没有人去为他的人生做安排，也没人可以阻挡他。他啊，活得那么闪耀，如何让人不羡慕。

郁延川对千临劝说郁延希回家这事，本不抱希望。毕竟，这个混世小魔王从小在宠爱中长大，连他严肃古板的父亲和被称为“灭绝师太”的母亲都不知该拿他如何是好，千临才见他两次，怎么可能说服他。

然而也不知道千临与他说了啥，当天下午郁延希便回了家。对于自己出走将近一周的经历，郁延希绝口不提，只是要回了自己的游戏账号，并且告诉郁延川：“我准备转专业了，医学那么无趣，我要去学计算机。”

郁延川还没来得及发表意见，就被他打断：“我和爸妈报备了，等开学就去转专业，你不用反对，因为反对无效。”

郁延希选择医学，也是他自己的选择，他要转专业，郁延川也没有任何意见，他只是好奇，他为什么会忽然转变。想想，估计是千临的主意。郁延希看着他哥，有些委屈：他离家出走，他不甚在意，他转专业，他也没意见，他哥一点儿也不在乎他。果然，自己的存在毫无价值。还是千临说得对，人啊，要有自己的价值。

其实郁延希完全误解了千临。对郁延希千临觉得光是劝也没有用，只好给他灌了几碗心灵鸡汤：“当人实现了自我价值，就不会在意别人的眼光了。”她其实是想说，他太闲了，找点儿事做，别整天盯着哥哥，忙起来，就没空胡思乱想了。

结果，郁延希不同寻常的脑回路，却从中顿悟了。他想着，他哥这么优秀，他爷爷、他爸都是医生，自己在医学专业估计也混不出什么成就，还不如换个领域，让他们知道，自己不是只会玩游戏，他郁延希也能有大出息。总有一天，他哥会跪着膜拜他。

郁延希想象着那样的情景，也顾不上与他哥置气了，直接洗澡换了衣服钻进了书房。与此同时，郁延川的手机响了起来，是千临的微信消息。

没有文字，没有语音，只有一张图片，一个大写的“二”。

这是提醒他，他欠她两个条件了。她真是矛盾，明明做着公益工作，却锱铢必较，精打细算。明明狡黠又强硬，却让人讨厌不起来。

# 第二章 睡美人

所有的不安与彷徨，所有的期盼与等待。

在你到来那一刻，都是值得。

千临像要债一般，逼着人签下欠条，自己却转头就忘——就像武侠小说里随手救了某个被强盗抢劫的书生的大侠，随口让对方许下了报恩的诺言。或许一辈子都不会再遇见，但万一哪天这书生就飞黄腾达了呢?

反正，她也不吃亏。

大侠忙着游历江湖，肆意潇洒；千临忙着东奔西走，鸡飞狗跳。

博陵每日都有很多人寻求帮助，千临每日都像个陀螺一样，不停地旋转。

但最令千临崩溃的，是你的努力不一定能够得到好的结果。在找到要找的人后，寻人机构会再发布一次启事，并打上“已找到，撤销启事”的字样。

但很多人都不知道，这简单的一行字，字是红色意味着平安，而黑色，则意味着人虽找到了，但已离世。

这也就是很多公益寻人组织留不住人的原因，除了工资少、工作多、没有上升空间外，还要见证很多的生离死别、人性阴暗面，以及生命的渺小和脆弱。

但很多时候，社会的美好也会直观地展现在他们面前。

周日中午，千临接到了南泽救援组织的求助，称南泽有个不识字的聋哑人走失，监控拍到他往博陵方向去了，于是联系了这边的寻人组织，希望能够找到他。

走失的聋哑人年过六旬，因为又聋又哑还不识字，平时极少出门，那天不知怎么骑自行车出了门。

他走失后家人报了警，又寻求救援组织的帮助，有路人在国道上遇见他骑着车。路人试着将他拦停，但因为无法沟通，反而让他受到了惊吓，一路骑车往博陵方向狂奔。

家人为了找他都急疯了，千临接通南泽那边的电话，就听到女孩带着哭腔的声音："我爸爸他性格内向，没出过门，天气这么热……"

千临挂了电话，赶紧发布寻人讯息。

盛夏已至，博陵连日高温无雨，人走在马路上就像被扔进了煎锅。但因为这个聋哑老人，几乎全城都被发动起来，仅过了半小时，便有人在市实验中学附近找到了他。

"破晓"办公室刚好在附近，千临赶到的时候，老人正被好几个人围着，吓得手足无措，推着自己的自行车一直要走，眼泪都要出来了。千临尝试与老人沟通了好几次，都无法使之平静，反而让他越来越激动。天气又热，他也不喝别人递过来的水，只执意要走。

忽然，千临灵机一动，进学校找来了保安——保安衣服颜色与公安相近，老人不常出门，也不识字，一见到保安，神情立即一松，不再那么紧张了，开始手舞足蹈，咿咿呀呀地说着什么。

千临将他安置在学校的保安室，起先他还不敢喝水，被保安劝了好久，才畏畏缩缩地喝起来，一口又一口，很快一瓶水见底。

又过了一个小时，老人的女儿才在救援机构的陪伴下到来。一进门，见到了老人，她当即号啕出声。

老人看到女儿，神情一喜，咿咿呀呀地打起手势。

两人你来我往，千临也看不懂，只能一头雾水地看着他们沟通。好一会儿，女儿才抽了抽鼻子道："我今年大学毕业，拍了毕业照，但一直没洗出来，我爸想去洗出来挂在家里，但他不认识路，迷路了。因为是聋哑人，被骗了许多次，就像惊弓之鸟一样，不愿意相信别人……"

千临这才知道，女孩并非老人的亲生女儿，而是捡来的弃婴，靠着老人拾荒养大，两人相依为命。好不容易她大学毕业找到工作了，还没来得及庆祝，就出了这档子事。看女儿哭得稀里哗啦，老人不知所措，只能一个劲儿地用脏兮兮的袖子给她擦眼泪。

千临别开了脸，没有再看下去。

事情圆满结束，千临拖着充满臭汗的躯壳，准备早点儿回家洗个澡，顺便去探望一下孙晓岚。

结果车才开到家楼下，便接到了林小圆的电话。寻人机构常年与公安局打交道，有时候也要配合做一些寻人工作，刚好林小圆哥哥在市局上班，所以她总是能得到第一手消息。

"姐，我刚刚接到市局电话，有个流浪女失足坠江，面生，没有任何身份信息。但我听着，和你要找的其中一个人很像。五十岁左右，长相姣好，高鼻梁，眉心有痣。现在人已经被送到中心医院抢救，但我听着，救上来的时候已经不大好了……"

林小圆一口气说完，半天没听见千临的声音，又"喂"了两声，才发现那边已经挂了电话。她有些气闷，正想抱怨几句，忽然想起哥哥和自己说过的事，猛地收住了声。

石磊这几天连续加班，心情十分暴躁，听见林小圆吐槽千临，已经做好了听她诉苦的准备，谁知她猛地踩了急刹车，让他险些撞破头。

"千临怎么了？你赶紧说呀！"

"哦，没什么……"

石磊见林小圆讳莫如深的样子，不禁“哧”了一声：“不就是她妈失踪了的事吗？又不是什么大秘密。十几年前博陵传得沸沸扬扬，不就是她爸……”他没有再说下去，因为他发现办公室里安静得可怕，无论是和他玩得最好的林小圆，还是周银银，甚至存在感约等于零的方知鱼都在看自己，只是没有人接腔。石磊这才意识到，自己失言了。

周银银是“破晓寻人”的元老，千临还未接手时，她就已经是常驻人员。她平时不苟言笑，深深的法令纹又令她显得有些刻薄，就像上学时期每个人都畏惧的教导主任，明明是同事，但和她说话，大家都会下意识地站直。

石磊曾八卦地问过千临为何周银银有这么强大的气场，听到她是退伍军人，对她更是又敬又惧。

但是周银银做的一直是后勤工作，大家每天早上来都能喝到热水，盛夏的午后还有她熬的绿豆汤，她也从未对他们说过一句重话，大家也就慢慢地和她不再那么客气。

这会儿，她面无表情地看着石磊，让他如坐针毡，他正想说些什么缓和局面，就听见周银银道：“你在五年前进过少管所，气得你奶奶心脏病发作，你以为就没人知道吗？”她看着石磊蓦地沉下脸色，“谁都有秘密，谁都有无法掌控的过去，伤口被撕开的感觉好受吗？并不好受，所以，说话的时候先过过脑子。”

千临并不知，自己马不停蹄地赶往医院的时候，办公室正在“内讧”。

短短两个月，她和医院打交道的时间多了不少。她跌跌撞撞地冲往急诊室，却没找到失足落入陵江的、被送来急救的人，一边的护士道：“人送来时已经没气了，急救了两回，无力回天，你是她的家人吗？”

千临脑子“嗡——”的一声，险些没站稳，护士仍在追问：“警方说还没确定身份，你是她的家人吗？”

一只手从背后托住千临，她将将扶住墙站稳，那手又迅速收了回去。

“还好吗？”一道声音从身后传来。千临觉得声音有些耳熟，回过头，是郁延川。真巧啊！千临想说，可什么话也说不出口。

郁延川穿着白大褂，鼻翼有细微的汗珠，看着她愣了一下，随即冲她点点头。

千临朝他挥了挥手，见他要走，忽然伸出手抓住了他的手腕。

郁延川的手很凉，触碰到她湿润的手心，不由一愣，还没来得及动作，千临已经放开，开口道："你能帮我一件事吗？"

郁延川似乎被她吓了一跳，惊讶地看着她。

千临想了想，又补充道："算我拜托你，帮我个忙，可以抵消你欠我的一个条件。"

郁延川忽然觉得她有些好笑，又有些可怜，明明慌乱无措，仍旧不忘与他谈条件。

"好。"他说。

傍晚的风潮湿黏腻，千临在医院的小花园等郁延川，出了一身的汗。她看了一眼时间，其实他只离开了十分钟，对她来说，却漫长得好似过了一个世纪。

路灯还未亮，郁延川从走廊尽头走来，白大褂在昏暗的光线中有些显眼。

千临还没说话，他先开口了："不是。"

"你确定吗？毕竟，照片是很多年前的。"

"确定不是，虽然年龄相仿，眉心都有痣，但两人五官没有任何相似点，我可以确定不是同一个人。"郁延川声音温和，却带着力量，千临的慌乱和无措慢慢被抚平，她说了谢谢，又说自己还有事，便要走。

没走几步，又被郁延川拦住："千小姐。"

"怎么了？"千临摆摆手，"你直接叫我名字就好。"

"千临，你忘记东西了。"

千临"哦"了一声："没忘，你欠我的条件抵消了一个，我说了，你帮我确认溺水死亡的人是不是照片上的人就……”

“你忘了照片。”他打断她，将一张薄薄的照片放在她的手心，不经意又一次触碰到她的皮肤，千临手一缩，照片掉在了地上。那是一张年代久远的照片，上面是个短发的女人，即便照片已有些褪色，也无法削弱她的美貌。

千临蹲下身捡起照片，听到郁延川疑惑地问：“你在失落什么？人不是你要找的，你不是该放松吗？为什么失落……”

他没有再说下去，因为他看见千临正看着他，用那种充满审视的目光：“我失落？你是怎么看出我失落的？”

千临自认为喜怒不形于色，石磊和林小圆两人私底下还偷偷叫她笑面虎。此时她没有表露出半点儿情绪，郁延川是怎么看出自己的失落的？

郁延川意识到自己失言，在她犀利的目光下微微红了脸，路灯恰在这时不合时宜地亮了起来，让他的尴尬无所遁形。他只好摸出手机：“喂，你说什么，好，我马上过去！”他说着，对千临摆摆手，大步往住院部走：“我还有事，先走了。”

千临看着他落荒而逃的背影，忍不住“哧——”了一声，他手机都没响，何来电话，这演技也真是拙劣。

可是，他到底是怎么看穿她的情绪的呢？

从医院出来，千临没有回家，而是去了教师公寓。

孙晓岚住在二楼，千临才走到楼道口，就听见了她隐忍压抑的咳嗽声。楼道灯也不知坏了多久，她站在黑暗中，直到她的咳嗽声平息了好一会儿，才装作什么事都没发生，按下了门铃。孙晓岚开门倒是挺快，一见她便道：“脸色怎么这么难看，吃饭了没有？”

见千临摇头，她便转身进了厨房。

千临打量着这老旧的公寓，已经过去了十几年，这里的摆设仍旧与她第一次来时一模一样，电视和电脑都是那种老旧笨重的型号，跟不上潮流——如同孙晓岚，始终活在过去，固执地不肯朝前迈一步。就连她煮的番茄鸡蛋面，都是和从前一样的味道。

千临低头吃面，她不算是八面玲珑的人，但也极少这样沉默，孙晓岚问：“发生什么事了？”

“有个流浪女溺水死亡，我刚刚去认尸，不是她。”千临低着头，没有看她，“我有些庆幸，又有些失落，这么多年了，生不见人，死不见尸，我是真的有些累了。”

“对我来说，没消息就是最好的消息。至少，还给我们留下一点儿念想。我活着，就只剩这件事可做了。”孙晓岚垂下眼，在昏暗的灯光下显出了一丝老态。很快，她便转了话题，“阿临，明天好像是你爸生日，你要不要去看看他？”

千临看了一眼墙上的日历，自嘲地笑了笑：“他不会见我的。”

话是这样说，但第二天下午，千临还是将时间空了出来，去了趟博陵白沙监狱。这些年来，千临进进出出许多次，门口的保安都换了几批，倒是和老狱警达叔混熟了，还能说上几句话。加上前段时间达叔的老母亲走失，是“破晓寻人”帮忙找回的，所以达叔对她一直很客气。

如千临所料，千山来并不见她。这些年来，她探望了无数次，十次有八次会吃闭门羹，只偶尔，千山来心情好些时才会见她，见了也基本不说话，就看着她，偶尔会问她：“好不好？”和他越来越陌生的千临会点头说好，然后两人兀自沉默。

千临也不生气，托达叔转交了自己带来的东西——一个粉红色的小蛋糕，上面插着小雨伞那种。

千临记得小时候自己过生日，千山来便会给她买这种小蛋糕。

“他就是这狗脾气，你也别放在心上。”老狱警顿了顿，又道，“他最近表现挺好的，前阵子监舍有人打架，他还帮忙劝架了，就是身体不大好，总是咳嗽。”

千临拜托达叔多照顾他，有事给自己打电话，便驱车离开。车开到了西郊，经过宝山湖时，千临忽然急刹车，靠边停了下来。宝山湖是博陵西郊的风景区，说是风景区，不过是一个巨大的围了围栏的人工湖，又造了假山和亭子，便开始收门票。但因为管理问题出了几次事故，景区便宣布破产倒闭，一直闲置，成了流浪猫狗的天地。除了晨练和跳广场舞的老人，基本无人涉足。

千临这辈子就来过这儿两次：一次是念小学，学校组织春游；还有一次，便是十三年前，父母出事那会儿。当时不知是谁告诉了她，她偷偷地来了，刚好看到衣服上有着刺目血迹的父亲被带走。

此后，千临没有再来过这里。

天色渐晚，但热气仍旧未散，千临鬼使神差地爬上了湖边的围栏。时隔多年，这里已经和印象中不大一样，原本清澈的湖水也在阳光的炙烤中散发着难闻的气息，千临像是没察觉，兀自坐在湖边发呆。

这些年来她一直没有朋友，纵然心中有万千情绪，也要拼命地压下去，无人诉说。千临深吸了一口气，正准备从围栏上下来，却忽然感觉腹部一紧，整个人猛地往后坠。

千临先是一惊，反应过来是有人从背后捞住了自己，急忙一挣，与身后的人一起在地上滚了滚，她正准备给他一个肘击，却听到一个熟悉的公鸭嗓——

“哥，是她。”

千临收回了手肘，回头一看，抱住自己往后拖的人竟然是郁延川，站着手舞足蹈的人也很熟悉——郁延希。

天气晴朗，郁延川却看见千临的脸色如同乌云般沉沉地压了下来。他迅速地收回了自己还放在她腰间的手，从地上爬起来，拍了拍身上的灰。

千临仍旧维持着原先的姿势，只是看着他：“你做什么？”

“我看你……”郁延川在她的怒视中有些心虚，倒是弟弟抢先开口了：“你不是要自杀吗？生命这么美好，为什么要自杀？好在我看见了，喊我哥救了你，不然你就死了。不用谢啦，我人一直这么好！”

“谁自杀了？”

“你啊，晚一点儿你就要往下跳了。”

千临一口气差点儿没背过去：“我那是要起来……”她摆了摆手，拍了拍身上的灰，“算了，我谢谢您了。”她走了几步，发现郁延川和郁延希兄弟俩还跟着自己，忙道，“跟着我干啥？”

“你没有继续想不开吧？”

“没有什么熬不过去的。”

后面两人同时开口道。

千临几欲崩溃：“我没要自杀，刚刚没有，现在也没有，等下也不会有！”

“可是，你很伤心不是吗？”郁延川脱口而出，“你很伤心，很痛苦，很压抑。”他一连用了好几个“很”，直截了当地戳穿了她的情绪，没有给她留一丝余地。

千临沉着脸，盯着郁延川。

“你到底是什么人？你私底下到底做了什么？为什么我总是遇到你？你到底有什么企图？”

郁延川被她这样盯着，有些窘迫：“我……我没有。”

“没有？”千临冷冷一笑，“难道你像电影主角一样拥有读心术吗，能够一眼就窥知别人的内心？不然的话，你为什么这么神通广大？你有什么目的？”

郁延川没说话，倒是郁延希听不下去了：“你说什么外星语呢！我哥救了你，你还把好心当成驴肝肺？”

“别说了。”他阻止弟弟继续激化矛盾，“我没有别的意思，我只是以为你要自杀。”

郁延川说完，便往车的方向走，郁延希紧随其后。

越过千临的时候，像忍不住一般，郁延川还是补充了一句：“生命诚可贵。”

千临气极反笑，她这到底是招惹了谁。她的确心情糟糕，可压根儿没有想过自杀，他们兄弟俩你一言我一语地直接给她盖了章了，连申诉的机会都没有给。两人已经走远了，郁延川沉默地走在前面，郁延希跟在后面，一直在对他说些什么，千临听不见，但不用猜也知道与自己有关，多半不是什么好话。她不在乎，只是心中的疑虑更甚。

她做寻人工作，每天都在与各式各样的人打交道，往往接触一两次，这人是什么样的在她心里便有了大致轮廓。而郁延川整个人像是被包裹在一团迷雾里，半是冷漠半是热心，显得矛盾又神秘。

千临猜不透他的目的，但他已经引起了她的注意。有时候不得不感叹世界的奇妙，从前毫不相干的两个人，一旦有了交集，便像按下了开始键，各种从未有过的遭遇，都会慢慢降临，无法阻挡，无法暂停。

博陵的夏天终于要过去的时候，孙晓岚再次住院了。

开学第一周，她在上课的时候晕倒了，再次被送到医院。千临接到校长的电话，那边表示已请了代课老师，让孙晓岚安心地养病，学校的事情无须太费心。

反正她只是个可有可无的美术老师，性格古怪，也不是特别受学生喜爱，校长乐得做个好人。只是这个年轻的校长刚上任不久，对元老孙老师半是尊重半是畏惧，不好意思当面说，只敢让千临代为转达——他以为，千临是孙晓岚的女儿，末了还不忘让她好好照顾母亲。

千临懒得纠正他的错误，在走廊接完电话回到病房，就看到了孙晓岚的主治医生。

主治医生是个与她年纪差不多的女孩，长发高高地挽起，皮肤白皙，明眸皓齿，气质灵动，让人一眼难忘。

她听说孙晓岚的主治医生刚从德国留学归来，是肿瘤科主任的得意门生，没想到这么年轻，且这么漂亮。

千临看了一眼她的胸牌——主治医师陆忘。但，这个主治医生的脾气却不怎么好。

她板着脸，看着桌面上的食物，毫不客气："骨头汤不补钙，嘌呤又高，你尿酸已经在临界点，喝这个简直是在挑战极限。腌制食品，大忌！家属在哪里？照顾病人这么不用心……"

孙晓岚老老实实地坐在病床上，任由她数落，也不生气，甚至带着笑意。她目不转睛地盯着陆忘，也不知道在想着什么。

餐食是千临在附近的餐厅买来的，她不会做饭，还特意说明是给病人吃的，让老板嘱咐厨房少放油盐，没想到还是挨了批评。她摸了摸鼻子，讪讪地走到病床前："抱歉，是我……"

陆忘回过头，看了一眼千临，脸色并没有缓和："你得多学点儿护理常识。病人除了治疗，最重要的是饮食，一定要清淡。最好让营养科直接送餐，他们更知道病人需要什么。"

陆忘训完千临正要离开，却被孙晓岚叫住："医生，你下次什么时候来？"

"我每天都会来查房。"陆忘微微皱了皱眉，从刚刚起她便觉得这个病人很奇怪，一直盯着自己看，"如果你们对病情有什么疑问，也可以在我值班的时候找我，我都会为你们解答。"

孙晓岚闻言，"哦"了一声，心情愉快地目送着陆忘离开。

千临看着她，半是无奈半是心疼，她将外卖餐盒一个个收起，却被孙晓岚阻止："阿临，你做什么？"

"你不能吃，我拿走。"

"这样就扔了？多浪费。"

"不扔，我自己吃。"

孙晓岚躺下了，下一秒又坐起身，犹犹豫豫问千临："阿临，你有没有觉得她……"

“老师，沁沁走失时才四岁。这些年你遇到每一个年龄相仿的女孩，都觉得是沁沁。当年你救我的时候，不是也以为我是沁沁吗？可是，我不是……那些女孩子也不是。你忘了我们失望了多少次，还差点儿被当成人贩子吗？陆医生一看就出身优渥，我当然希望沁沁能够像她一样优秀，可是老师，世界上真的有那么巧的事情吗？”现实很残忍，比起幻想，她更愿意付出努力去寻找，“我会帮你找到沁沁，一定会。”

或许是打了针，或许是千临的话让孙晓岚期望落空，她显得有些疲倦，躺着躺着就睡了过去。

医院护工告急，好在“破晓”刚招新，又有周银银坐镇，千临让方知鱼有事给自己打电话，便安心地翘了班，在医院专心照顾孙晓岚。

孙晓岚这一睡，便是好几个小时，千临百无聊赖。鬼使神差地，她坐电梯下到五楼的麻醉科。但郁延川并不在。

想来也是，麻醉科医师不比别的科室，平时不是在急诊就是在手术室，要么就是在ICU，郁延川年纪轻轻便是副主任医师，应当比寻常医生更忙。千临并没有什么要紧事找他，只是她心中带着疑虑，恰好在医院，便想着找他问个究竟。毕竟他的每一个毛孔都在告诉她——我有秘密。

孙晓岚下午做了放疗，人没什么精神，胃口也不佳，营养科送来的餐食，她勉强吃了几口，便再也吃不下，昏昏沉沉地睡了去。

晚上十点，病房里已经熄了灯，周遭一片寂静，只有走廊外偶尔传来的医护人员的脚步声和推车声。孙晓岚住的是单人病房，有张小床可供陪房的家属小憩，但时间尚早，千临睡不着，她帮孙晓岚掖了掖被子，起身下了楼。

人在药水和消毒水的环境中待久了，总有些恹恹的。她原本只想到楼下的小花园呼吸呼吸新鲜空气，结果，才在花园的长椅上坐了不到一刻钟，便听见有人走近。听脚步声，是两个人。

“见你一面就这么难？”

她所在的位置刚好背着光，又有树遮挡，对方估计没发现她。千临正想悄无声息地走开，免得彼此尴尬，随之响起的另一个声音让她愣住了。

“有什么事？”

因为职业的关系，她对人的容貌和声音有很强的识别能力，只是短短一句，她已经听出那是郁延川的声音。就连之前那个女声，也像是在哪听过一般。

“没有事就不能找你？”

千临从阴影中探出头，一眼就望见了背光而立的郁延川。他高挑挺拔，气质出众，即便隔得远，看不清他的脸，千临依旧可以确定，那就是郁延川。而站在他对面的人，巧了，便是下午见过的陆忘，孙晓岚的主治医生。她不得不再一次感叹，生活真是奇妙。

千临是没打算偷窥的，却因震惊而错过了离开的最佳时机。陆忘说话时挪动了两步，又转了个身，正好对着她这个方向。这个时候出去，除了尴尬，还是尴尬。于是，她又坐了回去。

郁延川温文尔雅，似乎对谁都没有一句重话：“如果没事，我就先走了，我还要值班。”

他刚走了两步，又被陆忘叫住：“郁延川，你站住，我让你站住！你是故意的是不是，就是为了报复我对吗？你所做的这一切，都是为了报复我！”

陆忘的声音不大，但在夜晚安静的花园里听起来清晰无比：“你放着出国的机会与大好的前途不要，从临床科转麻醉科，与自我放弃有什么区别？延川，你知道我为什么到这里来吗？我为什么回国，回到博陵，为什么来市立医院肿瘤科做一个籍籍无名的医生？我本该有着大好前途，可我放弃了！我们分开好几年了，我以为我可以忘记你的，但我忘不掉。”

陆忘说话时微微仰着头，带着与生俱来的骄傲，她似乎想要伸出手去拉郁延川，但是他后退了两步，拒绝她的触碰。

“我从来不觉得麻醉科有什么丢人的！是，麻醉科没有外科的高收入，没有那么受人推崇，在手术室和急诊科地位也不高，但你不能否认，它也是整个医院不可或缺的一部分。成为麻醉科医师，我觉得骄傲。”郁延川看着她，脸上没有笑容，甚至带上了难掩的失望，“陆忘，过去这么久了，你依旧没有变。”

陆忘还想说什么，却在他的注视中收了声。

他有着一双好看的眼睛，狭长又明亮，微微有些弯，即便不爱笑，即便他总冷着脸，也极少让人觉得严肃。这会儿，他看着陆忘，微微皱眉，第一次让陆忘觉得——他生气了。

从前她追求他，在宿舍楼下拦住他，像跟屁虫一样黏着他，他只是害羞窘迫，从不曾生气；后来他们在一起，她热爱极限运动，爬雪山冻出病，他十分心疼，也不舍得骂她一句；再后来，他们因出国问题而争吵，她说自己与他在一起不过是为了满足虚荣心，那时他也只是伤心难过，不曾露出这样失落又愤怒的表情。

陆忘虽然出了国，但她的大学室友进了中心医院心内科，所以关于郁延川的消息，她一直都知道。她知道，他博士毕业后直接被中心医院聘用，成了主治医师，又用了两年时间评上了副高，在中心医院是传奇一般的存在。她知道，他一直没有谈恋爱，虽然有病人和同事向他表达过爱慕之情，但他从未接受，与谁都不甚亲近。他带的几个学生也挺怕他，从不敢与他开玩笑，私底下叫他冷面魔王。

她此次义无反顾地回到博陵，是因为她知道他身边没人，她笃定，他会回到她身边。可是现在，她却不那么确定了。

“是，我没有变。时间没有改变我，也没有改变你。”陆忘强调着，也不知是说给他听，还是说给自己听，“延川，没有人配得上你，站在你身边的人，只能是我，只会是我。”

她说完便走了，没有再回头。千临看着她骄傲离去的背影，终于明白自己为什么从第一眼看见陆忘，就觉得有距离感。

她们不是一个世界的人，陆忘活得肆意骄纵，一看就有良好的出生和教育，被宠爱着长大，自己与她之间有着云泥之别。千临不想承认，但她确实是嫉妒她的，对于那样美好的活在云端的女孩，她打心底里羡慕。

但她不厌恶她，因为那是她所仰望，却无法企及的。

千临原本是想等郁延川走了，自己再悄然离去。但陆忘走后，他并没有离开。他不走，她却要回病房了，孙晓岚一个人待着，她不放心。于是，千临咬咬牙，从长椅上起身，低着头往外走。

只是这么大个花园，却小气地只有一个出口，这意味着，她必须从郁延川的身边经过。

果然，才走了几步，便感觉到有火辣辣的视线投注在自己身上。

千临假装毫无察觉，径自往外走，不让人尴尬是一种美德，千临自认为做得很好，但郁延川显然没有这种品质。

“千临，”她没搭理，他又重复了一次，“千临。”

她猛地回头，不知道为什么有些恼火：“我没有偷窥，是我先来的，我一点儿都不喜欢爱情偶像剧，也没有好奇心。是你们堵在出口，讲话还毫不避讳，也不看看四周有没有人。”

郁延川被她这么劈头盖脸一顿数落，微微皱了皱眉：“我只是想问，你为什么会在这里？你为什么总在医院？”

这下，尴尬的人成了千临。

或许人的防备心在夜晚都会自动降低，那些不那么愉快的过往，在这一刻似乎都被她遗忘了。

“我老师住院了，肿瘤科。”

千临脸上的愁绪郁延川很熟悉，是他每一天都会看见的、病人家属专有的神情。

“如果有什么需要帮忙的，可以找我。”他说完又补充道，“毕竟，我还欠你一个条件。”

千临点了点头：“很好，我还以为你要以上次差点儿勒死我的事为借口抹掉欠债，挺好的。”

郁延川一噎，果然，她刚刚的脆弱，都是他的错觉。

这下，先走的人成了郁延川，结果他走了两步，又被千临叫住。

“郁延川，我问你个事。”千临微微眯了眯眼，“我没有窥探你隐私的意思，你想回答就回答，不想回答就算了。反正就算你回答了，你欠我的条件我也不会抹掉。”

“你问。”

因为目睹了陆忘与郁延川的“深夜谈判”，再次遇到陆忘时，千临有些不自然，直接找借口离开了病房，连孙晓岚都看出不对劲。

“你是不是不大喜欢她？”孙晓岚对陆忘的喜欢，简直是摆到了台面上，没事就要找她咨询问题，看人家的目光都是热切的，若不是性别对不上，估计都要被人当成性骚扰了。

“没有，我们又不认识。”千临想想，还是说，“老师，我有个朋友，和陆忘是旧识，我问了一下，她的年龄和沁沁对不上，她比沁沁大一岁。而且，她父母都是科学家，她在国外长大，高中才随父母回国……”

孙晓岚没出声，千临也没再说下去。这些年，这样的失望她们都经历了无数次，已经习惯，却也不愿习惯。

千临避开陆忘还有另一个原因。

那天，千临问了许多关于陆忘的问题。她不觉得陆忘会是沁沁，但想起老师的期待，只好厚着脸皮问了一遭。郁延川拣着一些无关紧要的信息和她讲，关于家庭住址、血型倒是咬死不肯透露一个字。

想要的都知道了，千临谈不上失望，兴致却也不及原先那么高，正准备离开，却见陆忘去而复返，估计是落下什么东西。

三人就这样来了个脸对脸，眼对眼。陆忘的目光在郁延川与千临之间来回了几次，忽然就笑了：“这就是你的原因？”

千临估摸着她误会了什么，想解释，但郁延川不开口，自己开口更显得此地无银三百两。

于是，三人面面相觑了好一会儿，最后还是她扛不住，落荒而逃。至于郁延川和陆忘，就在原地一动不动地对峙着，像两尊雕像。

后来发生了什么，千临不知道，倒是发现陆忘看自己的眼神不那么友善了。但千临何曾怕过谁，她走她的阳关道，她过她的独木桥，谁也不求着谁。陆忘不友善，她也懒得虚与委蛇，她千队长忙得很。

给孙晓岚请的护工已就位，千临交代了几句便要去忙，临走前，或许是嘴欠，她还是提醒："我说老师，您也别老和人小姑娘套近乎了，人家是主治医师，每天忙得很，您要是闲着没事，就出去走走。"

千临也没觉得自己态度有什么不对劲，倒是孙晓岚瞧出了端倪："你是看人小姑娘漂亮，起了攀比心了，还是嫉妒了？"

千临少年老成，牛鬼神蛇见多了，早学会了喜怒不形于色，孙晓岚鲜少见她主动去说谁一句，觉得新鲜。

但千临压根儿没理会她的调侃，只留给她一个打着电话大步离去的背影。千临这一忙，便两日没来医院，只给孙晓岚打了电话问候。

好在孙晓岚不是矫情的性格，知道千临有时候忙起来，十天半个月没音讯都是常有的事，她从来不愿意千临为了自己耽误工作。

这两日，千临有些焦头烂额。

好几日前，"破晓"接到一条寻亲求助，求助者是一对五十多岁的夫妇，夫家姓刘，十二年前因为家庭困难将六岁的小女儿妞妞送人了，应领养家庭的要求，送养后便断绝了联系。

这些年，家庭条件逐渐好起来，他们对女儿的思念和愧疚日渐加深，就想着寻找女儿。但当年领养的家庭给的都是假名字，又搬了家，完全无迹可寻。

无奈之下，这对从千里之外来到博陵寻亲的夫妇向"破晓"求助。因为送养的时候妞妞已有六岁，寻亲者关于领养家庭的大概状况也能够说得出，找起来并不是非常困难。

千临发布了寻亲消息，又根据他们给的讯息对照了博陵的旧地图，找到领养家庭的旧址，经过两日的登门和走访，最终联系上了女孩的领养家庭。

妞妞的养父母都是教师，姓钟，妞妞被领养后也改了名，叫钟妍。钟家对于刘家的寻亲觉得意外，却也没有隐瞒，将决定权交给了女孩。

但千临见到钟妍，还未开口，对方就表示不愿意与生父生母见面。

这并不意外，意外的是，千临从钟妍口中得知，她不是因为家境贫寒才被“送”走的，而是因为她是个女孩儿。

在她之前，已经有两个姐姐被以同样的方式“送”走了。生父母拿了领养家庭的钱，答应过不会再出现。

这些年，养父母对她很好，谁也没有提过这事，但她被领养的时候已经六岁，开始记事了。童年的痛苦经历带来的影响根深蒂固，即便养父母给了她优渥的生活和独一无二的疼爱，她依旧敏感，以至于听到对方在寻找自己，情绪异常激动。

千临从小就比别人多一个心眼，从见到这对寻亲夫妇开始，她便觉得有些不对劲，所以她找到钟妍后，并没有知会他们，而是自己先去见她。现在听到钟妍这么说，她终于明白哪里不对劲了——那对夫妇的愁苦和悲伤都有些过度，反倒显得虚假和突兀。

千临没有逼迫钟妍，只在离开的时候，将自己的电话给了她，让她有需要就和自己联系。千临也没直接给刘氏夫妻信息反馈，只是悄悄地撤了寻亲启事，告知他们人尚未找到。

“破晓”是公益性的寻人机构，寻人失败是常有的事，虽遗憾，却也不会有人呵责。

但这对夫妻的做法让人大跌眼镜。

他们也不知是从何得知“破晓”已经找到了人，只是不肯透露联系方式，直接找到了千临，将她堵在办公室里表演一哭二闹三上吊。发现千临无动于衷后，又开始了第二轮攻势——他们直接退了旅馆，将行李搬到了“破晓”办公室，大有种你不说我就和你没完的架势。他们配合极佳，一个骂一个哭，三十分钟一个回合，堪比职业哭丧。

整个办公室给他们搅得鸡犬不宁，保安都没法将他们请出去，最后千临只好报了警。那哭丧二人组临走时还不忘恐吓：“你们会有报应的！拆散别人家庭，会有报应的！”

千临面无表情，当着他们的面甩上了门。

因为这事，千临直到第三天中午，才有空去了一趟医院。

刚一踏进病房，千临便察觉气氛有些不对劲。

护工不在，倒是陆忘和主任医师都在，见千临进门，双双回头，脸色都不大好。

“医生……”千临一愣，往病床上一看，孙晓岚正在输液，脸色白得像一张纸。

“你是病人家属？你是怎么照顾病人的？”那是肿瘤科的主任医师沈教授，向来见人三分笑，这会儿也冷了脸，“病人刚刚休克了。”

千临吓了一跳，正要说话，却被陆忘打断：“病人最忌油腻，且现在正是放疗阶段，餐食一定要注意。我已经叮嘱了几次不能吃油腻煎炸食品，也让营养科配餐的时候尽量在营养的基础上兼顾到口感，你作为家属，不仅不监督病人好好进食，还放任她叫外卖？你是怎么做女儿的？这是你的家人吗？有什么比亲人生病更重要的事，你等到现在才来？是不是非要等到病人出事才知道后悔……”

孙晓岚将护工遣退了。她向来不喜与外人接触，又自认为身体无大碍，可以自己照顾好自己。因为这几日都在放疗，她胃口不大好，营养科送来的餐食她只吃了几口便吃不下。

这日，她看到电视上的炸鸡广告，不知怎么忽然来了胃口，便点了外卖。结果，身体一下子负荷不住，没吃几口，就开始咳嗽和呕吐。因为护工被遣走，千临又不在，还是陆忘巡视病房时才发现她晕倒在厕所里，否则还不知道会出什么事。

千临被这么劈头盖脸一顿数落，像被狠狠地打了几巴掌，脸上火辣辣地疼。她没有去解释自己并非孙晓岚的女儿，因为相依为命这么多年，她们虽没有血缘关系，感情却非常深厚。

她们是战友，也是彼此唯一的依靠。此时见孙晓岚虚弱地躺在病床上，千临内心有内疚，有痛苦，但更多的是害怕。

她已经失去了很多，不能再失去她了。

好在孙晓岚并无大碍。她在挂第二瓶点滴的时候悠悠转醒，看见千临坐在床边，好一会儿才想起发生了什么事，一时间也不敢和千临搭话，像个做错事的孩子一样，索性闭上了眼。

千临见她睁开了眼，又掩耳盗铃般装睡，不由觉得好笑："老师，还小呢，装睡？"

被戳破的孙晓岚觉得尴尬，干脆破罐子破摔，用被子蒙住了头，把自己当成了一根木头。千临觉得这样的孙晓岚有些新鲜，拉了两下被子没拉动，不禁奇道："怎么了？"

"丢人，一身呕吐物，脏兮兮的模样都叫陆医生瞧见了，没脸见人。"孙晓岚声音闷闷的，回想起自己的窘状被人瞧见，还是自己有好感的小姑娘，就觉得一口气憋在胸口，抬不起头。

孙晓岚想着千临可能会安慰两句，让她好受些，没想到她竟然说："我也觉得有些丢人。我没有办法二十四小时陪在你身边，所以，护工还是要请的。你想，如果不是你不要护工陪护，这么难堪的情况是不是就不会发生？"

千临恐吓完孙晓岚，重新找了护工。等她打完点滴，又给她擦洗了一遍身体。原本孙晓岚很是抗拒，被千临三言两语轻飘飘打了回去，她虽生病，但也不想做个邋遢的病人。

孙晓岚折腾了一天，洗完澡就休息了，千临这才想起自己还没吃饭。她不喜欢在医院吃东西，无论是食堂还是外卖，总觉得一口下去都是消毒水的味道。她嘱咐护工照看好孙晓岚，便下楼出门。可如果知道将要发生的事，她宁可吃消毒水拌饭，也不会下楼。

博陵已入秋，千临在短袖外面搭了件牛仔外套，勉强抵挡住深夜的寒意。医院附近有不少快餐店，但大多已收摊。她想起附近有家不错的牛肉面店，便准备抄小路去吃碗热乎的。夜里安静得很，路灯年久失修，越往前越觉得暗。她不是胆小之人，但总觉得有些不对劲，小巷里黑灯瞎火的，好似有人在跟着自己。

千临正准备回头，却忽然有东西罩住了她的头，随即有人将她推倒在地。

“你这多管闲事的臭婆娘，我今天不给你个教训……”

“你收了那小贱人什么好处，竟然不让我们见她！”

“老子要你的命……”

千临听见这两个声音就愣住了，因被罩住了头，挣扎了几下都没有爬起来，躲不过对方的拳打脚踢。他们的踢打毫无章法，像是泄愤一般，千临在地上滚了两圈，后背不知道撞到了哪里，一片火辣辣的刺痛感。她猛地弓起后背，也不管面前是谁，用力地撞了过去，随即是一声女人的尖叫。

“你这贱人！”

“你们这是犯法，别以为套住我的头就不知道你们是谁，这里有监控，我会报警的！”

周遭很安静，只有那夫妻气喘吁吁的叫骂声。那男人似乎被激怒了，听见“报警”两字，猛地朝她踢了过来，接着她就听到一声玻璃破碎的声音。完了，千临想。可意料之中的疼痛没有落下来，她在恍惚间听到了一声暴喝：“你们在做什么？”

千临觉得声音有点儿耳熟，却怎么也想不起是谁。

那对夫妻听见有人来了，便慌不择路地逃了，临走前还不忘踹了千临一脚。千临歪歪斜斜地靠在不知什么东西上，连伸出手去揭开套在自己头上的东西的力气都没有，只能艰难地呼吸着并不好闻的空气。

她听见来人追了过去，又打电话报了警，然后脚步声慢慢由远及近，在自己身边停下，套在头上的麻袋终于被摘了下来。

新鲜空气猛地灌入，千临还没睁开眼，便闻到一股淡淡的消毒水混合薄荷的味道。巷子里没有路灯，在路口投进来的微弱灯光中，她微微地眯了眯眼，第一时间就认出了眼前的人。

“你还好吗？”他问。

那一刻，千临感觉自己硬邦邦的心像颗光溜溜的鸡蛋，被轻轻地磕了一个缺口，流出了被隐藏得极好的柔软。“为什么？”她问。

“什么？”

“为什么……是你？”

千临声音很轻，咬字也因为疼痛而含糊不清，郁延川努力分辨了很久也没听清，以为她问他为什么会出现，便道：“我刚下班，帮郁延希买点儿消夜，经过巷口时听到了奇怪的声音……你还好吗？能站起来吗？我带你去急诊……”

千临却不说话，只是看着他，看着他那双深邃的、温柔的眼。

她从前不敢看，怕一不小心会沉溺，这会儿却没有移开目光。

有些事情，你越是闪躲，命运越是会将它推到你面前。

“你还好吗？”郁延川问了第三次，仍旧没得到回答，他犹豫了一下，蹲下身，想要搀起她。

但千临轻轻地推开了他的手。他的手很凉，像冰块一样。

“别怕，我报警了。”

千临扶着墙站起来，她抬头看郁延川，那种奇怪的感觉又来了。或许是夜深了，人的防备心都会降低，郁延川并没发现千临眼神的不对劲：“那是什么人？为什么伤害你？”

“那不是人，”她的声音幽幽响起，“是渣滓。”

警察来得很快，但人跑了，路口的监控只拍到千临进了巷子，和两个鬼鬼祟祟跟踪她的身影。巷子里没有监控，对于那几分钟里发生的一切，完全没有任何证据。

原先郁延川报警，千临便知道没什么希望。人都跑了，又无证据，就凭你三言两语，即便有伤痕为证，警察也不能够随随便便抓人。她录了口供，留下了嫌疑人的姓名。至于住址，他们从外地来博陵寻亲，住的是几十块钱一晚上的小旅馆，发生这么大的事，怎么可能还在原地停留。

录完口供，千临没有去医院，她想回家——那对夫妻脚步虚浮，踢打也毫无章法，她身上基本都是皮外伤，没有伤到筋骨，并无大碍。只除了后背那一处总是隐隐作痛，估计是撞到了什么尖锐的东西，破了皮。

她不想去医院，虽然说大半夜撞见孙晓岚的可能性很小，但这一身脏兮兮的，总归要换掉。

郁延川说："我送你。"

千临有些诧异，却没有拒绝。她向来识时务，不会在饥饿、疼痛又疲倦的时候逞英雄。她开了车门，刚踏进一只脚就说："是你自己要送我的，不算交换条件。"看着郁延川惊愕地点了点头，她才缓缓地抬起剩下的那只脚。

郁延川开的是一辆黑色的SUV，内饰低调却豪华，比千临那辆超过法定退休年龄的车宽敞了不知道多少倍，她拼了命才将蠢蠢欲动的嫉妒心按了回去。

两人说熟不熟，说陌生却也不陌生，经历了一晚上的惊心动魄，千临实在没有寒暄的力气，好在郁延川话也不多，她直接闭上眼睛小憩。

医院离熊猫公寓并不近，但夜已深，路上的车稀少，郁延川开车稳，座椅又实在舒适，千临听着车载音乐，不知怎么就睡了过去，直到郁延川轻轻拍了拍她的肩膀："到了。"

千临感觉自己整个人像从钉板上滚过一圈，身上的每一个细胞都在喊着疼，她靠着强大的意志力才将自己从座椅上拔起来，向郁延川道了谢，一步步往公寓楼的方向走。

千临下了车，郁延川便觉得奇怪，可又说不出哪里奇怪，直到他看到座椅的靠背上湿漉漉的水迹。

座椅是黑色的，水迹亦是深色的，并不明显，他伸出手轻轻碰了一下，那触感和味道都很熟悉——是血。

千临回到了公寓，才发现自己流血了，原先以为是皮外伤，到了浴室一看，T恤的后背都已经是一片暗红色，牛仔外套很厚，却也湿了。怪不得她总觉得后背湿漉漉的，还以为是汗。心大的千临在镜子前站了好一会儿，才鼓起勇气用手轻轻碰了碰后背，下一秒，镜子里的人五官就扭曲了，像颗暴晒过度的枣。

她将刘氏夫妇翻来覆去骂了三十多遍，才认命地披上了外套，准备下楼买药——社会还需要她，她不能就此阵亡。谁知道刚开了门，一只手就敲在了自己的额头上。千临瞪大了眼，想不通这人有门铃不按偏偏要敲门是什么毛病。郁延川被她气呼呼地瞪着，有些尴尬，半晌才举起了手中的医药箱："你受伤了。"

千临的脆弱已经被社会淬炼成冷硬的铁，这会儿有人关心自己，也不知怎么想的，竟然硬邦邦地堵了回去："我会赔你洗车钱。"刚说完便觉得自己真不是个东西，可她从来不是会道歉的人，只好尴尬地杵在那里。

好在，郁延川没有接她的话，只是又重复了一遍："你受伤了。"

千临侧身将他让进屋，他很高，原本就不大的房子因为他的到来而变得越发逼仄。

"你是不是对谁都这么好？"鬼使神差地，千临忽然发问，"看到别人受伤，就要追到家里来吗？"

郁延川并不生气，只是说："我是医生。"

悸动的心忽然就冷了下去，千临沉默地站着。是啊，他是医生。她早就打听过了，他是麻醉科的副主任医师，科室主任的得意门生，年纪轻轻就评到职称。

他总是冷着脸，不苟言笑，但医术高明，对工作极其负责，手术室和ICU就是他的家。

他不爱与病人接触，却自带一票粉丝，有不少的拥护者。他出现在这里，不过因为他是医生而已。而她受了伤，是患者。他有着良好的职业素养，看不下去。

郁延川最初以为，千临只是受伤，做下清创处理就可以，结果等她将牛仔外套一脱，就被那暗红色的一片吓了一跳，当即道："去医院。"

"我不去，你不是医生吗？"

郁延川原本想与她解释麻醉科医师与外科医生的区别，但看着她狡黠的神色，估计她自有一番道理，医院肯定是不会去了，好在医药箱里也有基本的急救工具，只好道："你将衣服微微掀起，我给你清创……"这伤位置尴尬，他微微红了脸。

但千临却坦然，心无旁骛，直接背过身，将衣服卷起。T恤被鲜血染红，布料也开裂了，应该是撞到了什么尖锐的东西，整个后背有一道十来厘米长的血痕，皮开肉绽。

郁延川看了一眼她白皙的皮肤，便低下头，专心为她清创。

药水触碰到皮肤的时候，千临猛地一缩，后背像煮熟的虾一样弓起。

很快，他听到她咬牙切齿的声音："来吧，我可以忍。"

说忍就忍，整个清创过程，千临没有发出半点儿声音，只有沉重的喘息。倒是郁延川，给她清洗伤口，自己出了一额头的汗："伤口有点儿深，需要缝合，我医药箱里没有麻醉剂，还是去医院……"

"没事，你来吧！不用麻醉！"千临的声音沙哑，估计疼得够呛，"不过动作要快，我可忍不了多久。"

她说完，郁延川却半晌没动，只是看着她那道深深的伤口——在医院待久了，什么病人都见过，大老爷们因为一针麻醉而呼天抢地的，小姑娘因为一点儿磕碰而梨花带雨的，但没有一个像她一样，咬着牙，一声不吭，半滴眼泪不掉。

郁延川是外科转麻醉科，这种简单的缝合对他来说是小菜一碟，但不上麻醉还是第一次。

他记得去年郁延希的脚被玻璃割伤，他的针才拿出来，郁延希已经鬼哭狼嚎地跑了。

而千临，只在他的针扎入皮肤的那一刻闷哼了一声，随即就安静了。有那么一刻，郁延川以为她晕了过去，低头一看，才发现她正咬着自己的衣服，额头上都是细密的汗。

收针的时候，千临忽然问："你是不是真的有读心术？"郁延川手一顿，针不小心扎破了手指，血滴在了她白皙的后背上，鲜艳刺目。

"我想了很久，只有这样荒谬的理由才能解释你的所有行为。"

天不知何时已经亮了，阳光从窗外洒了进来，千临的脸比从棺材里爬出来的女尸还苍白，她朝他挤出了一个瘆人的笑，眼睛幽幽地盯着他。

郁延川忽然觉得有点儿冷。

"不是。"

"你撒谎。"

"我没有。"

千临还想再问，手机却恰到好处地响起，给郁延川解了围。电话是钟妍打来的。钟妍便是刘氏夫妻当年遗弃如今又来寻找的小女儿，今年十八岁，就读于市实验高中，性格内向，但在养父母的教育下，礼貌懂事，是个讨人喜欢的小姑娘。

几日前，千临告知她生父母来寻亲这事，她表现出了强烈的抗拒，千临将自己的电话留给了她，让她有事可以和自己联系。但千临接到她电话的时候，还是很惊讶。

"千姐姐，我是钟妍。"

千临应了一声，随即脸色变得难看起来，电话里，钟妍带着压抑的恐惧，几乎就要哭出来：“千姐姐，怎么办，他们找来了，怎么办？”

原来刘氏夫妇并没有罢休，经过多方打听，他们知道了钟妍的名字和就读的学校，直接来到学校。

千临迅速地挂了电话，起身便要走。走到一半她才想起自己家里还坐着一尊大神，又后退了两步：“郁……郁医生，我现在有事……”言下之意，是赶客了。

但郁延川却像看不懂她的逐客令：“你需要吃药、休息，这样有利于伤口恢复。再者，你这身衣服该换了。”

千临没有回答，只是笑盈盈地看着他。郁延川怎么看怎么觉得这笑容不怀好意，果然，她说：“郁医生，我没开车，可否麻烦你送我一程？”

郁延川没想到自己只是买个消夜，竟然买出这么多事，在家等着投食的郁延希都已经吃完了早餐，他哥还没有回家。

千临再次坐上了郁延川的车，副驾驶上的血迹已干涸，在晨曦中变得显眼。她说了抱歉，但语气中没有半点儿愧疚，反倒熟门熟路地指挥：“我会赔你洗车钱，麻烦去市实验高中。”

实验高中管理严格，闲杂人等不能进校，他们便在校门口拉着学生打听。钟妍刚下了公交车就收到同学发来的信息——有人在校门口找你，说是你的远房亲戚。

钟妍一愣，没走几步便看到那两个在校门口和保安争执的身影。

已经十多年未见，钟妍早就忘记了他们的模样，可远远一看，钟妍便知道那是他们。明明知道他们不认识自己，明明知道他们不敢对自己做什么，可钟妍还是不敢靠近，也不敢给父母打电话。

这几天晚上，因为这事，爸妈都没有睡好觉，她起夜还看见戒烟许久的爸爸在阳台抽烟。最后，钟妍想到了千临。千临在电话里嘱咐钟妍不要露面，等着自己。

可千临赶到的时候，还是迟了。钟妍正被养父母围住，被他们拉扯着，既茫然，又不知所措。因为已经到了上课时间，校门口也没什么人，只有保安不住地往这边打量，随时保持着警惕。

见到千临，钟妍像是找到主心骨，哭着向她求助：“千姐姐。”

千临一把拉过钟妍，将她护在身后。那对夫妻见到千临，像忽然给雷劈中一般，脸色蓦地黑了，男人伸手欲来拉钟妍，却被跟随在后的郁延川挡住了。男人不过一米六出头的身高，郁延川一米八，将身后的两人挡得严严实实。

女人随即尖叫出声：“你们干吗呢？”她对着郁延川不敢造次，只敢冲着千临叫嚣，口水几乎就要喷到她脸上，“怎么又是你？你到底想怎样？人家做公益寻人，帮助别人重逢，你是阻止别人相认，你是不是心理变态，看不得人好？”

“做这么多亏心事，夜路走多了，可要小心！”男人阴沉着脸盯着千临。

千临一见这两人后背就发疼，却知道和无赖多说无益，直接拉着钟妍要将她送进学校。没想到才走了两步，钟妍就被女人扯住：“妞妞，你别走，妈妈要和你说话！妈妈有话和你说！”女人演技实在不过关，愤怒还未消散就换上愁苦，一下子显得狰狞，钟妍被她这么一拉，吓了一跳。

千临正要动作，郁延川已经抢先一步将女人的手从钟妍手上扯开，随即又迅速放开，整个过程不过几秒。

“你在着急什么？你在焦虑什么？”他问，“见到多年未见的女儿，不是应该高兴、激动吗？被拒绝难道不是悲伤吗？为什么是愤怒？难道有什么难言之隐？”

女人被这么质问，脸色一白：“我找我女儿，关你们什么事！你们这两个杀千刀的，拆散别人家庭，不得好死！”她的声音又尖又大，如厉鬼索命，千临被她这么一吼，起了一身鸡皮疙瘩。

“是你们不要我的，我过得好好的，你们找我干什么？你们找我，那姐姐们呢？你们找了吗？”一直沉默的钟妍，像是抑制不住一般，“我不会和你们回去的，死也不会！”

“臭丫头，我就知道你没良心！当年我们就不该送你到博陵享福，现在连亲生父母都不认！你们会遭天打雷劈的！可怜我的儿啊，要被你们这些贱人害死了！”男人再次冲过来，却被郁延川挡住。

他无法靠近，只能恨恨地瞪着千临：“昨天晚上就该把你弄死！小鑫如果活不成了，我一定不会放过你们！”

男人话音刚落，钟妍的脸就白了，几乎站不稳。

“昨晚果然是你们袭击我？”

“是又怎样？”男人异常嚣张。

比起他们的愤怒失控，郁延川显得云淡风轻，像是什么事都难以撩动他的情绪，他朝身后努了努嘴，有辆警车从路口驶来：“不怎么样，麻烦去和警察解释吧，我录音了。”

千临觉得自己投胎的时候估计赶得太急，坐错飞行工具，乘着扫把就来了，以至于什么事都是好的不灵坏的灵。

郁延川就不同，他是天降小福星，任何事情有了他，都迎刃而解。

警察一来，趾高气扬的刘氏夫妇就像被扎破的气球，完全没了气焰，但胡说八道的功力丝毫没下降，哭着喊着指控千临阻拦她寻亲，阻拦她找女儿回去救儿子的命——她送走了三个女儿后才出生的小儿子得了尿毒症，急需肾源。女人与他不匹配，而男人则是家里的主要劳动力，不能为儿子牺牲，情急之下，只好到处寻找当年被“送人”的几个女儿。

钟妍原先还在哭，听着他们一把鼻涕一把泪求她回去救“弟弟”，她却慢慢地止住了泪，冷冷地看着他们呼天抢地，没有出声，只是用力攥着千临的手，指甲几乎要嵌入她的皮肤里。

可怜千临才受了皮肉之痛，刚缝合好的伤口还在一抽一抽地疼，只好不留痕迹地挣脱她的手，直接走到那夫妇面前：“我昨天夜里在医院附近受了袭击，报了警，立了案，他们刚刚承认是他们袭击了我。”她脱下外套，露出满是暗红血迹的T恤朝做笔录的女警道："我这情况，怎么也得算轻伤了吧？是不是要请法医验伤？"

还在哭号的女人忽然就顿住了，因抽气太猛，不小心将自己呛了一下，咳了个昏天暗地。千临十分庆幸，自己没有听郁延川的话将衣服换了。

郁延川目瞪口呆地看着她，千临得意地朝他使了个眼色，并不觉得将自己的伤当成道具这事有何问题。千临达到目的，不再炫耀勋章，正要套上衣服，却听见钟妍小声地说了一句："对不起。"

"关你什么事？"

"他们……"

"他们是他们，你是你。他们生你却没有养你，他们做错的事，你无须负责。并不是所有的父母都有资格称之为父母，有的人，不配得到那神圣的称呼。他们不是你的父母，你的父母正在赶来的路上。"千临的声音虚弱又暗哑，却掷地有声，她轻轻地握住了钟妍的手，却没注意到，郁延川再一次将目光投到她身上。

离开警局，已经是一个多小时后的事。

钟妍被父母接走，千临再一次坐上了郁延川的车。

她整整一夜没睡，一上车就瘫倒在座椅上，不小心碰到了伤口，又猛地坐直。

郁延川看她像蚯蚓一样蠕动，终究还是忍不住问："你在做什么？"

"找一个不碰到伤口，又可以坐得舒服的姿势。"

在24小时之前，千临与郁延川连朋友都算不上，最多算是订立了契约的陌生人。两场混乱下来，两人间的距离已被拉近。

千临头也没抬，调节了座椅的位置，慢慢地将自己弓成一只煮熟的虾。郁延川以为她又要睡觉，才发动引擎，便听千临道："谢谢你。"

"以后有需要我的地方，尽管开口，无论我能不能帮得上忙，我都会尽力。"千临极少给人承诺，也很少说这样煽情的话，说完连自己都觉得有些不可思议，迅速地别开了脸，“但是，你欠我的条件不能抵消。”

他陪着自己奔波了十几个小时，先是救了自己，而后为自己清创缝合，又当了好几次司机，一般朋友都做不到如此尽心尽力。

郁延川忽然问：“你为什么会做这个工作？”

寻人，还是公益性的寻人机构，收入低，奔波劳累，偶尔还会遇到刘氏夫妇这样丧心病狂的人，她却面不改色，逆流而上。

在郁延川的印象中，从事公益事业的人，多是大公无私、墨守成规。千临却不一样，她性格古怪，恩怨分明，不唯利是图，却也不让自己吃半点儿亏。这样的人，为什么会从事这样的工作？实在令人费解。

“我在找人。”千临缓缓闭上眼，“然后发现，世界上还有很多像我一样的人，所以，我选择了做这个工作。”

“那你找到了吗？”

“没有，我找了十三年也没有找到她。”

“没想过放弃吗？”他觉得自己有些不礼貌，仍旧是问出口。

千临忽然笑了：“有人已经找了大半辈子，也没有找到要找的人，我这和他们比起来算什么。我从来都不怕失望，因为已经失望太多次，这对我来说，不算什么。”她低声地重复，“算不了什么。”

# 第三章

# 小红帽

你说的每一句，我都愿意去相信。

我的天真和赤诚，仅是因为你是你。

刘氏夫妇的所作所为已对千临造成伤害，但千临最终没有起诉他们。这两人虽谈不上穷凶极恶，却也是居心叵测，恶毒又恶心，对这样的人，千临从来不会浪费自己的同情心。但钟妍为他们求情了，她对这对夫妻没有一点儿感情，她担心的是另一个无辜的生命，与她有血缘联系的弟弟。

“千姐姐，他们是死是活，我一点儿都不担心，但是听说……那个小男孩，还在住院。如果他们出事，谁去照顾他？”

千临又好气又好笑：“那你是不是还要听他们的话，去做肾源配对？”

钟妍是个敏感又软弱的姑娘，听出千临语气中的不赞同，她垂下眼眸，语气却坚定：“不会，我不会去。如果我想捐肾，无论对方是谁，我都会去。但我没有这个想法，我还在上学，身体也不是特别好，手术对我来说伤害太大了，我爸妈不同意。而且，听说，刘……他爸爸，是与他匹配的，只要他爸爸愿意，他随时可以手术。”

可怕的是，那对夫妻不愿意，他们宁愿求助于被自己抛弃的女儿，也不愿意自己救儿子。道德绑架不需要成本，因为那根绳索不是系在自己身上。施暴者拿着绳，随心所欲，反正套住的是别人，别人痛苦与自己何干。

最终，千临没有追究他们的责任。

但他们并没有好过。钟妍向人民法院申请了人身安全保护令，禁止他们靠近自己的住所、学校等场所，也禁止他们使用骚扰、跟踪、暴力等手段，妨碍钟妍及其相关亲属的生活。

孙晓岚此次住院，整整持续了一个月。

因为接受了放疗，孙晓岚出现了一些副作用。食欲不振是最严重的，但在治疗阶段，最重要的便是休息和营养，为了让她多吃一点儿东西，千临几乎每日都在与她斗智斗勇。营养科送来的餐食孙晓岚几乎没怎么吃，每次都是努力吃几口，没几分钟便呕掉。陆忘来探望过几次，也对配餐做出了几次调整，只是都无济于事。

千临虽头疼，却也无可奈何，就像她后背正在恢复的、奇痒无比的伤口，虽知道不能够去抓挠，但是每一次发痒，都忍不住伸手去蹭。

郁延川给她缝合时用的不是美容线，需要拆线处理，千临到医院拆线的时候，那医生还啧啧称奇："这是谁给你做的缝合，这收针，这结线，可真漂亮。如果恢复得好，可能都不会留疤，当然，疤痕体质除外。"

之前郁延川为她缝合，千临也不觉得多疼，可这会儿医生用观赏艺术品的口吻评价她的伤口，后背的痛感反倒明显起来。

"我这后背充其量就是齐白石的《虾》，不是《清明上河图》，不用赏析半小时再写八百字小作文……嗷……"

她话还没说完，医生已经猛地抽出线头："你懂什么，你看都看不见！"

千临的确不懂，对创作出这艺术品的艺术家，她也没来得及好好道谢。那天，郁延川将千临送回家后，便回了医院——当天他刚好休息，但是由于出了连环车祸，一公交车侧翻，造成多名学生受伤，他被紧急召回。在认识郁延川之前，千临对麻醉科毫无概念，对他们工作内容的大致印象就是手术中的麻醉。认识他之后才知道，原来麻醉科医生不仅在手术中占有重要位置，也要参与各个科室的抢救工作。

她想亲口道个谢，顺便请他吃饭，但接连打了十来个电话也无人接听，她又跑了两趟麻醉科，第一次他在手术，第二次只见到他的学生。

“老师刚下了手术台，说去透透气。”那是个年纪比郁延川小不了多少的男生，估计以为千临是哪个病人的家属，有些不好意思，又补充，“等下他回来，我和他说一声。”

“不用了，我自己去找他。”

然而，千临在医院绕了一大圈，仍是没有找到郁延川。

她忽然觉得好笑，之前总是不期而遇，等到她真要找他的时候，却像捉迷藏似的，兜兜转转总也找不到人。

虽然她找郁延川也没有正事，只是单纯想要道个谢。

她便这样带着一腔不平回了孙晓岚的病房，结果差一点儿撞上了查房的陆忘。

两人同时倒退了两步，默契地避开了对方，连个衣角都没沾上。

陆忘穿着白大褂，衣袂飘飘，颇有武侠剧中大侠的气度和风范。千临莫名觉得不快，觉得自己在气势上输了一筹，她朝陆忘点了点头侧身往里走。没走几步，就听见陆忘叫自己：“千小姐，有空吗？方便和我聊一聊吗？”

陆忘是孙晓岚的主治医师，千临听见她这严肃的语气，眼皮一跳，回头看了一眼正在看电视的孙晓岚，退出房间，还不忘带上门。

走廊里人来人往，办公室又刚好有病人在与医生交流，两人走了一圈也没有找到谈话的地儿，最后直接上了天台。博陵已入秋，北风卷落叶，满目荒凉。千临的心情莫名有些伤感，只是她万万没想到，陆忘要和自己聊的是郁延川。

“我和延川认识九年了。”她的声音清澈，被北风一吹，显得缥缈起来，

“从我入学第一天看见他起，我就知道我会和他在一起。我们一起去图书馆，一起上课，一起做实验，共同在《Science》杂志发表论文，每年学校奖学金都能一起拿到名额，我从来不觉得，我们会分开。就算过去这几年里我们没有在一起，我也从来没有怀疑过这件事。”

“我是为了他回博陵的，我和他分开四年，错过了他四年，以后，我会把这些时间都找回来。我和他，才是一个世界的人。”

陆忘的笃定让千临莫名觉得不快，她冷笑：“如果你真的这么有底气，这么自信，就不会来和我说这番话了。而且，你和我说这些话也没有意义，要深情表白也找错对象了。”

陆忘说：“我只是不喜欢有人和我争抢。”

她微微仰着头，骄傲而自信，那高高在上的语气，让人觉得厌烦又愤怒。

“可是，我这个人天生反骨。别人越不喜欢的事，我越想去做。更何况，我对郁医生可喜欢得紧，本来只是倾心，现在见你这么着急上火，我就越发觉得割舍不下。不喜欢和人争抢，那你就放弃好啦，我谢谢你。”

陆忘从小养尊处优，有着良好的修养，从没见过社会的黑暗面，千临一番无赖的说辞，直接让她呆住了，她一时间竟不知道怎么接下一句，准备好的说辞都忘了大半。

千临让人吃了瘪，感觉神清气爽。陆忘问：“你知道他是什么人吗？你知道郁延川是什么人吗，你就敢喜欢他？如果你知道他的秘密，你肯定会为你现在说的这番话而后悔。”

“他是什么样的人我都喜欢！”千临第一次发现自己有把天聊死的超能力，她将陆忘气得不轻，看着她愤怒地甩手离去，心情豁然开朗。正准备下楼，才走到电梯间，忽然有人从阴影处起身，将她吓了一跳。

哦，这人还挺眼熟，正是刚刚两人你争我夺的郁延川郁医生。千临看着他的脸，莫名觉得心虚：“真巧，郁医生，什么时候来的？”

“在你说对我喜欢得紧之前。”

风有些大，呼呼地刮来，让千临忽然觉得脸有点儿痛。

天色已逐渐暗下来，两人沉默而尴尬地站了许久。

千临咬咬牙："你有什么想要问的吗？问吧！"

郁延川却说："你不是一直想知道我的秘密吗？"应该是许久没有休息，他有着浓重的黑眼圈，眼眸微微有些潮湿，像宁静的湖。

"可你不是不想说吗？"千临无奈地说，"虽然你已经在我面前露出了无数的破绽。"她的确想知道郁延川的秘密，但他愿意说便说，他不愿意，她也无权逼迫。

郁延川第一次正面回答她的问题："我没有读心术。"

"没有读心术，你怎么能看穿我内心在想什么。"

千临故作轻松，郁延川却没有笑："我没有读心术，你的心思都写在了脸上。"

"没事，你想否认就否认吧，我能够理解。感觉你也挺累的，像戴着透视镜一样，别人想什么你都猜得到。这读心术是自动还是手动？是自主选择对象自动阅读，还是可以手动点读？你这是特异功能呀，可以当人形测谎仪……"

"如果我有读心术，你不害怕吗？"他忽然打断他。

"有什么好害怕的，你都不怕，我怕什么？虽说生活不易，谁都有那么几个秘密，但背负秘密的人才是最辛苦的。能够看透别人的内心，知道别人那么多秘密，不是更累……"

郁延川忽然握住了她的手，或许是吹了风，他的手凉得吓人，被握住的那一刻，千临打了个激灵。他的眼睛看着她，目光清澈："你很紧张，你很慌乱。"

千临的声音戛然而止，她怔怔地看着他，连他是什么时候放开自己手的都不知道。

她的确想知道他的秘密，但这一刻，她的心思却不在这儿。她能在陆忘面前大放厥词，面对当事人，她却觉得尴尬，只想快点儿引开这个话题。

"我没有读心术，我只是可以感知别人的情绪。在与他人皮肤接触的时候，看着对方的眼睛，透过皮肤温度的变化，我可以准确地感知对方的情绪。无法控制的感同身受，不是特异功能，是精神折磨。"

他表情严肃，没有半点儿开玩笑的意思。

千临收敛了笑容，许久没有说出一句话。

这太不可思议，她觉得震惊。她猜测郁延川有读心术，纯粹是因为前几天林小圆在办公室看刑侦剧，里面主角刚好就有读心术。但毕竟电视是电视，生活是生活。她玩笑的成分居多，她猜到他有什么不为人知的技巧，却没想到他会扔下一个大炸弹。

"我没有开玩笑。"他说，"抓住你的手，看着你的眼，我就可以感受到你的感受，悲伤、痛苦、焦急、慌乱或者快乐。我不知道你在想什么，但是你的感受，我都可以感受得到。"

的确，千临认真回想，他的可疑都是在每一次接触后表现出来的。第一次见面，他就笃定弟弟没有撒谎，道出蒋百里失踪有猫腻。他一次次窥知她的情绪，她的悲伤、挣扎在他面前无所遁形。

他说得太荒谬，却无懈可击。

直到他再次握住她的手："除了震惊，你的内心还有浓浓的悲伤，且持续了很长时间。"

他的手冰凉，千临太过震惊，一时间忘记挣开。

千临傻傻地站着，所有的情绪都写在了脸上。郁延川忽然觉得有些无趣，虽然是意料之中的结果，但仍旧无法控制内心的失落。

"害怕吗？害怕的话就离我远一点儿。"他放开她的手，"不要靠近我，不要触碰我，否则你的情绪在我面前无所遁形。"

"你想要知道的已经知道了，还满意吗？"他垂下眼，"现在，你可以走了。"

郁延川第一次发现自己有这样的能力，是在十四岁。

那一年，郁延希刚五岁。他顽劣又淘气，父母却对他纵容又宠溺。郁延川最初是冷眼旁观，直到弟弟撕毁自己的寒假作业，又将自己最喜欢的汽车模型分解成碎片，他咬着牙重新做了一遍寒假作业，在被母亲戴月挑出错误时，他终于爆发了。

他做了人生中第一件离经叛道的事——离家出走。

但这场离家出走，最后以迷路和摔落山崖告终。他被成功救援的时候，已经一天一夜没有吃饭，一回家就发起了高烧。

他也不知道自己病了多久，只记得醒来的时候，天是黑的，房间开了一盏小灯。母亲将他扶起来，准备给他喂粥，他迷迷糊糊地抓住了她的手，看到了她的眼睛。不知怎么的，他忽然觉得悲伤，还有焦虑和自责在心头交织。他吓了一跳，险些打翻药碗。

他避开了戴月的手，那复杂的情绪却没有马上消失。

“你怎么了？”

郁延川看着戴月，她是历史学院的教授，古板严肃。她对他很严格，成绩稍微退步，她就会静静地看着他，无声地指责。郁延川是害怕她的，可那一刻，他看见了戴月湿润的眼，以及深深的内疚。

他再次伸出了手，手才触碰到戴月的皮肤，又迅速地收回。

那不是他的错觉，那也不是他的心情，那奇异的陌生的情绪，是在他触碰到戴月的那一刻才产生的。稍纵即逝，却深刻。

郁延川告诉戴月和父亲郁金辉，他觉得自己病了，然后被他们拉去医院做了检查，结果一切正常。

他被郁金辉拉上车，慌乱又自责的情绪迅速席卷了他。

他被医生触碰到皮肤，郁闷和焦虑让郁延川抓乱了头发。

他被郁延希抱住了腿，他的心情也随之变得愉悦。

在惊吓、恐惧和抗拒中翻滚了几个来回后，郁延川又试验了几次，终于肯定，自己在与人皮肤接触的时候，能准确无误地感知到对方的情绪。

真实得如同由心而发，感同身受。

可是，戴月和郁金辉不相信，他们觉得，他因为摔下山崖受了伤，又受到了惊吓，产生了癔症，于是又带他去了另一个医院。

他终于在一次次检查后被确诊，他在这场意外中受了伤，激发了大脑的潜在能力，能够更加敏锐和准确地感知他人的情绪。就像有人摔伤后失明，有人失忆，他大脑受到撞击，却使第六感更加准确灵敏。

那时他年纪虽小，却已学会沉着冷静地进行分析，若是他一直在这个问题上纠缠下去，可能会被当成精神病。

于是，他在一周之后“痊愈”了。

得到了这样的能力，最初郁延川觉得新奇。与人皮肤接触和眼神对视便能感知对方的情绪，多么奇妙！他忍不住一次次去窥探别人的心情，虽然他会忍不住跟着一起笑和忧愁，被影响的情绪也会持续很久。可那种感觉十分奇妙，令人沉溺。直到他在一次放学的时候，开玩笑似的握住了好朋友的手：“你看我的眼，我告诉你一个秘密。”

那是他第一次感受到厌恶的情绪，他迅速地放开了他。

从那天开始，郁延川便尽量避免与人皮肤接触，包括家人。

这个恐怖的能力就像一个自动植入的病毒，无法清除，唯一能够与之和平相处的方式是不与人接触，这样它便无法作威作福。

所以，这些年郁延川几乎没有朋友。他逐渐习惯了孤独，以至于他几乎忘记了自己还有这个奇妙的能力。连郁延希都不知道他的秘密，除了父母和医生，千临是第二个知道的。

第一个，是陆忘。认识陆忘那一年，郁延川刚上大学。跳级加保送，又因郁金辉和戴月赐予的好皮囊，他刚进入医学院便引起了轰动。

暗恋、表白、收到礼物与情书，对他来说是习以为常的事，但那么多女孩，他一个也没有记住名字。除了陆忘。

陆忘是他见过的最大胆的女孩。她在教学楼下拉横幅向他表白，她在他出现的每一个场所出现，她知道他喜欢吃的食物，知道他会一个人去看电影，和他写一样的论文题目，甚至和他一起拿奖学金。

她热烈、张扬、骄傲、优秀，她在教学楼下拦住他，说："郁延川，你会喜欢我的，你是我的。"

他觉得，她真是胆大包天。可他却不争气地验证了她的论点，成为她的论据。那是郁延川第一次知道喜欢一个人是什么感受——时时刻刻想要看见她，想要和她在一起，想要靠近她，想要感受她的喜怒哀乐。

郁延川在父母的严格要求中成长，人生最出格的事情不过是那次离家出走，一板一眼，十分无趣。可是，陆忘不同，她就像一团热烈的火焰，骄傲又自我，喜欢一切新鲜事物，热爱挑战与冒险，渴望成为人群中最耀眼的存在。

他第一次与她牵手，她得意而兴奋；他和别的女孩子说话，她会生气吃醋；他拿到了国家奖学金，她嫉妒却不服输；她是张扬的，鲜活的，也是真实的。郁延川喜欢这样的陆忘，可他也是疑惑的，她和他不一样，没有激动、忐忑和甜蜜。于是，他和她坦白了自己的秘密。他幻想过无数次陆忘的反应，不安地等待她的回应，却没想到，从那天开始，陆忘便拒绝他的触碰，仿佛他是怪物，让她避之不及。

千临的靠近，让他想起了当年的陆忘。而她也如他所料的，在他坦诚说出自己的秘密之后，就没有再出现。当然，郁延川是不在乎的。他很忙，要看病历，要做评估，要手术，要查房，还要给学生看报告和论文，忙得不可开交，分身乏术。

他压根不在意，也没时间去在意，她没有再出现这事。

郁延川回到星湖水岸的时候，天已经黑了。

他和郁延希都不会做饭，平时都是靠食堂和外卖续命，厨房装修豪华、配置齐全但基本都是摆设，没想到这一天他推开门，发现厨房亮着光，郁延希正猫着身子在泡面。

听到响动，郁延希吓了一跳，开水溅到了手上，他当即号出了声。郁延川看着他弟智障一般在原地龇牙咧嘴却不做紧急处理，眉心跳了跳，终究看不下去，抓住他的手往水池伸。用凉水浇了好一会儿，见皮肤没有起泡，他才松开：“自己拿点儿药抹一抹。”

他正准备往楼上走，想了想，还是忍不住回头问了一句：“你怎么不开心？”他这弟弟，神经粗得像大树，心眼宽得媲美东非大裂谷，他握住他手的那一刻，却明明白白地收到他传递过来的沉重心情。

郁延希正端着泡面颤颤巍巍往餐桌走，收到他哥突如其来的关心，险些又烫伤自己，愣了半晌才挤出一句：“你吃泡面吗？”

见郁延川扭头要走，他咬咬牙：“哥，如果一个人一直给你送饮料，送了两个月却忽然就不送了，你说，她是什么意思？”

郁延川听完便后悔了，他与弟弟面面相觑，大眼瞪小眼，良久，才在弟弟期盼的眼神中慢悠悠地开口：“你想喝饮料就自己去买，没有零花钱吗？为什么要别人送？”

然后，他丢下郁延希，落荒而逃。

比起丰厚的履历，郁延川的感情世界一片贫瘠，除了与陆忘的那一段过去，几乎没有拿得出手的恋爱经历，怎么能够为弟弟解答感情问题。

也不知怎么的，在这一刻，他忽然想起了千临。自几日前他叫她走后，她便没有再出现——没有再时不时在医院偶遇，没有再到科室找过他。虽然，这就是他想要的结果，可他仍旧觉得郁闷。

郁延川自成年后，极少有大起大落的情绪波动，但这几日一想到千临便觉得恼火，偏生他带的学生蔡予还在问他：“老师，那个一直来找你的女孩，怎么没来了呢？”

郁延川是中心医院最年轻的副主任医师，17岁上大学，25岁取得医学博士学位，27岁已是副高级别，是他们无法企及的存在。同时，他也是一个优秀的老师，虽然不爱说话与玩笑，脸上没有什么表情，病人都有些怵他，但是相处久了便知道，他耐心、温和，在工作上细致又认真，也极少对学生发脾气，唯一一次发脾气还是学生用错了麻醉剂量。

蔡予是郁延川的大弟子，仅比他小了两岁，底下好几个师弟师妹都怕他，唯独蔡予能和他开上几句玩笑。今天蔡予也是被怂恿着八卦，结果话音刚落，郁延川幽幽的目光已经砸了下来："让你写的报告交了吗？病历书看了吗？化验单打印了吗？检查单开了吗？还不去，很闲吗？"

看着郁延川像炸毛的猫似的摔门而去，蔡予有些蒙："他……这是怎么了？今天有检查单和化验单要开吗？怎么没人和我说？"

小师妹丁宁甩给他一个同情的眼神，表示爱莫能助，夹着尾巴走了，就怕自己也被迁怒。郁延川不知学生已经将自己和"暴君"画上了等号，兀自去查了房。

千临无声无息地消失了，就像那个给郁延希送饮料的女孩一样，真是可恶。

其实，郁延川完全错怪了千临。那天在天台，她从震惊中反应过来时，郁延川已经兀自走了，连进电梯都没等她。

她本想为自己申诉，却接到了办公室的连环夺命电话，不得不急匆匆地赶回办公室。于是，千临连发表意见的机会都没有，便被打上了嫌弃他的标签。

这几日，千临实在是分身乏术，周银银母亲过世回了老家，林小圆和男友分手无心工作，石磊又生了病，整个办公室就剩方知鱼和一个新来的小年轻，偏偏一个有社交障碍，一个能力有限，千临只能一个人挑起大梁，简直操碎了心，连去医院探望孙晓岚的时间都没有。

将走失女童送回家，千临才上车，方知鱼的电话又来了，支支吾吾要千临快回来，大事不好了。千临火急火燎赶回办公室，见到会客室里的人，好一会儿才想起这女人是谁——蒋百里的母亲，为了挽回丈夫，与女儿联合起来炮制乌龙失踪案的徐清影。

几个月没见，她瘦了不少，也不似第一次见时那般端庄精致，长发已剪短，整个人显得憔悴又脆弱。

“请问，有什么事？”在几个月前，徐清影在乌龙失踪案被戳穿后，半句抱歉都没有，直接拉黑了“破晓寻人”的工作微信号。千临虽不齿她的所作所为，却也没当面给她难堪，礼貌又客气地问了来意。

“我家百里失踪了……”或许是想起先前的事，徐清影涨红了脸，还是咬咬牙说下去，“能麻烦你们帮我找找吗？我什么也没有了，我只剩下百里了！”

“蒋夫人……”

“我离婚了。”

“徐女士，你应该听过狼来了这个故事吧？”千临看了一眼猫在门外的方知鱼，朝她挥了挥手让她离开，却被徐清影猛地抓住了袖子。

“我没有撒谎，真的，百里是真的不见了！她从早上出门到现在都没有回来，我给她打了很多电话，先是无人接听，然后是关机……求求你了，帮我找找我的孩子！”

千临想要挣开，却忽然顿住，因为徐清影的眼泪落在了她的虎口，冰凉湿润。

在乌龙失踪事件后，徐清影和丈夫蒋兆离婚了，仍旧住在星湖水岸。因为蒋百里已年满十八，不必选择监护人，所以她是父母家两边跑，大部分时候住校。父母离婚后，原本胆小内向的蒋百里变了许多，不再每天待在家里，而是出去到处玩，交了不少校外的朋友。

徐清影在和丈夫离婚后，变得多疑、敏感、消沉，除了打牌喝酒，最大的爱好便是掌控女儿的行踪，她把生活的重心从丈夫转移到女儿身上，每天发十几条微信给蒋百里。

原本蒋百里隔几天就会回星湖水岸一次，最近却已经有将近半个月没来。

徐清影将蒋百里训了一顿之后，蒋百里答应回家陪她吃饭，但从昨天傍晚出校门后，蒋百里便失去了音讯，电话也打不通，去学校找也不在。

因为失联不到24小时，再加上先前的乌龙事件，老师和同学都不怎么上心，压根儿不相信她失踪了。就连蒋百里的父亲蒋兆，都觉得是徐清影在搞鬼，将她大骂了一顿："小动作做一次就够了，两次就没什么意思了！你都几十岁的人了，没脑子吗！"

徐清影想着或许她是出去玩玩，但等了一天一夜都没有等到蒋百里，她走投无路之际，只好找到了"破晓寻人"。

千临对徐清影的话将信将疑，毕竟她是有过前科的人。且这几日人手不足，千临也实在没有精力去陪她玩过家家。

可徐清影的眼泪，却让她觉得烦闷。电光火石间，千临忽然想起了郁延川。与此同时，正在开车的郁延川重重地打了个喷嚏，随即，口袋里的手机响了起来。他拿起来看了一眼，是一串没有储存姓名的号码，他却知道是谁。郁延川没有接，将手机扔到了副驾驶。十几秒后，手机停止了震动，没有再响起。

郁延川松了一口气，同时又觉得烦闷，就连平时畅通无阻的回家之路，也因车祸而变得拥堵，让他整整走了四十分钟才回到家。

他停了车，刚走到家门口，便见扰乱他心绪的罪魁祸首蹲在他家门口，时不时伸手拔几根花丛里的野草。

光影明灭，她似乎朝他笑了笑，又似乎没有。

"你怎么没有接电话？"

郁延川不善撒谎，好一会儿才道："开了静音，没听到。你找我……"话没说完，手机就拆台一般在口袋里响了起来。

"哦，是这样。"

这一次，郁延川确定看见她笑了，她揶揄地朝他努了努嘴："现在你口袋里响的应该不是你的手机吧。"

口袋里的手机还在疯狂震动，吵得郁延川头疼欲裂，他没有再看千临，直接滑动接听，还因为紧张，不小心按到扬声键。他弟咋咋呼呼的声音毫不遮掩地传了出来：“哥，刚刚破晓寻人的那个队长又来找你，好像叫千临吧？我估计没什么好事，肯定有大麻烦，就直接说你不在家出差去了……”郁延川在他拆完最后一块台阶之前，迅速地掐断电话。

“大麻烦”依旧带着人畜无害的笑，好像什么也没听见：“郁医生，我有件事想要麻烦你。”

“我……”

“你还欠我一个条件，记得吗？”千临笑得天真无邪。于是，郁延川连家门都没进，便跟着千临去了邻居家，附带死皮赖脸要跟上的郁延希。

他从监控中窥探到敌情，直接杀出来护驾，却没想到他哥这个“昏君”，还没和千临说上两句话便要跟她走。

“你们去哪里，我也一起！”

郁延希说完，千临却爽快地点了点头：“好的，那就一起吧，反正你也认识。”

“认识什么？”他一头雾水。

千临想起蒋百里日记中对郁延希隐晦又热烈的爱慕，心情有些复杂：“蒋百里，不知道你记得不记得，几个月前失踪的那个女孩子，她……失联了。”

“什么，她失联了？”

“你认识她？”郁延川敏锐地捕捉到弟弟语气中的不同寻常。

郁延希看看他哥，又看看千临，向来没脸没皮的人难得显露一丝害羞：“哦，认识，她给我送了两个月的运动饮料……”

对于女孩子，郁延希向来躲闪不及，之前学校里也有过女孩鼓起勇气给他表白，但几乎没有人能抵挡他的毒舌和无情。

“长得不好看。”

“成绩太差。”

“你这脸怎么和猴子屁股似的。”

“这情书简直写得狗屁不通，什么叫你的酒馆在等我打烊，我不喝酒！”

他如同情感杀手，揉碎了少女们的爱慕。他之所以记得蒋百里，是因为她的乌龙失踪事件给自己带来了麻烦。她从来没有和他说过一句话，也没有和他有过眼神对视，唯一的一次接触，是某天在他打完球去便利店买饮料却发现自己忘带手机的时候，帮他买了单。他把自己的电话留给她，要还她钱，她却拒绝，从此每天在他打球的时候，给他准备一瓶运动饮料，搞得整个篮球队都拿他起哄。

郁延希本打算让她不要送，可她每一次都是放下就走，或者直接塞在他的书包里，一连两个月，郁延希都没和她说上一句话。

他对打篮球本是三分钟热度，但因为害怕她跑空，这两个月每天都风雨无阻准时出现在篮球场。然而，昨天她却没有出现。

他心不在焉地打了球，几次投篮不中，连他最擅长的点球投篮都落空，最后心烦意乱地回了家。他绝不承认自己被她影响了心情，将发挥失常归结于球场太滑，今天早早就去了篮球场，准备一雪前耻。但那个可恶的蒋百里，仍没有来。他一口气买了三瓶运动饮料，自己喝一瓶，剩下两瓶送给朋友，蒋百里来不来，他才不在乎呢。

听到千临说她失联，郁延希心里一紧：“报警了吗？发动寻人了吗？找老师同学帮忙了吗？”他觉得蒋百里不是这么无聊的人，不会再开这种无聊的玩笑。

郁延川极为讨厌与人身体接触。因为每一次，对方的情绪都会准确无误地传递给他，他的情绪会随着他们的喜怒哀乐而波动。从最初的害怕闪躲，到现在的坦然接受，他已经学会与这些不属于自己的情绪和谐相处，但他仍旧不喜欢。

这是他第一次主动去触碰别人，趁着徐清影将手机递给他的时候，他轻轻地触碰了她的手指，并捕捉到她的眼神。那眼中的无助和绝望虽是稍纵即逝，仍旧像朝他心口扔了一块大石，他深吸了一口气，迅速地朝千临点点头。

千临的表情忽然变得凝重。徐清影没有撒谎，那就代表着蒋百里真的失踪了。徐清影已经报警，但直到现在仍旧没有蒋百里的消息。

其实在来找郁延川之前，她已经让方知鱼在全网发布了寻人消息，并且转发到志愿者群，让郁延川验证徐清影有没有说谎，只是不想让志愿者们白跑这一趟。她甚至是希望徐清影在说谎的，她宁愿这是个闹剧，也不愿看到有人再次失联。

蒋百里是在从学校回星湖水岸的路上失踪的。平时，她都是坐公交车或者地铁，偶尔会坐网约车，警方已经联系网约车平台，拿到了蒋百里的账号信息，证明她没有打网约车。所以志愿者兵分三路，分别从公交车站、地铁站和出租车的路径寻人。

出了蒋家，千临准备再亲自去博陵大学一趟，看看能不能拿到什么有用的信息。或许是徐清影内心的悲怆太过深刻，郁延川在千临和他告别的时候，鬼使神差地喊住了她："我、我和你一起吧！"他不自然地笑了笑，"多个人，多份力量。"

没走两步，他发现郁延希也跟在他们身后，郁延希理直气壮："不是多个人多份力量吗？我们是校友，我肯定要帮忙的！再说，博陵大学你们哪里有我熟！"完全忘记他哥是博陵大学医学院毕业，本硕博连读的，在学校待了整整八年。或许是心虚，郁延希说完，感觉千临和他哥的目光都落在了自己身上。

千临联系了蒋百里的好友姚瑶，接到千临的电话，对方语气有些沉重："昨天蒋妈妈给我们打电话的时候，我还以为她又在开玩笑，还发微信骂了百里，没想到今天警察就来了。我们班的同学组织了搜寻队伍，正在找她。"

千临问："估计这些话已经有很多人问过你了，但我还是想再问一次，最近百里有没有什么不一样的地方？"

"没有，很正常。"姚瑶顿了顿，又补充道，"其实这么说也不对。她爸爸妈妈离婚后她就变了，但是她失踪前那天没有什么异常。她和我说，她不喜欢回家，不想面对蒋妈妈。”

郁延川和郁延希去找了蒋百里的老师，得到的也是同样的回答。警方已经调取了监控，校内监控只拍到她出了校门，往马路对面走，公交车和地铁站的监控都没有发现她的踪迹，所以最大的可能性是——她是打车离开的。

志愿者随即分成好几个小队沿路寻找。

千临坐上郁延川的车，沿着学校回星湖水岸的几条线路慢慢地找，经过加油站和便利店都会停下来询问，但是没有人见过蒋百里。一直找到凌晨，志愿者群虽然叮叮咚咚地响个不停，但全部都是令人失望的消息。当车再一次停在星湖水岸，千临说："你们明天还要上班和上课，就这样吧，先原地解散。"

郁延希这个晚上一直没有说话，这会儿却忽然激动起来："这样就放弃了吗？这才找了多久？蒋百里说不定在哪里遇到了什么意外，正等着我们去解救……"

"没有要放弃，我们不会放弃……"

"那你还等什么，走啊！不放弃，那就继续找下去啊……"

千临被吼得一愣一愣的，正想说话，手机却忽然响了。

"队长，我们的保洁志愿队刚刚在西郊垃圾场附近的山崖上发现了一个女孩，好像就是失踪者。已经报警了，现在情况很危急……"

千临挂了电话，把刚推开的车门迅速关上，同时深深地看了后座的郁延希一眼。对方摸了摸自己的脸："我英俊的脸上，有什么东西吗？"

"没，我只是想看看人形乌鸦长什么模样。"

"破晓寻人"有一支志愿者分队，叫"城市小组"，成员是来自全市各地的保洁工人和环卫工人——他们穿梭在城市的每个角落，总能看到更多别人所看不见的事情。"破晓寻人"组建以来，"城市小组"成功寻人217例，其中以走失、离家出走者居多。

此次，发现蒋百里的便是“城市小组”的一名志愿者肖姐。肖姐是垃圾车司机，每天来回十几趟，运送垃圾至三十公里外的西郊垃圾填埋场。西郊地势陡峭偏僻，又因为有垃圾场的缘故，臭气熏天，平时极少有人靠近，到了夜里更是人迹罕至。

肖姐工作完，在志愿者群看到了千临发的寻人信息，就想开车到附近找找，结果车才开出垃圾场，刚走到盘山公路，便看见前面有辆开得摇摇晃晃的破旧的轿车。她放慢了车速，忽然发现轿车车门被打开，有个身影从车里一跃而下，在公路上滚了一圈，滚下了山崖。肖姐吓了一跳，赶紧刹车。前面的车也停下来，有个男人从车上下来，正要去找人，见肖姐停了车，竟然慌不择路开车跑了。

盘山公路上路灯不多，她也看不清对方的脸。肖姐觉得这事不对劲，但也顾不上追，赶紧回车上拿了手电筒往下照。这一照，她心脏险些跳了出来，原先跳车的人，衣服被挂在了崖边的灌木上，手正在半空胡乱地抓，但什么也没抓住。被手电筒一照，她发出了一声尖叫，灌木摇晃，险些挂不住她。

“你别动，别动！”肖姐不敢太大声，怕再一次吓到她，“开车的人跑了，你别怕，我马上报警，马上就会有人来救你。”

女孩压抑着哭声，小声地啜泣，可还是应了一声好，不敢再挣扎。

肖姐迅速打电话报了警，然后看着女孩子脏兮兮的脸，觉得莫名熟悉，忙问：“你是不是叫蒋百里？”

她刚回答，肖姐便迅速将电话拨给了“破晓”指挥部。

有时候，际遇便是如此奇妙。若不是肖姐今天多跑了一趟垃圾填埋场，若不是她在志愿者群看到千临更新的路线讯息，表示蒋百里没在市区出现，让志愿者多留意郊外或周边城市，肖姐压根儿不会走这条路线。然而就因为这一系列巧合，救了蒋百里一命。

如果不是她及时出现，在这荒郊野岭，蒋百里的命运不敢想象。

警察来得很快，而千临他们几乎是与警车同一时间抵达。

千临心急如焚，一路喊着加速，将堂堂麻醉科二把手当成了卡丁车司机，末了不忘补充："超速罚单我给你报销。"

郁延川嘴唇动了动，正要提醒她，上次说要给他报销洗车钱都还没给。他一个走神，车还没停稳，千临已经开门下车，郁延希紧随其后。

警察已经来了，迅速地展开了救援。

郁延川站得远远的，没有靠近。他不是专业人员，不懂救援知识，不上前去凑热闹，只是远远地望着。他看见千临走向了人群，看着她亮出了自己的证件，看着她站在了崖边往下望，看着她蹲下身趴在了崖边，像是在和下方的人说话。

她像是处理过无数次这样的场景，着急却不慌乱，甚至还能够给救援的警察搭把手。她像一阵风，时而温柔，时而猛烈，让人分不清哪个才是真正的她。而他，什么也做不了，只能看着她忙碌。

此时，被搀扶着的蒋百里忽然倒下。

"快，快叫救护车！"

"有没有人会急救！"

郁延川没有犹豫，立即朝人群跑了过去。

"你是谁……"有个警察拦下了他。

他没有说话，迅速地拨开人群："快，让她平躺着。"

"他是医生，麻烦大家听他的。"在混乱间，郁延川听到了千临的声音。

她的声音不大，夹着山风和警笛，不甚清晰，可说来奇怪，他却听清了她的每一个字。郁延川迅速地将手伸向蒋百里的颈动脉，随即，他的心咯噔了一下——没有搏动。

没有外伤，却忽然没有脉搏，应该是惊吓过度引起的心脏骤停。他几乎没有犹豫，迅速地解开了蒋百里胸前的扣子，为她进行胸外心脏按压。周遭一片喧闹，可郁延川什么都没听见，他只听见自己一声一声地数数，以及杂乱无章的心跳。

这是郁延川做过的最漫长的一次急救。他对蒋百里做了胸外按压，随即是人工呼吸，可他接连做了五个循环，蒋百里的脉搏仍旧没有跳动起来，他几乎可以听见人群中焦急的碎碎念以及无奈的叹息。可是，他仍在继续。也不知道过了多久，他终于摸到了脉搏微弱的跳动，也是在这个时候，救护车来了。

原先静止的人群，再一次动了起来，人们像在无声电影中一般快速地挪动。蒋百里被抬上了救护车，警察有的正在向肖姐问话，有的在对现场进行取证，唯独郁延川待的这一块儿，蓦地空了出来。或许是一直跪坐着，或许是神经绷得太紧忽然放松，他起身时没站稳，摇摇晃晃便要往后栽倒。

一只手从背后扶住了他，在他站稳之后，仍旧没有松开。

“现在，我是什么心情？”

郁延川听见千临问。他闭上眼睛，她是轻松的、愉悦的，如同忽然而来的山风。他要挣脱，她却紧紧地抓住他，没有松开。

“我都不怕，你怕什么？”他听见她说。

蒋百里失踪了58小时，因为饥饿、寒冷与惊吓，在被成功解救后，忽然出现心脏骤停。好在郁延川为她做了急救，被送到医院抢救后，终于转危为安，于当天清晨清醒。

心脏骤停复苏成功率极其低，且在夜间发生心脏骤停的存活率比白天要更小，蒋百里在如此危急的情况下遇到一个有经验的医生，是何其的幸运。

谁也不知道，在这失踪的几十个小时里，她经历了怎样的绝望。而那个开车的嫌疑人，警方在调取监控后，锁定了他的逃跑路线，在一间偏僻的出租屋将他抓捕归案。

嫌疑人姓许，今年四十三岁，开出租车营生，爱聚众赌博。被出租车公司开除后，他低价购买了一辆小轿车，开起了网约车。蒋百里坐过他的车。因为博陵打车难，网约车也要排队，在许某建议下，蒋百里加了他的微信，平时直接微信叫车。蒋百里坐了几次他的车，均没有出现问题。

这一次，准备回家的蒋百里在排队打不到车后，照惯例用微信叫了许某的车，并在和许某约定好的地点上了车。没想到，她一上车，就被许某事先准备好的迷药迷晕了。

许某因为喜欢赌博，与妻子离了婚，还欠下了大笔债务，却仍旧不知悔改。他接送过几次蒋百里，从她的穿着打扮和她住的小区得知她家境优越。近段时间，他被债主骚扰恐吓，苦不堪言，收到蒋百里的微信，当即萌生了恶念，制定了绑架计划，将蒋百里带到自己所在的出租屋。他只是求财，所以并没有伤害蒋百里。

许某第一个电话，打给了蒋百里的父亲蒋兆，但蒋兆将他当成了骗子，以为他是蒋母徐清影请来的，直接挂了电话。许某一怒之下，准备将蒋百里关上两天，等她的家人心急如焚再打电话。结果没想到，在他打电话之前蒋母已经报警了，关于蒋百里的寻人讯息已经遍布网络，许某慌了。

许某文化水平不高，平时除了赌博，也没有做过什么伤天害理的事，此次恶向胆边生绑了蒋百里，冷静下来才觉得后怕。但做都做了，还能怎么办？他恐吓蒋百里，说会放了她，但要她不报警，并且打电话和家里人说自己是出去旅行了，蒋百里答应了。

许某原本打算把蒋百里送到临市，但车开到一半，他再次萌生了恶念，直接将车开向了本市西郊。这边有个垃圾填埋场，平时人迹罕至。许某觉得蒋百里是个小女生，也没有多大的力气，只绑住了她的手，也没有绑太紧，这才给了蒋百里机会。蒋百里发现线路不对，有所察觉，一边分散许某注意力，一边慢慢解开绳索，然后趁着他不注意，直接跳车逃走。说来也是幸运，恰好遇到了开着垃圾环卫车的肖姐。

两天之后，蒋百里从ICU转到了普通病房。千临去探望了她。

这个月，千临感觉自己一直在和医院打交道，她几乎已经可以背出中心医院的线路地图，心电图室在哪里，核磁共振室在哪里，放疗室在哪里，肿瘤科在哪里，麻醉科在哪里，她如数家珍。她不喜欢医院，应该没有人会喜欢这个充满灰色的地方。但渐渐地，她似乎也没有那么讨厌这里了——医院有病痛和死亡，同时也有生生不息的光明和希望。

蒋百里住的是单人病房，千临来的时候，刚好遇到蒋兆。他依旧西装革履，却显得有点儿灰头土脸，匆匆与千临擦肩而过。很快，她就知道了原因，因为她敲开蒋百里病房门的时候，迎面而来的是一个苹果："姓蒋的，我让你滚！你还来……啊，不好意思，是你啊……"

千临及时躲过了"夺命追击"，只是墙角的热水瓶没有那么好运，被砸了个正着。

徐清影又窘又愧，一直低头道歉。这个只知道打麻将、购物、围着丈夫打转的富家太太，经历了离婚和女儿失踪后，完全变了一个人，褪去了尖锐和刻薄，成了一个普普通通的母亲。对女儿的愧疚，对千临的感激，反而让她不善言辞起来，再次表示感谢后，她借口买东西出了病房。

蒋百里还躺着，脸上有着劫后余生的苍白，精神却还不错，见到千临就要起身。千临急忙将她按了回去："你休息，不用起来。"

"千姐姐，真的谢谢，又麻烦了你一次。"她低着头，声音很小，带着一点儿自责。

"遇到这种事，不是你的错。不过你的防范意识还是太差，也太不顾自己安危了，那么危险，怎么就跳下车了？"

"他的眼神不对，我想着，怎么都是危险，与其把命运交给别人，还不如豁出去搏一搏。"蒋百里迅速抬起头看了她一眼，有些不好意思，"没想到，自己真的赌赢了。"

"你差点儿没命了。"

"对了，千姐姐，那个救我的医生，是你认识的人吗？我想亲自去说声谢谢。"

千临愣了一下，道，"我认识。那是郁延希的哥哥，郁延川。"

这个名字，她已经熟悉得很，却不知怎么回事，这一次说起来，竟有些扭捏。与此同时，蒋百里不知道想起了什么，苍白的脸上也泛起了红晕。

千临探望完蒋百里，又去了孙晓岚的病房。

新请的护工十分尽职，见千临来了，没聊几句，又勤快地借来了轮椅：“我推孙老师出去散散步，这会儿天气好，晒晒太阳。”

“我不用坐轮椅，可以自己走。”

孙晓岚反对无效，被力大无比的护工按进了轮椅，逃亡一般地出了病房。千临坐了好一会儿她们也没回来，于是，她决定去麻醉科走一走。

“不是我要找他，我只是替蒋百里表示感激之情。”千临自言自语着按了电梯。结果，她仍旧没有找到郁延川——日理万机的工作狂人郁大医生今日休假了，没上班。千临怀疑他将自己拉进了黑名单，因为她打他的电话，永远是无人接听。

但这一次千临明显错怪了郁延川，他没有接听电话是因为他正在给宠物洗澡。所以，千临到了郁家，门刚打开，便看见了怀里抱着一大团泡沫，身上脸上都是泡沫的郁延川。仔细一看，他怀里的泡沫还会蠕动，有着粉嫩嫩的大鼻子——郁延川抱的是一只黑白相间的迷你香猪，乍一看，就像一头小奶牛。严肃冷漠的麻醉科医师和粉嫩可爱的迷你香猪，这画面怎么看怎么违和，他不像在给它洗澡，反倒像要给它一针。

郁延川看着千临一脸震惊，忙解释：“这是郁延希的。”

郁延川并没有撒谎，这的确是郁延希的猪——他前阵子心血来潮，不知从哪儿弄来了这巴马香猪。只养了一周，便觉得麻烦，又嫌弃它臭，要将它丢掉。但这猪像知道他想什么似的，郁延希一带它出门，它便开始歇斯底里地嚎。好在他们住的是独栋别墅，与邻里相距有一段距离，否则还不知道要被投诉成什么样。这猪嚎完后，一头扎进郁延川怀中，死也扒拉不下来，好像知道这家是谁做主，哪里是安全地带似的。

郁延川没有养过宠物，正要拎着它扔回给郁延希，却发现那猪圆溜溜的眼睛正在看自己，似乎还有点儿湿润，他便扔不出去了。

于是，这小猪便在他家住下了，还被起了名字——奶牛。奶牛虽然是郁延希领回来的，但和他关系并不好，甚至可以称得上势如水火，一人一猪干起来是常有的事。若不是它动作灵活，又会启动分贝攻击，早就被郁延希丢出家门，更别谈给它投喂和洗澡。

且这猪可能是属狗的，门一开就会自己出去溜达，等到天黑了又回来拱门，身上常常滚得脏兮兮的。郁延川爱干净，只能一放假就像个操心的老母亲一样给它洗澡。门铃响的时候，他正在和香猪进行泡沫大作战，还以为是郁延希又一次忘记门禁密码，没看监控就直接开了门，结果就看见了目瞪口呆努力憋着笑的千临。偏偏这个时候，小猪倏地来了一个神龙摆尾，甩了两人一脸泡沫，从郁延川怀中逃窜而走。

“先进来吧。”

千临不是第一次来，但前几次都是在门外隔空对峙，这是她第一次进门。郁家的装修和她想象中差不多，灰色调的现代简约风，看起来干净却不压抑，从灯光到窗帘到家电，都是一水的智能家居，透露着低调的奢华感，让千临的嫉妒又涨高了一点儿。

郁延川压根儿没有察觉到千临愤恨的目光，依旧在与香猪相爱相杀，好不容易将它洗干净关进笼子里，已经是二十分钟后的事情——他的头发乱糟糟的，家居服湿了一大片。千临这才发现他戴了个无框眼镜，褪去了不食人间烟火的清冷，像是终于落入了凡间。

“你来找我……”他似乎有些尴尬，与她面面相觑了许久，一张口才想起自己没给客人倒水，顿时更尴尬了。

“嗯，我来找你。”千临说，“我去医院看了蒋百里，她脱离危险了。”

“我知道。”蒋百里住的是中心医院，他是医务人员，要打听到她的情况容易得很。

“她想要向你表示感谢。”

他摇摇头，正想说话，却被千临打断：“你无须谦让。如果不是你，如果不是你告诉我徐清影没有撒谎，‘破晓’即便发布了寻人信息，也不会那么用心。如果不是你和我一起参与搜寻，或许蒋百里就会错过最佳的急救时机，她的确应该感谢你。而我，我也要谢谢你。如果蒋百里真的出了什么意外，我可能要一辈子活在愧疚里。谢谢你，谢谢你没有让我跌入内疚的深渊里。”

午后的阳光温柔又暖和，千临的睫毛挂上了一抹淡淡的光。

“你问我害怕吗？我不害怕，我有什么好害怕的？我不怕你的触碰，我不怕我的情绪在你面前无所遁形，相反，我需要你。”她看着他，坚定地、毫不犹豫地说，“我需要你的帮助。不是现在，可能是未来的某一天。当然，有可能那一天永远不会来临。但上天既然赋予了你这奇妙的能力，我想一定有它的道理，你不是用它帮助了别人吗？如果不是你，蒋百里或许没有这么幸运。你不是恶魔，你不可怕，我不怕将自己所有的情绪袒露在你面前。”

千临承认，她被他所吸引。他像一张白纸，什么都写在脸上，看似冷漠，实则温和又热心。他沉默，极少说出温情的话语，却小心翼翼地呵护着弟弟；他看似对一切漠不关心，却会因为她受伤而追到她家中；他是麻醉科的冰山大魔王，却将病患的安危放在第一位，从不放弃生的希望；他不会拒绝别人，即便内心不愿意，他也一次都没有拒绝过她；他没有朋友，与谁都不甚亲近，却养了只吵闹的宠物，会认真细致地给它洗澡。

他是温柔的，却从不表露，将所有的一切深藏于心。

从一开始，他就吸引着她，只是她望而却步。如果他是毫无瑕疵的，她不敢靠近，而现在，她知道了他的秘密，知道了他的不完美，反而变得勇敢。

她说完，朝他伸出了手。

她的手指纤长白皙，指甲剪得圆润又干净，郁延川看着她皮肤上淡青色的血管，手动了动，却没有握上去。他说：“我拒绝。”

千临承认，那三个字落下的时候，像有一把锤子重重地击打在她心上，有些钝钝的疼。她却像什么都没有发生，笑了笑，收回了自己的手。

“没关系。”

如果郁延川这会儿触碰到她的皮肤，他一定能够感受到她的怅然若失，可惜他没有。同时她也是庆幸的，她没有完全袒露自己的内心，没有暴露内心那小心翼翼的喜欢。

郁延川看着千临，很难形容这一刻内心的感受。他能够准确无误地全盘接纳别人的心情，却无法解读自己的情绪。有那么一瞬间，他承认，他被千临打动了。他从未告诉别人自己的秘密，他并不喜欢这奇妙的能力，甚至有些厌恶，因为它，他成了一个异类。从未有人告诉他，他是可以帮助别人的。除了千临。

她是真实的，毫不掩饰自己内心的想法，她不怕袒露自己，不怕暴露自己的内心，同时也不掩饰自己的目的——她不怕他这特殊的能力，甚至需要他。郁延川并不失落，每一种关系，都是互相需要的，能够被别人所需要，是一件特别美好的事。

只是，他仍旧不敢伸手握住她。他早就习惯了孤独，不是不需要陪伴，但如果这陪伴只是短暂的，他不想要，他可以永远孤独地走下去。

被郁延川拒绝了，千临并不扭捏，说完了正事后便要离开。

郁延川看着她走到门口，鬼使神差地，叫住了她："千临。"看见她顿住脚步，回头，他却又不知道要和她说什么，只能尴尬地沉默。

好在，忽然闯入的郁延希成功打破僵局。他风风火火地破门而入，险些撞到站在玄关的千临。看到她，他瞪圆了眼睛，又看看他哥，意味深长地"啊"了一声，然后又忽然想起了什么："那个，千……千姐姐，我那个被救的校友，现在怎样了？"

千临奇怪地看了他一眼："蒋百里？你不是知道她的名字吗？她转出ICU了，住在907病房4号床，现在没什么大碍。"

"谁要知道她住几号床，我又没有要去探望她，我只知道是校友，随便关心一下。"郁延希掩耳盗铃了一回，慌慌张张的，也忘记追问千临为什么会在自己家，就直接往楼梯口逃，"我只是随口一问，你告诉我这么多干吗……"

一连几日，郁延川都有些坐立不安。不知是不是自己的错觉，他总觉得千临那日离开时的背影有些悲伤。虽然那天从头到尾他就说了三个字，但他总觉得说得重了一些。可话已出口，也没法收回了。

肿瘤科有个病人要手术，他去做术前访视，确定麻醉方案。刚好，那个病人就在孙晓岚隔壁的病房，鬼使神差地，他伸手敲了门。

没看见孙晓岚和千临，倒是看见了陆忘，她正在查房，看见他，一愣。

郁延川退出了病房，没走几步，陆忘已经追了上来："你找孙晓岚？她出院了，没人知会你？"他和陆忘是同事，但两人在不同科室不同楼层，遇见的机会并不多。

郁延川摇头，他想，千临应该很忙，每次见到她，都是匆匆忙忙的，他与孙晓岚毫无关系，没有告知他很正常。他这样想着，忽然抵达的电梯打断了陆忘接下来的话，也打断了他的思绪，然后，他就看到了"很忙"的千队长正在电梯里，她身后还有另一张熟悉的脸——郁延希。

"你怎么在这里？"他脱口而出。

他看的是千临，她身后的郁延希却一脸懊恼地开了口，一本正经地说："哦，我本着人道主义精神来探望受伤住院的校友，刚好遇到千……千姐姐，就一起下楼了。"郁延希说完，才发现压根儿没人注意自己在说什么，无论是他哥，还是千临，抑或是他身后的女医生，他忽然意识到气氛有些不对。

千临慢悠悠地开口了："现在麻醉科和肿瘤科合二为一了吗？医生查房都讲究男女配对，干活不累呀！"

这一次，郁延川不用与千临皮肤接触，都能察觉到她语气中的讽刺，圆溜溜的眼睛瞪着他，像一只愤怒的小松鼠。郁延川有些心虚，却不知自己在心虚什么。更可怕的是他觉得这一刻的千临竟然有些可爱，不知不觉就做出了解释："不是查房，我刚好来肿瘤科为病人做术前评估，偶遇。"

他在前，陆忘在后，所以他只看见千临微微扬起的眉，没看见陆忘瞬间黯淡下来的眸。

# 第四章 阿拉丁

从未有人像你，如同神话降临。

满足我对爱情的所有幻想的，只有你。

孙晓岚结束了阶段性的放疗，病情趋于稳定，出院回家调养身体。千临原本想接她到自己家住，但孙晓岚却怎么也不愿意离开教师公寓："我就在这里住着，哪里也不去。"

"那行，我搬过来吧！"

"别了，我们作息不一样，住一起矛盾多，我这么多年习惯了，你就安心地工作去吧。"

孙晓岚话是这样说，但千临知道她不是这个意思，纯粹是因为教师公寓距离她上班的地方远，孙晓岚不想她每日奔波，她虽然生病了，却不想自己被当成病人照顾。千临也没有勉强，每天与她微信联系，每隔两天来一次，监督她的饮食和生活是否规律。

孙晓岚出院后没有再去上课，却还是每隔几天就去学校走走，看看她的学生。千临知道，却也没有阻止，因为适当的锻炼有利于她的病情恢复，她现在最需要的就是愉悦的心情，只要她开心，她想要做什么，自己都不会阻止。

原本孙晓岚出院了，她无须再往医院跑，她却利用工作之便，但凡出外勤，但凡经过医院附近，就一定要进去一趟。

郁延川拒绝她的情景历历在目，但他那日平淡却笨拙的解释，以及他身后陆忘那被雷劈到一般的神色，又实在让她觉得舒坦。每次看到中心医院的大门，她都会不自觉地迈进去。

但大多时候，郁延川都不在办公室。他总是很忙，来去匆匆，有次千临与他迎面撞上，他见到她有些诧异，但没来得及说话就离开了。

一周下来，麻醉科的人都认识她了，一看到她，就会自发地出卖郁延川的行程：“老师在重症监护室！”“老师在手术！”“郁医生刚被急诊那边叫走了。”

千临闻言也不逗留，不慌不忙放下手中的东西，然后急匆匆离开。她给孙晓岚排队买了蜂蜜蛋糕，孙晓岚不能多吃，她自己不爱吃甜食，干脆留给郁延川补充糖分。寻亲者家属偷偷送到办公室的水果，同事分完之后不忘硬塞给她一份；还有路边卖花的小男孩，目光灼灼地与她对视，千临无奈，掏钱买了一支，也放在了郁延川的办公桌上。

郁延川回了办公室，在同事和学生们揶揄的目光中愤怒不已——她将他当成了小女生哄吗，往他办公室送的都是什么东西？甜食、水果和花，那花还是蔫了的，叶子都被揪掉了一半。

蔡予瞧着导师的脸色，觉得不大对劲，当即打算清空他垂涎了半天的蜂蜜蛋糕：“老师，这种高热量、高糖分的东西不利于身体健康！现在这些不良商家，为了卖货不择手段，还搞饥饿营销，每天限量限购，真是太不像话了，我把这腐蚀人意志的东西扔了！”

他刚朝那软糯的、黄灿灿的、散发着甜蜜香气的蛋糕伸出手，郁延川的目光立即砸了下来：“很有空？评估报告完成了？”

蔡予手一缩，撇撇嘴，深吸了一口气，留恋地看了一眼桌上的甜食，趴回电脑前继续工作。

一定是他的鼻子坏了，没有闻到蛋糕的甜味，倒是闻到了爱情的酸臭味。

郁延川表情严肃地盯着那袋蛋糕，犹如面对猛兽蛇蝎，半天也没想好怎么毁灭。鬼使神差地，他捻下一小块，塞进嘴里。

很甜，香浓的蜂蜜味，松软可口，入口即化。

真是，太好吃了！可郁延川莫名觉得生气，觉得千临真是过分，窥探别人隐私，连他爱吃甜食都打听了出来，也不知道是哪个掉了他的底。

又过了两日，千临竟在麻醉科遇到了郁延川。她有些吃惊："你怎么在这里？"千临完全忘记这是他的办公室，他在这里理所应当。

郁延川也不说话，只是看着她身后："你又带了什么？"

千临把手中的袋子往身后藏了藏："没什么。"

郁延川原本只是随口一问，让自己显得不那么被动，见她这么遮遮掩掩，心中愈发好奇，又问了一次："你又带了什么东西？"他压根儿没发现，自己的语气带着期待、欣喜，却欲迎还拒。

千临再次将手中的袋子往身后藏。

然后，郁延川做了一个令自己后悔的举动，他长手一伸，趁着千临不注意，抢过了她手中的袋子。他往黑袋里看了一眼，脸瞬间变得通红，将袋子扔了回去，然后拔腿就走。

千临收好自己从便利店买的卫生用品，看着他同手同脚的走路姿势，觉得好笑："郁医生，你去哪里？"

"有手术……"可他去的是住院部的方向。

她承认，送东西是自己追求郁延川的小计谋。她的感情史一片空白，从小到大也没有追求过什么人，只凭着模糊的、学生时代的记忆，学着男生追求小女孩那样送送小东西。但今天，她的确没有带什么东西。

这几天也不知怎么的，寻人寻亲的特别多，她熬了个通宵，刚从办公室出来，连车都懒得开。结果打车到了目的地一看，顿时哭笑不得。她迷迷糊糊报错了地址，上了车就开始打盹，也没发现去错了地方。来都来了，她就干脆上来看看郁延川。

看着他落荒而逃的背影，千临若有所悟。于是，郁延川回到办公室，便看到了一份外卖。不用问，他也知道是千临的手笔。他觉得气愤，她真的将他当成了要糖吃的小孩，而他竟然，觉得有些开心。

从小到大，他都活在父母严格的要求下，吃甜食与外卖都是不被允许的。可郁延希吵着要吃冰激凌、炸鸡时，总会被满足。他从来不吃，父母便以为他是不喜欢。

他也以为自己是不喜欢的，但食物入口的那一刻，他才知道，不是不喜欢，只是他不让自己去喜欢。

郁延川看着那精致的外卖餐盒，有些心烦意乱，又气千临多管闲事——医院有职工食堂，从清晨七点营业到晚上十点，还有专业的营养师配餐窗口。可是，浪费食物是可耻的。

郁延川打开外卖餐盒，瞠目结舌地看着整齐躺着的、黄灿灿的炸鸡。

炸鸡才在他的脑海中现身，千临就已经将它送到了他面前。

真是个恐怖的女人，她是不是有什么奇妙的能力？他能够感应别人的情绪，她是不是能够窃取别人的记忆？

千临倒是没有什么超能力，能够猜到郁延川在想什么。

不过是打开了外卖软件，点了销量最高的店，没想到是炸鸡套餐。但仔细想想也不难理解，来医院的不是病人就是家属。病号餐清淡少油少盐，寡淡无味，看着都没有食欲，吃久了多少就会产生逆反心理，想要剑走偏锋，点些什么不健康的垃圾食品。

上一次，从来不吃油炸食物的孙晓岚还在病房点了炸鸡吃呢！

所以，炸鸡在医院销量第一，也不是什么奇怪的事了。

于是，她手轻轻一点，深藏功与名。

点完了炸鸡，千临想去看看蒋百里。蒋百里身体虽无大碍，但终究经历了死里逃生，在徐清影的强烈要求下，仍在医院住着。

结果，却没有在病房里看见蒋百里。

“她散步去了。”护工这样说着，眼神闪烁。

千临想起上次在医院看见的郁延希，忽然就明白了什么，也不戳破，径自出了病房。午后的阳光温暖和煦，照得人昏昏欲睡。千临没有找到蒋百里，原本只是想在小花园坐一下便回去，却不想，阳光与微风勾起了她的睡意，她就这样在长椅上睡了过去。直到郁延川叫醒了她。

本着不浪费食物的原则，那份炸鸡饭郁延川最后还是吃了。鸡肉有些柴，有些油腻，并不能称得上是什么美味，可那浓烈的香气却引得他一口又一口吃得干干净净。

郁延川扔完了外卖盒，站在窗口自我检讨，怎么就这么禁不住诱惑？结果一低头，发现小花园坐了个熟悉的身影——她还没有走。

千临一夜没睡，被郁延川叫醒的时候还有些迷糊，抬头看了一眼站在面前的人：“怎么了，你怎么在这里？”

郁延川无奈：“你怎么在这睡着了？”

“有些累。”她揉了揉眉心，“昨天晚上加班，一直到中午还没休息，本来想坐一会儿就回去，结果太舒服了，就忍不住睡了过去。”

“你不用总是来给我送东西，也不用总是来找我。”郁延川想说，我不会被打动的，可后面的字，却怎么也说不出口。

千临的目光带着一点儿刚睡醒的迷离，不像往常那般犀利，她闻言笑了笑：“我来是我的事，你怎样是你的事，你可以拒绝我，但你阻止不了我靠近你。我这个人，别的没有，就是有耐心。”她看着他，目光洞悉一切，“炸鸡味道不错吧！”

“我没……”

“撒谎，你嘴边还沾着东西呢……”

郁延川下意识摸了摸嘴，又想起自己明明已经刷了牙，这才发觉上了她的当。

千临露出了胜利的笑容，郁延川几乎已经猜到她要说什么了，好在她的电话响了，打断了她的调侃与调戏。郁延川看着她，原先还笑嘻嘻的人，接了电话瞬间变了神色：“你说什么，四叔不见了？还留了遗书？我马上到。”

她匆匆而去，连再见都没说。郁延川看着她的背影，第一次发现，她其实很瘦，走路总是挺直脊梁，步伐又大又快，似乎在与时间赛跑。

郁延川想问她，不是要休息吗？可是，千临已经消失得无影无踪了。

下午毫无预兆地下起了暴雨，一直到下班还没有停。

郁延川以为，千临这一忙，或许又要好几天不见人，结果车才开到了环城路，便看见了她。因为下雨，他车开得很慢，看见暴雨中有人撑着伞在街边走，便多看了两眼。

起初，他以为是自己的错觉，定睛一看，真的是千临。

或许是因为下雨，天气凉了一些，她披了个红色的外套，上面印了“破晓寻人”四个大字。衣服已经被雨打湿，布满了斑驳的印记，头发也湿透了，乱糟糟地贴在额上，她却毫不在意。

与她同行的还有一男一女，都是四十来岁的年纪，他们正沿路一户一户地进去询问什么。雨很大，路上行人稀少，他们三人在暴雨中十分显眼，也显得狼狈，甚至有些可怜兮兮的样子。

好几次，郁延川都想停下车，但最终还是作罢。

这是她的工作，她的选择，虽然艰辛，但谁也没有资格干扰和阻止。而她也是专业的，他帮不了她什么，唯一能做的，是将她朋友圈里的寻人启事多转发几次。从朋友圈到微信群，他都发了个遍。

离开的时候，郁延川还是忍不住从后视镜中望了一眼。她的衣服似乎湿得更厉害了，伞也被大风掀飞，整个人像泡在水中一样，可她仍旧站得笔直，带着认真和倔强，还有一丝不易察觉的温柔。

她身上有一股吸引人的力量，像午后的阳光，猛烈得让人无法直视，可她又是明亮的，让人心生向往。

郁延川再次见到千临，是在第二天深夜。

暴雨下了一天一夜，仍旧没有停歇。

郁延川刚下班就接到了紧急呼叫，衣服也顾不上换，就急匆匆往急诊室赶。蔡予跟在他身后，认真地给他解释："患者是喝农药自杀的，小陆跟着救护车去了现场，已经做了催吐，但情况不大好……"

已是深夜，抢救室中却灯火通明，人来人往。病床前弥漫着一股难闻的臭味，洗胃机正在运作，地上都是带着泡沫的水。小陆身上都是呕吐物，看见郁延川，他差点儿哭了："老师，已经注射阿托品，但是……"

郁延川走近一看，脸色完全变了，病人脸色青紫，呼吸已经停止，瞳孔也已扩散。郁延川毫不犹豫："准备呼吸机和导管！男病患年龄在60到65岁之间，体重65千克左右，气管导管拿内径……"

抢救室虽忙碌，却忙中有序，几乎是下一秒，蔡予就递来了导管、喉镜和牙垫。郁延川迅速地拔掉洗胃机，将喉镜放入患者喉中，插入气管，他捏着呼吸囊，面色越来越凝重。

他让蔡予固定好气管，自己则跨上病床，为病患做胸外按压。五分钟后，他进行了电击，然后再次进行心肺复苏和胸外按压。小陆与蔡予都是他的学生，跟着他的时间不短，三人配合有度，虽紧张却不慌乱。

周遭一片喧闹，但郁延川什么也没有听见，急救整整持续了半小时，他一刻也没有停止过，但患者仍旧没有任何生命体征。

"老师……"蔡予的眼眶都红了。

他从病床上下来的那一刻，有个男人冲过来扯住了他的衣服："医生，你再试试，再试试，说不定可以呢！"

那是个四十来岁的男人，身上有股酒气，估计是患者的儿子。他抓着郁延川的手十分用力，将愤怒、悲伤与慌乱准确无误地传达给了他。

"抱歉……"

"你为什么不试试！为什么？"男人放开了他，指向小陆，"还有你，在救护车上为什么不救他，你们为什么不再试试？他被发现的时候还有气，现在怎么就不行了，你们是不是没有尽力……”他的声音很大，带着歇斯底里的哭腔，郁延川没有半句解释，任由他发疯一般将医务人员骂了个遍，最后再次抓住了自己的衣领。

郁延川正准备推开他，有只手比他更快一步掰开了那只手，郁延川顺着那只白皙的手往上看，看见了千临红肿的眼眶，他心里咯噔一下。

他听见她说：“你闹什么？这里是医院，你闹什么！”

她整个人都脏兮兮的，狼狈又疲倦，裤子上挂了几道口子，头上还有草屑，也不知道去了什么地方。她看了看郁延川，又看了看病床上的人。

郁延川原先只顾着抢救，没有仔细去打量病人的脸，这一刻顺着千临的目光看过去，他终于想起躺着的人是谁了。

在十多个小时之前，他还在朋友圈转发过他的失踪信息：陈四喜，六十四岁，于12月7日清晨4点离家，至今未归……图片是从监控中截取的画面，他就穿的这身衣服，白色的上衣，上面印了个小男孩的笑脸。

大约半小时后，寻人启事被替换，在图片的正中央，打上了“已找到，撤销启事”的字样。只是，那字不是寻常的红色，而是一行沉重的黑。

这一夜，郁延川没有离开医院。

小陆和蔡予都是住院医师，平时也跟着他上门诊、做手术，偶尔也会跟救护车随行做急救，但这还是他们第一次感受生命的温度在手上流逝。

蔡予心理素质好一些，只是沉默地站在一旁，小陆却已经撑不住，抱着头蹲在角落里，半晌没有起来。郁延川没有去安慰他，只要是医生，无论多努力，终归会不可避免地看到这样一幕。第一次在手术台上看到病人失去生命体征，他整整用了两天时间才缓过来。

陈四喜的儿子，那个暴躁的中年男人，在得知父亲的生命已无法挽回后，像发疯了一样开始破口大骂。先是郁延川，而后是蔡予，最后他将矛头对准了角落里的小陆：“你是随车医生对吧？他才喝药多久，是不是你采用了错误的急救方法，为什么他这么快就没气了！我老叔好几年前喝了农药，乡下的医疗站都给抢救回来了，你们这大医院怎么就不行！草菅人命，你们都是垃圾……”

小陆原本就压抑着情绪，被他这么一骂一拉一扯，整个人跌坐在地。

郁延川能够理解病人离世后家属的悲痛，所以男人第一次出言不逊时，他没有计较。可当他再次要去拉小陆时，郁延川反手抓住了他的手腕：“有话好好说，出去说，别在这里影响别人。”中心急救室还有其他病人和家属，还有正在急救的医生，他已严重影响到别人。

男人被他抓住手腕，愈发愤怒，正要爆发，却被人喝住：“闹够了吗？你闹够了吗？”

千临走到了他跟前，挡在两人中间：“你闹够了吗？现在在这里闹有什么用？这个局面谁想看到？最想留住四叔的人不是你，也不是我，而是在场的医生！你看看他们，你说这些话，良心不会痛吗？你不就是想要把责任推到别人身上，让自己好过一点儿吗？陈哥，够了，别闹了！后面还有很多事要处理，四叔，四叔还有很多事需要你去处理……”

千临的声音不大，却像一根针般戳破了男人的气焰，他的愤怒和悲痛慢慢被茫然无措替代，他看着千临，人高马大的男人，就这样哭了出来：“小千，我现在真的不知道该怎么办，米粒不见了，露露走了，现在连我爸也……都是我的错，都是我的错，该死的人是我呀……”

她伸出手，拍了拍男人的肩膀，这一刻，他用愤怒强撑着的坚强终于坍塌。中心急救室里充斥着刺鼻的、令人作呕的农药味，可郁延川却在这一刻，奇迹般地闻到了千临发端的洗发水香味，温柔又清新。

千临没说错，医生比任何人都更想留住患者的生命，都更想要他们能够活着。

而她不知道的是，在陈四喜生命消亡的那一刻，他所承受的痛苦，郁延川亦能够深刻地感受到。

他努力地想要将陈四喜从深渊中拉出，可是世界残酷，多的是拼尽全力也无法达成的事。

千临与陈四喜相识已有两三年，他是寻人委托者，亦是“破晓寻人”的志愿者，他们一直喊他四叔。他的忽然离世给千临带来了不小的打击。

陈伟在医院闹了一通，整个人恍恍惚惚，连四叔的后事都无法处理，千临只能陪着他，帮着在医院办手续。

这一忙，又过去了几个小时，天已经蒙蒙亮。她揉了揉眉心，长时间没有好好休息，加上原先在抢救室闻了太久的农药味，她头疼得厉害，走路也头重脚轻，若不是有强大的意志力支撑着，估计已经累得倒下了。

下了两天的雨终于停了，她坐在湿漉漉的长椅上发呆，风吹得她有些冷。热可可就是在这个时候递过来的，千临回头，便看见了郁延川。他没有穿白大褂，还穿着几个小时前的衣服，上面有着一大片污秽。

千临不喜欢甜食，但这个时候，热饮对她来说如同雪中送炭，几口下去，好像连头疼都好了一些。“对不起。”她说。

“为什么道歉？”

千临也说不上来，陈伟的出言不逊，让她觉得抱歉，可是陈伟虽可恨却也可怜：“那个男人，陈伟，是四叔的儿子。陈伟和妻子一直忙于工作，将四叔从乡下接来带儿子小米粒。两年前，四叔带着六岁的小米粒去儿童游乐场玩，因为小米粒太调皮，跑丢了。监控只拍到他跟着一个女人走了，报了警，我们也倾尽全力寻找，但是两年来一直没有消息。四叔在小米粒走失之后一直很自责，精神都有些恍惚，但是一直没放弃寻找，还加入了志愿者队伍，为我们的寻人工作贡献自己的力量。但自小米粒走失后，陈伟和他老婆刘露都觉得是四叔的错，和他关系越来越差，也不在一起住了。他们夫妻感情也不好了，两个月前，两人离了婚。四叔觉得是自己的责任，一直郁郁寡欢，两天前，他留下遗书出走了……我们找到的时候，他已经……”

这些年来，千临从未想过放弃，但看到四叔的那一刻，她承认自己动摇了。这么多年的努力，到底有没有意义？她想要找的人，到底还能不能找到？是继续坚持还是放弃？她不再坚定不移，她犹豫了。

千临垂着眼，声音很低。郁延川看见，有泪落在了她的手上，晶莹剔透。

千临的眼泪让郁延川有些无措，他不知该如何应对这样的场面。

这些年，他接触的女性少之又少，除了母亲戴月，便只有陆忘、病人和病人家属。

戴月除去在十四岁他离家出走时展现过一丁点儿脆弱，平时就像个无坚不摧的钢铁人，别说掉眼泪，她连生气都少有，永远面无表情，只有面对郁延希的时候，才会露出一点儿难以察觉的笑意。

至于陆忘，她是骄傲的，她不会在任何人面前展现她的情绪，无论开心、难过、生气、兴奋，只有在触碰到她皮肤的那一刻，他才能察觉。

而面对病人及其家属，他所能做的，便是尽自己所能，去缓解他们的疼痛，去抢救他们的生命。可是，千临不是他的病人。有那么一瞬间，他想要伸出手去抱抱她，但这个荒唐的念头刚从脑海中闪过，千临就抬起了头。

她的情绪已经整理了大半，眼睛虽有些红，却不再湿润。郁延川松了一口气，目光却没有从她脸上移开："你多久没有睡觉了？"

她掰着手指算了一下："四十八个小时，又好像不止，有六十个小时左右！"她脑袋里一片混沌，连自己多久没有休息都算不清了。

郁延川一下子就变了脸色："别数了，现在就回去休息。没开车吧，我送你。"他说完，大步走在前面。

千临仍旧坐在长椅上没有动，他纳闷地回头问："怎么还不走？"

"郁延川。"千临很少这样叫他，多是调侃地叫他郁医生，可这会儿，她却喊了他的全名，让郁延川有些不自然。

"你为什么对我这么好？"她认真地询问，不带半点儿揶揄。

"我没有觉得我对你好。"

“那你是对所有的人都这么好吗？”千临说，“你也会送你的学生回家吗？也会送病人的家属回家吗？也会送医院的清洁工阿姨回家吗？你看见别人休息不好，就要送他们回家吗？”

“不是。”面对她的步步紧逼，郁延川一时间觉得有些难堪，“我们，我们是朋友……”

他说完便后悔了，如果千临否认了怎么办？好在她并没有，她只是扯出一个疲惫的笑容，拍拍衣服，起了身：“走吧。不是说送我回家吗？”

千临或许是真的很疲惫，一路上没有再语出惊人，只是她也没有睡，只是睁着眼睛看着窗外。直到车在熊猫公寓停下，她准备下车的那一刻，他才听见她低声说：“撒谎。”

“什么撒谎？”

“你撒谎，你就是在关心我。”她并不笃定，也不得意，声音平静得像是在自言自语，她说，“谢谢你。”

很轻，像根羽毛，轻轻地搔在他的心上。



小米粒失踪至今已两年零七个月，但他们从未放弃过寻找。

“破晓寻人”的网站和软件首页，始终挂着小米粒的照片和个人讯息，和众多其他的失踪者一样，从未撤销。“破晓”与全国各个地方的寻人机构都有联系，在小米粒失踪后，也委托了多地的寻人机构帮忙寻找。

只是，全国每年失踪人口超过800万，不可能将所有的精力都放在找一个人上，警方是，公益机构亦是。唯一没有放弃的，是失踪者的家人。

小米粒失踪后，陈四喜成为“破晓寻人”的志愿者，每天徒步在博陵及周边城市寻找。他印了许多小米粒的照片，还将他的照片印在了衣服上，不分四季，总是穿着这一身。

陈伟与妻子刘露最初也寻找过，但随着时间的推移，倾尽了财力，希望却越来越渺茫，他们最终选择放弃。

陈伟离婚后工作也丢了，每天除了喝酒就是睡觉，活得像一摊烂泥。在四叔出事之前，千临已经有一年多没有见过这个男人，只偶尔从四叔口中听到他的消息——过得不好，天天喝酒，脾气也不好。

四叔每每说起，都带着愧疚与心疼。六十岁出头的人，在孙子失踪后迅速衰老，头上再也找不到一根黑发，但他的目光中总带着希望，虽然那光越来越黯淡。

他结束生命的那一天，是小米粒的生日，他终于熬不下去，放弃了。

除了陈伟，四叔没有别的亲人，后事也是“破晓”帮着料理的，他们简单地送了四叔一程。这一天，陈伟终于不再带着满身的酒气，他理了发，也剃了胡子，穿了印着小米粒照片的上衣——那是四叔做的，但他一次也没穿过，却穿着它参加了父亲的葬礼。

他的话很少，没有像那一天在医院里一样号啕大哭，只是红着眼眶，将四叔的骨灰撒进了海中。分别时，他喊住了千临：“小千，麻烦你替我向那天的医生道歉。你说得没错，是我太懦弱，不敢承认自己的错。如果我和我爸一起住，这些事可能就不会发生了。不过现在说这些也没意义了。麻烦你了，希望医生能接受我的歉意。”

“他不会介意。”千临说，“你以后有什么打算？”

“我爸最大的心愿就是找到米粒，虽然我爸走了，但我会继续找下去。只要他还活着，我就一定要找到他。”

千临低头看向陈伟身上小米粒的照片，他的头正靠在陈伟胸口的位置，是笑着的，不谙世事，无忧无虑。

千临没有当面向郁延川转达陈伟的歉意，而是发微信。

如千临所料，他说：“没关系。”

郁延川没有什么朋友，平时也不爱玩微信，微信头像是麻醉科三个大字，昵称就是自己的名字。就连他的朋友圈里，也只有转发的各种科普，比老年人还像老年人。千临给他发了几次微信，得到的回复都是简短的几个字，这一次他却发了语音。听起来像是在空旷的地方，还有匆忙的脚步声，似乎在忙。

“你在工作吗？”千临问。

“在换衣服，有手术。”他回复完这一句，便放下手机进了无菌室，直到四个小时后他下了手术，也没有收到千临的回复。

他想，她应该是在忙吧。亲眼见识到她的工作状态后，郁延川觉得她就像一个陀螺，每天都在不停地旋转。

千临这样的行为，在别人看来或许就是欲擒故纵的把戏，但偏偏当事人都没有往这方面想。郁延川从来不恶意揣测别人，而千临，彼时她正带着寻人小组在深山老林里寻找一个拾荒老人，消息发了一半手机就没了信号。几天前，他们接到一个中年男人的委托，希望“破晓”能够帮他们寻找一个无亲无故的聋哑人。

两年前，因生意失败而倾家荡产的严华在墓园附近割脉，被一个聋哑人所救。聋哑人把他带到了高速桥下的棚子里，还照顾了他大半个月。老人七八十岁的年纪，不苟言笑，每天早出晚归拾荒，自己吃从垃圾桶翻来的残羹剩菜，却会给他带干净的馒头。

严华在老人的照顾中慢慢走出抑郁，跟着寻找他的亲人回了家，过几天回来看望救命恩人时，才发现高速桥下的棚子已被全部拆了，老人也不知所踪。这两年他们一直在寻找，却始终无果，最后只能求助“破晓”。

茫茫人海，要寻找一个人何其不易，更何况是一个居无定所的聋哑拾荒者。“破晓”求助了公安局，也与市救助站联系过，一直没有找到这个聋哑拾荒者，最后还是“城市小组”的志愿者发来消息——好像在西山附近有看到一个男性拾荒者出没，年纪、样貌都与委托者所说的对得上。

西山位于博陵与南泽交界处，是座荒山，陡峭又险峻，平时鲜有人去。严华的脚去年在车祸中受了伤，走路都不利索，但听到这消息，怎么也不听劝，非要和千临他们一起上山。他紧张又激动，也没觉得路有多难走。等到陪着委托者找到了拾荒老人，千临一颗心也松懈了下来。严华抓着聋哑老人的手说个不停，老人满眼迷茫，千临觉得感动又好笑，却没再看下去，而是拿出手机寻找信号。

拾荒者估计都有一样的癖好，喜欢囤东西，千临只顾着找信号没注意脚下，结果一脚踩到了易拉罐，脚一滑，整个人猛地滑倒。

下了西山走不了多远就有个卫生院，办公室附近也有社区医院，千临却开着车，踩着医院下班的点到了中心医院，直接去了麻醉科。

“这是怎么回事？”没有等到千临回消息的郁延川，等来了受了伤满身是泥的千队长。

“不小心受了点儿伤，脚破了一点儿皮。”千临轻描淡写。

“你应该去普外科。”

千临理所当然：“你不是会清创吗？”

“我下班了。”

郁延川说完，发现千临没有动，依旧是站着，直勾勾地盯着他，他被看得无奈，只好回身拿医药箱：“你坐下吧。”

但千临并没有坐，仍是站着：“我身上太脏了，都是泥。”

“你站着，我没法给你看伤口。”

郁延川撩起她的裤脚，看到血肉模糊的一片，不禁对她的智商产生了怀疑，这样的伤对她来说就是“破了皮”？不知从何而来的愤怒，让郁延川给千临下手清创时的力度重了些，可她这人却像是没有痛感似的，躲都没有躲，只是眉头微皱，一声不吭。

“你不疼吗？”

“疼，很疼。但是叫也还是会疼，没有人能帮别人缓解疼痛，我从很小就知道这个道理。”郁延川还没说话，她又想起什么，猛地补充，“不对，你可以。你是麻醉科医师，你可以，只有你可以。”

郁延川猝不及防被撩了一下，险些手抖，他忙低下头继续手中的工作，不去看她的眼。可千临却观察入微：“你在生气吗？”

“没有。”

“虽然我没有你这样的能力，但是我还是有眼睛的，你就是在生气。气什么？生气我受伤，生气我不爱惜自己？”

郁延川听着她在耳边絮絮叨叨，有种被戳中心事的恼怒，可很快，他便明白了，她是故意的——故意调侃他，看着他羞恼却无可奈何。这人啊，真是又可恶，又无聊。郁延川这样想着，却不禁放慢了动作。

他蹲着，她坐着，傲人的身高让他必须委屈地弓着腰。明明是很简单的动作，明明是医生为病患处理伤口的正常行为，可在这一刻，在这安静的值班室，却显得有些暧昧。

他上好药，抬起了头：“好了，这几天注意不要碰水，纱布湿了一定要换掉……”

千临看着他的唇——微微有些湿润，带着一点儿淡淡的红。或许是灯光太暧昧，或许是她忙碌了一天脑子不清醒，下一秒，她亲了上去。被她亲住的人猛然一震，还来不及反应，她已经抽身离开，只余下唇上不属于自己的体温。

“那什么，我只是想试试，嘴唇触碰时你能不能感应到我的情绪。”千临踉踉跄跄地起身，也不想知道答案，就逃似的往外走，还不小心碰到了椅子。这下她没来得及掩饰情绪，龇牙咧嘴地出了门。

郁延川看着她落荒而逃的背影，半晌没有反应过来。

千临轻薄了一回郁延川，逃之夭夭。郁延川发微信提醒她伤口记得换药她没理会，更不敢在中心医院露面，直接去了间小诊所。她也不知道当时自己为什么要这么做，只是那一刻，内心的情感再也压抑不住，她遵循了自己内心的欲望。

她嘴上说得厉害，实战能力却是零。小时候看着父母争吵，她对爱情产生了厌恶，觉得爱情真是太可怕了。再长大一些，她心里装着沉重的秘密，也没有心思去谈情说爱。大学时期，有人向她表示过好感，但她的内心毫无波澜，她看着学校里的雄性生物，觉得他们幼稚又可笑，实在谈不上喜欢。

唯一一次对异性产生朦胧的爱慕，是在十三岁，但短暂得如同昙花一现，还未等她尝出味道来，就已经被揉碎了囫囵吞进肚子里。年少时的感情来得快去得也快，千临只依稀记得有这么回事，但满脑子的心事和愁绪，让她连那人是什么模样都记不清了。

直到遇到郁延川，她才明白，原来，喜欢是这样的感觉，是无法掩饰的，是无法压抑的。你总会忍不住朝他靠近，你的目光总会被他所吸引，你的逃避，只是欲盖弥彰。所以，她不躲藏，迎头而上。

当然，热血上头的后遗症，还是需要解决。

千临暂时没想出应急方案，只能先采用保守策略，以不变应万变。

倒是事件的另一位当事人，在这看似平静实则暗流汹涌的气氛中绷不住了。

他给千临发了信息，让她来复诊。她说了好，却不露面，连电话也不接。他去了“破晓寻人”指挥部，整个办公室只剩下问什么都脸红的沉默女孩，和一个戴着眼镜的技术宅。他去了熊猫公寓堵截，等了两个小时也没看见屋内有灯亮起，只能失望而归。

郁延希最近心情愉悦，看着他哥失魂落魄，自告奋勇帮他解惑：“你有什么心事？”

郁延川看着他弟燃烧着八卦火焰的眼睛，一把将人推开：“你作业做完了吗？”

“你能不能长点儿心，我是大学生！”

“大学生就没有作业了吗？”

“哪个大学生放学了不谈恋爱、不约会，待在家里写作业的？”郁延希冷哼了一声，完全忘记两个月前自己避恋爱如蛇蝎。

“你和小区里那个什么千里……”

郁延希打断：“她叫百里，不叫什么千里，别给人随便改名。你有什么不开心的，说出来让我……让我给你解解惑。”

郁延川被他缠得不行，微微坐直了身子：“我有个朋友……”

“一般说朋友，其实都是自己！”

郁延川仍是绷着一张面瘫脸，在弟弟怀疑的目光中面不改色：“真是朋友，女孩子。”

“哦，你还有女性朋友？”

“还要听吗？”

郁延希赶紧闭上嘴巴，认真地聆听他哥朋友的故事——一个强行撩拨，三天两头送东西，强吻了女孩子就失踪的人的故事。郁延希意兴阑珊地下了定论：“渣男啊！上手就跑，不是渣男是什么？”

“没上手！”

“都小鹿乱撞还吻上了还没上手？上手了就逃之夭夭还不是渣男？”郁延希掏出手机，打开百度百科，“渣男，是指自私、擅长索取、不负责任玩弄别人感情的男人。”

郁延希话音刚落，郁延川的手机就响了，他目光幽幽地盯着手机，一直没接。

“谁给你打电话，怎么不接？”屏幕上只有一串数字，没有名字。

郁延川：“渣男。”

千临做了两天零十六个小时的缩头乌龟，终于忍不住探出了头。电话响了很久，郁延川才接。他声音平稳，语气冷淡、疏离，一副拒人千里的态度，但千临还是硬着头皮开口了：“有个事，可能要麻烦你。”

电话那边沉默了很久，就在千临以为他要撂了电话的时候，他才又问了一句：“什么事？”

半个月前，“破晓”接到了一个寻人求助。委托者是90岁的抗战老兵孙爷爷，他要寻找失联多年的战友，同时也是他的救命恩人。在抗战时期，战友曾为他挡了一枪，但后来两人都转业，逐渐失去了联系。这些年，孙爷爷年纪越来越大，身体越来越差，他患上了阿尔茨海默病，将老伴儿女孙辈都忘了，却还心心念念地记着当年给他洗袜子、藏了干粮给他吃的老班长。

眼见孙爷爷身体越来越差，他的儿女为了满足老人的愿望，找到了“破晓”。经过大半个月的努力，终于找到了孙爷爷的老班长——陈长生。

陈长生当年帮孙爷爷挡了一枪，伤在了脸上，毁了容。这些年他一直没有结婚，后来有个比他小了十几岁的王姓姑娘喜欢他，向他表了白，也被他拒绝了。姑娘一气之下嫁了人，却又年纪轻轻丧了夫，一个人拉扯着生病的孩子长大。陈长生暗中帮助，赚的钱都给姑娘的孩子看病。

转眼间，姑娘也成了婆婆，两人还是没有在一起。

五年前，陈长生遭遇了车祸，瘫痪在床，不能说话，也不能动，一直都是王婆婆和她的儿孙在照顾。他就这么日复一日地躺着，最近身体每况愈下，估计也要撑不住了。

找到老班长后，孙爷爷的家人陪着他坐飞机千里迢迢来探望。年过九旬的老人隔了半个世纪才见面，一个得了阿尔茨海默病坐了轮椅，一个瘫痪在床，毫无反应，只有心电监护机响个不停。王婆婆的儿孙担心陈长生的身体，拒绝他们进入，孙爷爷一方则想完成老人的愿望。两方争执不休，情急之下，千临只好找来了郁延川。

郁延川赶到疗养院的时候，孙爷爷正在哭。

年过九旬的老人，像个孩子一样不停地哭。因说话含糊不清，谁也不懂他在说什么，儿女以为他不舒服，正要推着他去检查。

千临看到郁延川，像抓住了救命稻草：“你帮帮他们。”

“我能做什么？”

“有，你能做的很多，你能完成一个老人期盼了半个世纪的愿望。”

原先郁延川还有些不自然，看到千临笃定的目光，终于露出了笑容：“我试试。”

郁延川不会读心术，无法读取孙爷爷的心，却能够感知他的情绪，在他不被理解的焦灼与痛苦中，在他激动得模糊不清的言语中，郁延川找到了那点儿愿望达成的欣喜和悲伤。

陈长生从未对别人谈过自己与战友的往事，包括王婆婆的家人。他们的戒备，在郁延川到来后也慢慢放下了——他是医生，疗养院的人也认识他，不会是坏人。

郁延川握住了陈爷爷的手——那是一双布满皱纹和伤疤、满是岁月痕迹的手。他的一生过得坎坷，但郁延川看着老人的眼睛的时候，却在他灰褐色的、浑浊的眸子中看见了满足。

这一生，他过得坎坷，从未有一天为自己而活。

可这一刻，他的战友、他的爱人都在身边，他是知道的。

他激动，也快乐；他觉得圆满，也悲伤。郁延川第一次在一个人的眼中感受到了五味杂陈。

他的目光，一直落在守望在床边的王婆婆身上，像是有所期许。

"把孙爷爷请进来吧。"郁延川看了一眼心电监护机，轻轻地说道，"这几天，都陪在老人身边吧。"

病房里一下变得喧闹起来，有压抑的哭声传出。郁延川虽然在医院待久了，却仍旧不喜欢这样的场合，轻轻地起身出了病房。

千临跟在了他的身后。

两人一前一后，一直从病房走到了大门，都没有人开口。

突然，郁延川毫无预兆地停下，千临一个没注意，差点儿撞上，抬头才发现郁延川有些恼怒地看着自己："你跟着我做什么？"

"哦，要和你说谢谢。"

"就这样吗？"

"就这样，难道你还要听别的吗？"

又来了，她这种调侃的语气，让他觉得自己像一只虫子，被她玩弄在掌心。他转身就要走，却听见千临喊住了他："郁延川。"

“你的出现很重要，无论是对两个老人，还是对我。”

他诧异地回头，看见日暮时分昏黄的光线中，千临笑着说：“我好像还没和你说过我喜欢你。我一直不敢说，因为你和我不是一个世界的人，我害怕你会拒绝。可今天也不知道怎么的，我忽然就想和你说一声，免得你喜欢上了别人。那我就太吃亏了！”

这个人，还是这样的霸道，带着一点儿狡黠和自私。

可是，他却移不开眼。

在漫长的沉默中，千临忽然听见他说：“不能。”

“什么不能？”

“你之前问我的问题，这是我的回答，不能。”

千临好一会儿才想起自己在三天前问他的问题。

——触碰嘴唇时你能不能感应到我的情绪？

——不能。

因为不能，所以才这么不安。

她吻下来的时候，他满脑子都是她星河一般的眸，别无他物。

千临从未发觉自己这么嘴贱，郁延川那句“不能”落下后，她下意识地接上：“怎么不能，要不要再试一次验证一下？”

说完，她就被自己不要脸的言论震惊了。她虽评不上博陵十大杰出青年，但作为“破晓寻人”的主要负责人，长期以来也维持着正直正义的形象，怎么一遇到了郁延川，她的底线就开始狂降，刹都刹不住。

倒是郁延川，也不知是逐渐习惯了她无下限的设定，还是一时间没反应过来，竟然说：“在这里，不好吧！”

千临：“那要在哪里？”

两人面面相觑了好几秒，走失的羞耻心终于上线了，齐齐红了脸，默契地一个往左，一个向右，连再见都没说。尴尬的是，最终两人又在停车场相遇了。

郁延川还想着要怎么轻描淡写地掀过这一页，千临的脸色却比原先沉了不少，主动和他打了招呼，就急匆匆开车要走。

“怎么了？”

“老师，老师被送到医院了。”

郁延川原本以为千临与孙晓岚是母女，后来却听她叫孙晓岚老师，但也发现两人的关系又并不是普通的师生关系。他不喜欢窥探别人的隐私，却也知道这个“老师”在千临心目中的分量。

“我送你。”他说。

“我有开车。”

“人在慌乱的时候容易注意力分散，不适合开车，我送你。”他是个温和的人，少有这么强硬的时候，千临也不是不懂事，当即坐上了他的车。天逐渐暗了下来，车从郊区往城区开，郁延川开得很快，却平稳。千临看着城市里次第亮起的灯，忽然道：“我害怕。”

“怕什么？”

千临极少和谁说自己的过去，在这一刻却有了倾诉的欲望：“老师对我来说，是很重要很重要的人。她救过我，从我十三岁开始就一直照顾我，虽然我们没有血缘关系，但她和我的亲人没有任何区别，我害怕会失去她。”

前方恰好是红灯，郁延川扭头看向千临。她垂着头，看上去既不悲伤也不痛苦，只是带着一点儿恍惚与迷茫，好像不知自己身在何处，前方是何路。郁延川想问她十三岁那年发生了什么，可是绿灯已经亮起，他便把疑惑咽下。

孙晓岚是在去医院的路上出事的。这几天断断续续地咯血，她意识到有些不对劲，自己主动打车去了医院，结果在路上大咯血，险些把司机吓出心脏病，一路连闯红灯狂飙到医院。

千临与郁延川赶到时，孙晓岚刚从中心急救室出来，被推进了重症监护室，他们还未来得及看一眼孙晓岚，就迎面撞上了刚参与抢救的陆忘。

陆忘衣服都没来得及换，白大褂上一片触目惊心的暗红色，连脖子上都有一点儿血迹，脸色却是凝重的惨白。

即便不想承认，千临对陆忘那点儿排斥还是存在的，陆忘的优秀和骄傲，陆忘与郁延川的过往，都是她不喜欢对方的理由。但不得不承认，陆忘在孙晓岚的事情上尽心尽职，她是感激的。可她的道谢还未说出口，陆忘的目光已经扫了过来，落在千临身上，又看向了她身后的郁延川。

“陆医生……”

陆忘看她的时候目光带了一点儿冷意，语气带着指责：“你知道，像今天这样的情况，晚来一步会造成什么后果吗？作为病人的家属，你们就是这样照顾病人的？”

千临自知有错，所以没有搭腔，任由陆忘数落，陆忘却越发严厉：“有你们这样的病人家属，医生做再多都不够，如果真的出了什么事，谁来为这事负责？是你还是我？你有没有一点儿责任心……”

郁延川听不下去了：“够了，陆忘。”

陆忘看他的目光几乎带上了恨：“你是病人家属吗？我和家属说话，你发表什么意见？我不知道麻醉科还管到我们肿瘤科来了。”

“你这是带着情绪。”

陆忘看着他，忽然就笑了：“我有什么情绪，躺在重症监护室的人是她妈，又不是我妈。我如果带着情绪，我就应该放任病人痛苦，反正家属都不在意，我在意什么？你知道吗，我每次看到她，我就想起你们在一起的模样。我是她的主治医师，我可以做的事情有很多……”

“你不会。”千临打断她，“你是医生，你不会这么做。你这样说，是在侮辱你自己，也在侮辱任何一个医生。陆医生，今天的事情，真的谢谢你，是我的错，是我没有照顾好病人。但是，我们之间可能有什么误会，孙老师不是我母亲。她的女儿在二十多年前走失了，除了我，她在博陵没有别的亲人，她的病，就拜托你了。”

千临的声音不大，不卑不亢，不带任何一丝情绪。

陆忘这才抬头，正眼审视她——千临身材高瘦，谈不上特别漂亮，却带着独特的魅力，让人移不开眼。回国，回博陵，进中心医院，再回到郁延川身边，全都是陆忘计划好的，她从未动摇过，也从未觉得自己会做不到。

千临的出现，并未给她带来威胁。她甚至觉得，让郁延川多接触别的女孩也好，这样他才能更清楚地知道自己的好，她从不认为自己比不过千临。

可是，这一刻，陆忘产生了怀疑，对郁延川，更对自己。她承认，她将情绪带到了工作上；她承认，她讨厌千临；她承认，看到郁延川跟在千临身后，她嫉妒。

但陆忘不愿意承认，自己输了。

孙晓岚在重症监护室住了三天才转入普通病房。

这三天，发生了两件事。一件事是，陈长生老人在睡梦中离世了。离世时王婆婆与孙爷爷都陪在他的身边，走得安详又平静。

另一件事是，千临收到消息，官塘有对夫妻二十二年前在人贩子手上买了一个女孩，女孩长大后开始寻找亲生父母，年龄、时间都和沁沁对得上。千临连夜从医院离开，开车五小时赶到官塘，结果仍是一场空欢喜——她的小腹上没有苹果形疤痕。

千临带着希望而去，又带着失望而归，回到医院，就发现孙晓岚已经醒了。她看到千临，微微笑了，示意要摘下呼吸机。

“老师，你别动，躺着。陆医生说了，你不能起来。”

孙晓岚没有再动，目光却没有离开千临。千临避开她的目光，不敢与她对视，即便她不开口，千临也知道她想要说什么。

千临半是庆幸半是难过，庆幸的是，她是偷偷去的官塘，没有告知孙晓岚，孙晓岚不用空欢喜一场；难过的是，她仍没有找到沁沁，仍旧没办法完成孙晓岚的心愿。孙晓岚虽从重症监护室转出，情况却不大好，在医生的建议下，进行化疗。

肿瘤科的病人多数都对治疗持抗拒态度，唯独孙晓岚不同，她积极与医生探讨治疗方案，积极配合输液和吃药，对化疗的痛苦只字不提，是标准的十佳病人。千临知道，她想要活下去，为自己，也为沁沁。

但她的焦躁也显而易见。她不喜欢千临在医院照顾自己，天天赶她走：“有护工，有医生，有护士，你在这里做什么？赶紧忙你的去。昨天走失的老人找到了吗？监控查到了没有？”她也在志愿者群，每日都看“破晓”的软件和网站，对千临的工作了如指掌。

千临还想说话，她再一次打断：“阿临，我虽然还在努力与命运斗争，但是我知道，我的时间不多了。”

“老师，不……”

近段时间的治疗，让原本就偏瘦的孙晓岚更加消瘦和虚弱，看上去老了许多，可她仍旧是笑着的：“我的身体我自己知道，我知道你也一直在努力，可是阿临，真的，拜托你了！”

最后一句，几乎要逼出千临的眼泪。

她看似坦然豁达，但也是人，也会害怕生命的消逝，也会有期待。追逐了一辈子，寻觅了一辈子，也想要在生命的最后时光中得到满足。

郁延川虽是麻醉科医师，并不直接负责肿瘤科，但千临还是拜托他多关照孙晓岚。毕竟她不可能全天24小时守在医院，孙晓岚也不允许，就只能拜托郁延川多照应。麻醉科原本就人手不足，郁延川只能趁着午休或下班时间来看看孙晓岚，询问她的病情。

孙晓岚知道他是千临的朋友，看他又高又帅，虽然不爱说话，但是十分耐心，越看越觉得亲切，忍不住犯了中老年人的常见毛病，打听道：“郁医生，家里有几口人？”

“父母和弟弟。”

“父母是做什么工作的，还是退休了？”

郁延川虽觉得奇怪，但对病人，他向来耐心十足：“我父亲是医生，我母亲和您一样是教师，现在两人都在澳大利亚定居。”

孙晓岚半是开心半是忧愁，一方面觉得郁延川很不错，一方面又担心他父母会挑剔千临复杂的家庭。她还要再说什么，陆忘却来了。

“郁医生，这是我的病人。”

“我知道，我只是来探望。”

郁延川越是平静，陆忘越是恼火：“你和我来，我有话和你说。”她顿了顿，又压低了声音，“关于千临的。”

郁延川与陆忘虽在不同科室，但两人在医院抬头不见低头见，手术台上会合作，相关会诊上也会碰头，虽谈不上针锋相对，但陆忘经常以工作为由，对他进行压制。

郁延川并不想和她谈什么，可是这一次，她提到了千临。

陆忘看到他瞬间柔和的目光，忍不住冷笑：“郁延川，你知道千临是什么人吗，就被她迷得七荤八素的？”

“她是什么样的人，和你有什么关系？”郁延川只觉得莫名恼怒，面上却是平静的。

“的确，和我没有关系，但是和你有关系！他父亲是个杀人犯，杀了她的母亲！十几年前这事在博陵传得沸沸扬扬，媒体都报道过！出生在这样家庭的女孩子能有多单纯？你就和这样的人在一起？”良好的修养使陆忘说不出难听的词汇，她只是觉得，这样美好的郁延川不应该与千临在一起，他们有着云泥之别。

可是，郁延川没说话，只是看着她身后。陆忘回过头，才发现千临就在不远处，静静地看着他们，看见她回头，冷冷一笑。

陆忘在她的注视中，慢慢红了脸。在背后说人坏话这种事，她一辈子也没做过几次，即便她说的都是事实，没有半句捏造。千临目光冷冽，陆忘忽然觉得自己有些卑劣，可她很快又扬起头，与千临对视。

千临却像是没听见她的话，仍旧客气道：“陆医生，吊瓶挂完了，今天应该不用再输液了吧？老师有些不舒服，您忙完后可以看看她吗？”她的声音平静，陆忘却在她的语气中听出了压抑的愤怒，她“哦”了一声，说“好”，千临便走了。

“千临。”郁延川看见她停顿了一下，可是她没有回头，他看着她直挺挺的后背，不知为何有些慌。

“她是什么样的人，我很清楚。而你是怎样的人，我现在才知道。”郁延川冷冷地看着眼前的人，“一个人的出生并非她的全部，家庭不能衡量一个人的人品。相比起来，我觉得窥探别人隐私，打探别人过去的行为，更卑劣。”

这是两人认识以来，郁延川对她说过的最重的话。

陆忘怔怔地看着眼前的人，第一次觉得，自己并不了解他。

从前，她拼了命地追逐他，想要跟上他的脚步，站在他的身边，因为他是医学院最优秀的学生之一，是女生寝室最热门的话题人物，是导师们争先哄抢的对象。他在大学时期就在《Science》发表了好几篇论文，他是她的目标，也是她的竞争对手。

那么优秀的人，她觉得只有这样优秀的自己，才配与他比肩。后来，她如愿追求到他，她成了全校女生羡慕的对象，她不是不得意。直到郁延川对她说：“为什么你和我在一起时的情绪，和我的不一样？”

陆忘以为他在说绕口令，谁知他后面说出的话却让人震惊，他在触碰她并且与她眼神对视的时候，能够感觉到她的情绪——她的骄傲，她的得意，她的嫉妒，她的厌恶，他一览无遗。那一刻，陆忘觉得害怕，她讨厌内心被窥探，她讨厌自己的情绪在他面前毫无遮掩，于是，她逃离了。就连她离开他，郁延川也只是悲伤地看着她，一遍遍地问“为什么”，他连一句重话都不曾对她说过。

那个被欺骗、被利用都会为他人找借口的郁延川，那个清风明月般的人，此时正冷漠地看着她，仿佛她是《白雪公主》里的恶毒皇后。嫉妒与愤怒几乎要让陆忘发狂。可是，郁延川没有给她这个机会，他说完那句话，便越过她转身走了。

陆忘没有喊住他，她直挺挺地站着，看着他离开。

这是她最后的骄傲，纵然狼狈，也不会在他人面前崩溃。

陆忘在洗手间洗了个脸，转身往孙晓岚的病房走。

作为一名医生，不把私人情绪带到工作上，是最基本的职业道德。

郁延川没有找到千临。他走到拐角的时候她刚进电梯，等下一部电梯上来千临已不知道去了哪里。他正准备给千临打电话，手机就响了：“老师，你回家了吗？快来中心抢救室，高架桥发生连环车祸，情况严重。”

抢救工作永远是最紧急、至高无上的，所有私人的情感，在生命面前都该让路。因为他是医生。这一忙，便整整忙了十四个小时——院内急救和手术室麻醉，从白天忙到黑夜，又从黑夜忙到了白天。郁延川囫囵地吃了个饭，在值班室打了个盹，又被叫醒——有个患者术后急性疼痛，需要会诊。

等到郁延川真正闲下来时，已经过了二十几个小时，正值深夜。

他拿出没电的手机，插上电源。等待的过程中，他心里七上八下的，屏幕亮起后，他的心却往下沉：千临没有给他打电话，也没有发微信给他，一个也没有。她生气了，他想。他拨通了千临的电话，响了很久，一直没人接听，直到他打算挂断电话，那边才有人接起。她的声音一如既往地平静，却有些空灵，像是站在什么空旷的地方。

千临“喂”了一声之后，没有再说话。

郁延川也不知道要说什么，只好沉默。还是千临先不耐烦，问：“你有什么事吗？大半夜的，没什么事我挂了！”

“等等，”他忙道，“我没有想要窥探你的隐私，我无意冒犯你的过去。陆忘说的那些话，我替她和你道歉。对不起。”

“她说的是事实，也不是事实。”千临说，“郁延川，我很生气。我并不气陆忘那样说我，我气的是你替她道歉。她是你什么人，需要你替她道歉？”

“千临，”他忽然正色道，“她不是我的什么人，我道歉，只是不想你不开心。我不想看到你生气和难过。”

千临没有说话，电话那头只有呼呼的风声。

“你在哪里？”郁延川忽然想起了什么，“怎么风这么大？”

千临报了个地名，是千里之外的山区。

“你怎么去那里了？”

“送一个被拐卖的女孩儿回家。”

在郁延川打来电话之前，千临一个人坐在幽暗的院子里发呆。千里迢迢送被拐卖后流浪了两个月的女孩儿回家，看着他们家人团聚，在一起抱头痛哭，千临转身出了屋子。这是她做公益寻人的第四年，她帮助了无数个家庭团聚，帮助了无数人圆梦。

然而，她想要找的两个人，一个也没有找到。有那么一刻，她几乎控制不住自己的情绪。在医院里她听到陆忘那番话时，她的内心是压抑不住的愤怒，而现在，是压抑不住的嫉妒和悲伤。

她不是不介意，不是无所谓，只是一直装作无所谓。直到她听见郁延川的声音。

“千临，你真了不起。”

# 第五章

# 美人鱼

无论是海底还是深渊，我都未曾畏惧。

因为我相信，你会找到我，抓住我，拯救我。

了不起。郁延川的声音很轻，几乎要淹没在这深夜的风声里。

从来没有人对她说过这三个字，她也从未觉得自己是个了不起的人。她做公益寻人，从老队长手中接过棒子，起初也是因为私心，并不是单纯为了做公益，她不像孙晓岚般伟大，因为自己孩子的走失而投身公益事业，无私忘我。可是，自从加入“破晓”，与有着共同目标的人们走到了一起，她也逐渐忘记了自己最初是为了什么而来，逐渐被同化。

若不是前一天陆忘高高在上的提醒，她几乎要忘记，自己不是站在云端，而是站在悬崖。“我有什么了不起的，我不过是一个杀人犯的女儿罢了。”她舒了一口气，原来说出来，也没有想象中那么难。

电话那边的郁延川立即接道：“你的人品好与坏，你的人生精彩与否，与你父母是怎样的人毫无关系。在我看来，你是了不起的，无论你是出于什么目的做这份工作，你帮助了别人，你做了别人都没有做到的事，你便是了不起的。”

夜深露重，她坐在院子里的小木椅上，原本不觉得冷，这会儿竟然觉得有些凉，她吸了吸鼻子。

“感冒了？”

“没有，风大，吹得鼻子有些不舒服。”

“那你进去休息吧。”

千临忽然有些恼怒，觉得他真是太过分了，就像一个强盗，忽然闯入别人家中，肆意掠夺和破坏，搅乱别人的平静，却在离开时关上门，还不忘嘱咐：“好好地生活，好好过下去。”

真是太过分了！她连再见也不想说，正准备狠狠地撂下电话，却听他叫了一声她的名字。

“千临，你什么时候回来？”

“做什么？”

他似乎有些不好意思，压低了声音，说：“有些想念你。”

她拿着手机在风中站了半晌才道：“不知道，我事情处理完就回去，应该是后天到。”她说完便挂了电话埋头往里冲，险些撞上了林小圆。

“队长，你脸怎么这么红，走路还同手同脚，怪好笑的。”

林小圆手中拿着个老乡给的饼，又大又圆，正在慢吞吞地吃着，千临瞪了她一眼：“大半夜的你还吃，你看看你的脸，都和那饼一样圆了！”

千临人身攻击完，看着气得跺脚的林小圆，才觉得爽快了一些，慢悠悠地进了屋子，可是脸上的温度却没有降下来。

因为预算有限，“破晓”团队原本是打算坐第二天晚上的火车回博陵。来时坐飞机，是为了尽快送女孩儿回家，回程只有自己人，于是标准直接降到了硬卧。因为小城还没有通高铁，坐的还是绿皮火车，火车班次也不多，只有晚上九点一班，还不是直达。所以，即便任务圆满完成，千临一行还要多逗留一天。

千临却在第二天一大早就动身，坐了进城的拖拉机，颠簸着去了汽车站，买了汽车票先回博陵。早晨七点就出发，千临转了两趟车，才在傍晚六点抵达博陵。她连家都没有回，背包也没放，就直接打车去了中心医院，先去探望孙晓岚，而后直接杀向了麻醉科。

然而，日理万机的郁医生，依旧不在麻醉科。

“老师上手术了。”

这日，郁延川连跟五台外科手术，最后一台是心脏搭桥手术，术中患者血压波动剧烈，几次飙升和骤降，他一直监测着血压变化，分秒不差地用药。三个小时的手术下来，他血糖严重降低，但病人还在麻醉恢复室，他还不能离开。最后一台手术的患者从麻醉中恢复意识时，已经是晚上九点钟，郁延川才出了门，便看到坐在走廊上的人。

她膝上放着一个硕大的背包，整个人趴在了背包上，应该是睡着了。

起初，他以为是患者家属，并没在意，才走了两步，他又往那个方向看了一眼，忙加快了步伐上前。

几乎就在他走到千临身边的时候，她也抬起了头，将郁延川的意外与激动尽收眼底。她没有睡觉，只是漫长的等待让她觉得无趣，于是闭眼小憩，听到脚步声，她直觉是郁延川，没想到真的是。

其实，真正算起来，只是两天不见，却感觉已经过了很久。

两人面面相觑了好一会儿，千临才听见他问：“你在这里做什么？”

“找你呀，你不是说想念我吗？所以我提前回来了。”

她并无调戏之意，但话音才落，便发现郁延川的脸微红了。他没有在这个话题上继续下去：“你吃饭了吗？”问完又觉得自己蠢，谁大晚上还没吃饭。

可是千临却说：“没有，一直在等你，没吃饭。”

“那一起吃饭，我也没吃，我带你去。”

郁延川抢先接过她的包，走了两步，发现千临还坐在原地，忍不住回头：“怎么了？”

“脚麻了，走不动。”

他下意识地伸手去拉她，她的掌心炽热，还有细微的汗。

郁延川听见她问：“你感觉到我的情绪了吗？”

那半是紧张半是雀跃的复杂情绪，是他的，还是她的？一时间，郁延川分不清了。

还没等他仔细分辨，千临已经放开他的手。

郁延川带千临去了员工餐厅。

夜已深，大部分窗口都已经关闭，只留下一个小小的汤面窗口在营业，千临也不挑，随便点了碗面，点完才发现郁延川在看她。

“怎么了？”

“那是我最常点的餐。”

喜欢吃红烧牛肉面的人不难找，令他意外的是，她竟然也喜欢。

无论是多么平凡的喜好，一旦与她挂上钩，似乎就变得不一般，成了心照不宣的默契。餐厅空荡荡的，只有他们两个，千临一整天都没怎么吃东西，兀自埋头吃面。一碗热乎乎的汤面下肚，整个人都精神了不少，结果一抬头，发现郁延川已经吃完了。

因为饿，她吃得极快，没想到郁延川一声不响，速度却一点儿不落下。郁延川忙解释：“医生吃饭大多比较快，因为时间很赶，特别是我们麻醉科，有时候连着几台手术，吃饭只有十分钟时间，所以养成了吃饭快的习惯……”他是个极其认真的人，无论是工作还是生活，就连一个小小的举动，都会认真地给出解释，也不善于撒谎。

所以当千临问他“你难道没有好奇过我的过去吗”，他虽觉得不礼貌，仍旧老老实实地点头：“好奇。”

怎么可能不好奇，他和她认识的时间不长也不短，却从未听她说过她的家人，与孙晓岚明明是师生关系，彼此却相依为命，亲若母女。他不八卦，却也好奇，究竟是什么样的人，什么样的家庭，才会培养出这样的她——热心无私，投身公益，却也锱铢必较，睚眦必报。

她是可恶的，却也是可爱的。他想要了解她。

他对她的过去并无看法，但他听见陆忘那番话，却觉得心疼，她是怎样从这样的环境中成长起来的。

郁延川好奇，却也不忍细听。

“陆忘对你说的那番话，并不是泼脏水污蔑我，她说的的确是事实。我爸叫千山来，你去翻十几年前的报纸，或许还能找到那个案件的信息……”

从很小的时候，千临便知道，父母的关系并不好。

父亲千山来是个出租车司机，沉默寡言，其貌不扬，而她的母亲苏想容美丽却刻薄。几乎每一次争吵，都是母亲在破口大骂，而父亲则是沉默地坐在一旁抽烟。见到千临回来，他会塞给她几块零钱，让她去买点儿零食，或帮自己买瓶啤酒买包烟，将懵懂的她支开，然后继续沉默地抽烟。偶尔也会在沉默中爆发，直接摔了烟灰缸。

她记得，小时候家里最常买的就是烟灰缸。后来苏想容觉得玻璃烟灰缸太不禁摔，便买了个不锈钢的，被摔得坑坑洼洼都没有被淘汰。小时候，千临不懂，苏想容既然不喜欢千山来，为什么会嫁给他。

再长大一些，她从邻居和亲戚的只言片语中窥探出端倪，慢慢将真相拼凑完整——年轻时的苏想容是博陵广播电台的主持人，美丽又有气质，因为拥有一副好嗓子，还出过唱片和磁带，曾经红极一时。那个时候，千山来也不是这个窝囊的、只会抽烟的千山来，他虽只有小学文化，却踏实能干，早些年开电器店发了家，成了博陵数一数二的企业家，还上过广播电台。也就是在这个类似《致富经》的节目中，千山来认识了苏想容，对她展开了疯狂的追求，然后两人迅速堕入爱河结了婚，苏想容放弃了事业，在家中相夫教女。

千临想，那应该是两人婚姻生活中不多的美好时光。

但好景不长，结婚后的千山来爱上了赌博，将偌大的家业输得一干二净，还欠下了债务。千山来破产后，苏想容努力复出，想要赚钱为他还债。但听众与歌迷最是多情也最是无情，你在时，愿为你倾尽千金，你离开后，很快把你忘记，找到了新的替代品。

苏想容几次复出都以失败告终。千山来沉浸在生意的失败中无法自拔，曾一度不愿出门工作，也不愿和人交流，直到苏想容要与他离婚，他才逐渐振作，找了份开出租车的工作。

但经历这事之后，两人都像变了个人，浪漫自信的千山来变得沉默寡言，每天除了上班就是坐着抽闷烟。而美丽温柔的苏想容在生活的摧残下变得暴躁、刻薄，每天不是埋怨便是骂人。

从千临记事起，他们总是在争吵。说是争吵也不大准确，大多时候都是苏想容骂，千山来听，然后在他终于听不下去的时候，愤怒地砸东西。于是双方都鸣金收兵，风平浪静几日，又浩浩荡荡卷土重来。

千临以为，这样的状态会一直持续到他们都老了，老到骂不了人，也砸不了烟灰缸了。

千临以为，他们的关系已经够糟糕了，没有再继续恶化的可能了。

直到她十三岁那年，她才意识到，婚姻有千万种模样，无论是哪一种，她都无法想象。千临记得很清楚，父母出事的那一天是个阴天。清晨，她迷迷糊糊醒来，发现家里空无一人，出了门，邻居们正议论纷纷，也不知谁说了一声“你爸妈出事了”，她才回过神来，追问了一句“什么事”。

她穿着家居服和人字拖，头也不回地往宝山湖的方向跑。明明只去过一次，路却记得很清楚，路上还跑掉了一只鞋，她也没来得及捡，只顾着一个劲往前冲。结果才赶到便看见父亲被铐上了手铐，他的车停在路边，身上都是血迹。看到千临，父亲大声地喝住她：“千临，你回去！快回去！”

千临看着他，不明所以，直到他坐上了警车，她还没反应过来。

“杀人了呀！”

“太可怕了！”

千临站在人群中，忍不住问："谁杀了人，杀了谁？"

"听说那人杀了他老婆！"

千临几乎抑制不住愤怒："你胡说！"

"小孩子，你懂什么呢！快回去吧！"

千临看着警车呼啸而去，忽然想起苏想容前一天晚上没有回家吃饭，手机也打不通。吃过饭后千山来出去找，还叫她自己关好门睡觉，她等到深夜也没有等到父母回家，倒是接到了苏想容的电话，让她好好休息。而那天之后，她就没有再见过苏想容，她失踪了。

生不见人，死不见尸。而他的父亲千山来被指控杀人，警察在他的车内发现了大量血迹，检测结果证明来源于苏想容。而案发前一天深夜，有人看见了苏想容和千山来在宝山湖边争执，两人还大打出手。

一切证据都指向了千山来，虽然他矢口否认，但也说不出苏想容的下落。苏想容一直没有找到，无论是人还是尸体，案件在僵持了半年之后，他被判以杀人罪而入狱。

"但我相信，她没有死，只是失踪了。"千临说，"虽然我爸脾气不好，但他绝不是敢杀人的人，他连杀只鸡都不敢。而且，我妈在失踪之前变化很大，就像变了个人似的。"

苏想容是个美丽的女人，生活的不如意并没有让她变得邋遢，她仍旧每天精心打扮，即使只是去趟菜市场，也会花半小时化个妆，维持着她的骄傲和体面。每天买菜回来后，她便不再出门，而是宅在家中。自千山来破产后，她便和所有的朋友都断了联系，亲戚也疏远了。

那段时间她很反常，她对千临说自己要出去工作补贴家用，但至于去哪里工作，她没有说。她每日早出晚归，偶尔回来还会给千临带蜂蜜蛋糕。她和千山来的争吵也变少了，不再每日因为一点儿小问题而争执不休，更别说破口大骂了，偶尔还会叮嘱他几句："你少抽点儿烟。"

在千山来与千临震惊的目光中，苏想容会冷冷地扯起嘴角："被骂习惯了，不骂你了，你还不乐意了？”

虽然她语带讽刺，但在千临看来，这态度已是恩赐了。她眉眼微微上扬，光是站着，也极为好看，比电视里的明星好看多了，一点儿都不像一个十几岁孩子的妈。

那个时候千临以为这是一个良好的开端，父母的感情会慢慢变好，或许有一天，他们也能够像别人家一样，一家人去郊游。

可是，她还没有等到，苏想容便失踪了，千山来也被指控杀人入狱。

“十几年前监控水平不如现在，网络也不及现在发达，所有证据都指向了我爸。我并不怨恨，如果我是局外人，我一定也是同样的想法——他杀人后，藏尸或者抛尸了。”

“但直到现在，我都不相信她死了，我觉得她只是和我们开了个玩笑，躲了起来。所以，我一直在找她。无论是人，还是尸体。”千临盯着没喝完的汤，上面漂了一层油，在她的搅拌下变得浑浊，“可是从十三岁找到现在，我通过各种途径，用尽所有办法，也没有找到她。但我相信，一个人不可能无缘无故地消失，只要存在过，就一定有痕迹。尸体比人更好找，这么多年都没有找到，相比她已经出事，更大可能是活着，所以我更要找到她。”这是她第一次同别人说起自己的过去，却没有想象中那般难以启齿，反倒有种松了一口气的感觉，“所以我说，陆忘说的是事实，却也不是事实。这就是我的过去，现在都完整地呈现在你面前了，不需要借别人的口来转述。”

她看着他的眼睛，想在他的眼中窥探出他的情绪，却冷不丁听见他问：“这些年，你一个人是怎么撑过来的？”

千临有些惊讶，她猜想过郁延川的反应，或许是震惊，或许是鄙视，或许是疏远，也可能会是同情，唯独没想到他会是这样的反应。

父母出事后，她最初是跟着外婆在舅舅家生活。虽然她是苏想容的女儿，但同时她也是千山来的女儿，舅舅对她的态度并不好，表姐与表哥见到她时也不是横眉冷对就是冷嘲热讽。虽然外婆对她很好，但毕竟寄人篱下，不能说不艰难。

博陵说大不大，说小不小，出了这样的事，千临在学校也一直遭受着同学的排挤。轻则被孤立，重则遭到校园暴力，一直到初中毕业，千临都没有一个朋友。

但这么多年来，从来没有一个人问过她“你是怎么撑过来的”，她以为自己会委屈，会难过，会有太多的情绪需要宣泄，可这一刻，看着郁延川清澈的眼，她却说：“一开始跟着外婆生活，后来遇到了孙晓岚老师，老师和我外婆商量后，把我接到了她家中，我就一直跟着她生活，直到上大学。她把我照顾得很好。”

他太过美好，太过耀眼，那些不堪的过去，她不想对他提及。

“你呢，你从前是怎样的？”她想，他应该有个优越的家庭，才能够将他培养得如此优秀。

郁延川没想到她会忽然问自己这个，愣了一下，挠了挠头，干巴巴道：“我的人生实在无趣，没有什么大风大浪，像火车一样一直沿着轨道前进。唯一一次例外，该是十四岁那场意外，以及当时留下的后遗症。”

比起千临，郁延川觉得自己的前半生乏善可陈，若写成小说，则是剧情平淡，毫无爆点，滞销无疑。

父亲郁金辉是心外科的权威，从小就拿他当接班人培养。他三岁看懂人体结构图，五岁会背肌肉图解和骨骼结构，十岁已经能够完整地标出神经系统，这与郁金辉和戴月的培养有关。

别人家都是慈父严母，或者严父慈母，而他们家是严父严母，他回到家比上学还要紧张。郁金辉对他的考核比期末考试还要难，而戴月则是军师，阴谋、阳谋都出自她之手。但不可否认，他们给了他一个优越的学习和生活环境，无论是他喜欢的模型，还是他要玩的游戏，只要考核过关，都可以满足。如果不是妹妹的夭折让郁金辉和戴月成了惊弓之鸟，郁延希估计会被培养成第二个郁延川。

但郁延希终究不是郁延川，他承载着父母的希望出生，家中已经有了一个优秀的哥哥，他优秀不优秀都无关紧要了。

可是，他们还是忽略了郁延川的感受。十四岁的郁延川，正值敏感时期，面对父母的区别对待，他终于爆发了，他脱轨了——离家出走。

但这次离家出走，给郁延川带来太多可怕的回忆，以至于此后的时光，无论郁延希多吵闹、多讨厌，无论父母多专政、多强势，他都没有再动过离家出走的念头，一次也没有，那实在是太傻了。

如果有时光机，他一定要穿越回到十四岁，捶死当时的自己。

郁延川已经记不清离家出走的具体时间了，只记得当时放了寒假，天气特别冷。他一口气做完了寒假作业，又通过了郁金辉的两次考核，成功买到了自己喜欢的汽车模型，结果他努力了三天得来的幸福，让郁延希三分钟就给摧毁了。他先是将他的寒假作业撕掉做成了纸飞机和小船，还将他的模型拆得四分五裂，拆不动的，就站在桌子上狠狠地往下摔。他只是去洗了个手，准备干干净净地玩模型，一回来看到这个场面，完全愣在那里。在他看来，郁延希不过是顽劣小儿，而他是个成熟的初中生，不该和小孩子计较。所以他冷哼了一声，在弟弟的号啕大哭中，凭着先前的记忆，快速地再次完成了寒假作业。

结果戴月看完，直截了当地指出两个错误，还不忘数落他："作业做得乱七八糟，小希哭得那么厉害，也不知道带着弟弟玩。"

郁延川一声不吭，但内心的小宇宙已经完全爆发。当天晚上，他收拾了两套衣服，带了一点儿钱，趁着夜色离家出走了。

"当时虽然我成绩还可以，却是生活白痴，带上了钱和衣服，却没有带上食物。大冬天的深夜离家出走，简直是自讨苦吃。"

郁延川原本计划从家里出发，走路去车站，坐车去南泽姥姥家——老太太应该是唯一一个从不关心他成绩，只关心他吃饱了没有的人，也是唯一一个敢训斥父母偏心的人，反正是寒假，他打算先去那里住几天再说。

但，计划赶不上变化。他每天都在学校和家之间两点一线，偶尔会去书店和游戏厅，却压根儿不知道去车站的路，只记得是在北面。所以他头也不回地往北走，结果越走越偏，直接走到了荒无人烟的郊区。

那个时候，博陵还不是现在的博陵，郊区还未开发，除了山还是山，盘山公路也只是一条泥泞小道。郁延川想着往回走吧，又因为夜色朦胧越走越怕，不小心被什么绊到，整个人跌了个狗吃屎。

而绊到他的东西，忽然抓住了他，差点儿把他吓破胆。

“三更半夜，荒郊野岭，我仔细一看，绊倒我的不是什么东西，而是个女孩。她脏兮兮的，披头散发，脸上还贴了一块纱布，眼睛大得惊人，就那样瞪着我，我一开始还以为是哪里来的女鬼。但我是忠实的唯物主义者，觉得不可能，于是唱着国歌掐了一把她的脸，才发现是热的、活的，是一个和我一样离家出走的熊孩子，扭伤了脚，坐在路边休息。”

那时郁延川觉得奇怪，和她说了几句话她也不理人，只是戒备地看着他。他估计她是个小哑巴，帮她固定了脚，又准备带着她去看医生。结果她一站起来，就马上跌坐下去，明明疼得脸都绿了，还是一声不吭。于是，他只好背着她走了。

十四五岁的男孩子，背着一个年纪差不多大的女孩，虽然她很瘦，却也沉。她刚爬上他的背，他差点儿没站起来，深吸了一口气，咬着牙才起身，跌跌撞撞地走了两步。一路走走停停，天蒙蒙亮的时候，还是没有找到回去的路，两人就在溪边休息。结果也不知怎么回事，女孩起身的时候脚一滑，整个人跌进了溪里。

然后郁延川做了第二个错误的决定。他伸出手去抓住了她，却不想水流湍急，他这一抓，让自己也摔了下去，两个人都顺着溪流被冲走了。

“想想也是命大，我们就这样被冲到了下游一个山谷的腹地，又冷又饿，都受了伤。我背包里的东西都湿透了，好在女孩比我聪明不少，她的背包里有打火机，还有好几袋面包和饼干。我们俩就像鲁滨孙，荒野求生了好几天，但两人都没有什么经验，食物消耗得很快，加上受了伤，两人都感染发热了。后来也不知道谁发现了我们，报了警，我们才得到救援。我回家后烧了好几天，就落下了那个可怕的后遗症。”

郁延川说完，才发现千临一直没有说话，抬起头，她正睁着大而圆的眼睛看着自己，情绪复杂。

“郁延川。”

“怎么……”

食堂的灯在这时忽然暗了下来，只有窗外路灯投进来的微弱光芒。

郁延川看了一眼手机：“打烊了，我们走吧。”

他起了身，千临却仍坐着，直到他喊了一句她的名字，她才忽然清醒般跟在了他身后。

“郁延川，我可以抱一下你吗？”黑暗中，他听见她这样说，话音刚落，她已经从背后抱住了他，用力地，紧紧地。

郁延川猝不及防，先是一怔，以为她怕黑，随即要回头，却被按住，她的声音嗡嗡的：“你不要动，就这样站着，不要动，让我抱一抱。拜托了。”

他的身体是僵直的，内心却忽然变得柔软。如果郁延川在这个时候抓住她的手，一定能够感知到她的激动与感恩。

虽然你不相信，可缘分这东西真的存在。

怪不得她觉得他熟悉，怪不得她从第一次见到他就忍不住想要靠近，原来他们在十三年前早已见过面。有些事情冥冥中，早已有了安排。

郁延川说他遇到一个差不多年纪的女孩的时候，她已有了预感，当他说出了她脸上贴着纱布、不爱说话这些特征的时候，她的脑子里便嗡的一声。她端详着他姣好精致的眉目，试图找出十三年前的影子，可是他的变化太大了，时间也太久了，她没有认出他来。

直到现在，她都在后悔当年没有开口，没有问一问他的名字，好在命运兜兜转转，他们还是相遇了。那是苏想容失踪、千山来入狱后的第一个冬天，她因和表哥起了争执，被揍了一顿，脸撞到了桌角，流了很多的血。舅舅看到后带她去了社区诊所，她包扎的时候，他在外面抽烟，她出去的时候听见他在打电话："我真想杀了这个扫把星，千山来杀了我姐，为什么我还要帮他养女儿？"

千临猛地一退，看着舅舅微微弓着的背脊，怎么也无法将他和从前那个将自己驮在肩膀上去游乐场的男人联系起来。

当天晚上，她就收拾东西走了。她和郁延川不一样，她没有钱，她只带了一些食物、刀子和打火机，还有苏想容从前的唱片。

那几个月，她已经断断续续出去找过几次苏想容。有时候她一天都没回家，除了外婆找过她两次，别人压根儿都不知道她出门了，所以就算她失踪，她想，他们也不会在乎。

她不是迷路，而是故意往偏僻的地方走。她想着，苏想容会不会和陶渊明的《桃花源记》中的人一样，归隐了，所以她是有目的性地寻找。

遇到郁延川的时候，她已经出来了三天，仍旧没有找到苏想容，倒是遇到了个捡破烂的老头，想要猥亵她，她在逃跑时扭伤了脚。

在郁延川出现的前几分钟，她想过结束自己的生命，只是这个念头刚起，就被无头苍蝇似的郁延川踢了一脚，打乱了计划。她是戒备的，所以在他问她的名字的时候，她始终不说话，只是警惕地盯着他看，却听见他自言自语："原来不会说话，真是可怜的小哑巴。"千临有些恼怒，正要骂人，却又见他蹲下身，在黑暗中比手画脚："我带你去看医生。"

行吧，那就看看他想怎样。

家中发生巨大变故，让千临变得多疑和戒备，但她发现，原来他真的只是想要带她进城去看医生，只是路越走越偏，还迷路了。

她忙着装哑巴，给他指了几次路，他照着走都能走错。两个人歇息一会儿走一会儿，走到天亮，得了，她也迷路了。她去洗脸时不小心脚滑的那一刻，她以为自己完了，谁知道郁延川抓住了她："你别怕，抓紧我！"她听话地抓紧了他，然后连带他也一起被冲走了。

她醒来的第一眼，看见的是他稚嫩而羞涩的笑脸："你终于醒了。我们不知道在什么地方，你受了伤，我采了些草药给你敷，那边还有个山洞，我扶你过去休息……"

他们在山下度过了三天三夜，虽然她带了食物，但郁延川基本都没怎么吃，他把面包让给了她，自己吃摘来的野菜，喝山涧的水。倒是给她的草药，他自己先用了一份，他说，我试试有没有毒。

见他的脸色越来越难看，千临才知道，他病了，发烧了。

连续三天的风餐露宿，加上受伤感染，郁延川高烧不退，整个人都迷糊了。她哑巴也不装了，叫了他好几声，都没得到反应。

千临独自去寻找出路，一瘸一拐，边走边喊救命，结果幸运地遇到了孙晓岚。那个时候，孙晓岚的女儿沁沁已失踪九年，她却从未放弃过寻找。那天她在山里找寻，听到崖下有声音，起初还以为是自己的错觉，直到千临又一次喊了救命，她终于确定不是，便报了警。

再后来，他们等到了救援，郁延川被父母接走了。

她唯一的遗憾是，当时没来得及问他的名字，也没来得及说一声谢谢。她是感激他的，同时她亦是愧疚的，是为了救她，他才会经历这场意外，得了这个令他烦恼厌恶的"病"。

她想说，我就是十三年前的那个女孩。可她不敢，只是用力地抱住了他。

"谢谢你，郁延川。"

那个吻轻轻落在她的发上的时候，千临几乎以为是自己的错觉，因为实在太轻了，稍纵即逝。可是，她知道，那是真实的。

那个夜晚，千临直到进了家门还是浑浑噩噩的。

郁延川刚结束了一台手术，病人刚恢复意识，他本可以下班的，但因为病人在术中出现过几次意外，他不放心，仍是留守在医院。

千临只是来看看他，人见到了，她也要回去了。

郁延川却说："我送你出大门。"

送出了大门，他又说："我看你上车再走。"

结果车来了，千临上了车，他又说："我送你回去吧，都这么晚了。"于是，他直接将她送到了熊猫公寓。一路上，两人都没说话。千临下车后，为了防止他送她上楼耽误时间，直接头也不回地往楼上冲："我走了，再见。"她一口气直冲上楼，连电梯也没有坐。回到家后，用冷水洗了把脸，脸上的温度也没有降下来。

第二天清晨，千临收到了郁延川的信息，详细地问了她上下班的时间，千临没有多想，直接发给了他。于是乎，当天下午她还在救助站，周银银就给她打了好几次电话："你要回来了吗？"

"你还没有回来吗？"

"流浪者安置好了吗？要不要我过去？"

千临见她这样反常，很是奇怪："周姐，到底有什么事？"

"办公室来了个大帅哥，林小圆眼都绿了，恨不得把人生吞活剥了，就连方知鱼这木鱼都脸红了半天，半小时里犯了两个错误，你说这问题严重不？"周银银压低了声音，"要不是我已经结婚了，强大的道德感约束着我，我都要控制不住我自己了。快回来，这边不行了。"

千临一听就乐了，估计是郁延川去了办公室。怪不得他要问她什么时候下班，她倒是忘记和他说，干公益的，虽然有上下班时间，但踩着点下班的时候屈指可数。千临回了办公室，如狼似虎的林小圆已经被石磊拖走了，周银银也收拾了东西准备下班，整个办公室只剩下埋头打字的方知鱼，与在会客室中正襟危坐的郁延川。

见到匆匆而来的千临，他有些委屈："你为什么不说你不在办公室？"

"我以为你知道。"她心情忽然变得很好，"你要来接我下班，该早点儿告诉我。走吧，晚上一起吃饭。"

郁延川看了墙上的时钟，摇头："不了，我还要回医院值班。"

“那你来做什么？”她奇怪道。

“接你下班，送你回家，网上不都这样说的吗？”郁延川也不知道受了什么公众号荼毒，大老远来等她下班，送她回家后，又开着车大老远回医院值班。

接下来三天，郁延川都准时到办公室打卡。但千临不是没在办公室，就是还不能下班，他又要回医院，所以始终未能成功去约会。他总是很忙，来去匆匆，可他又固执地做着自己觉得应该做的事。

第四天，千临没让他接，主动去医院接他下班，两人吃完饭决定按照约会标准流程去看场电影，结果电影才开场，郁延川的手机就响了。急救中心人手紧缺，于是他又抛下了千临。

和麻醉科医生谈恋爱是什么样的体验？千临觉得自己可以上知乎去回答这个问题。

虽然，他们谁也没有先说喜欢，但成年人的世界，许多事情不用直言，便心照不宣。郁延川很忙，千临本着山不过来我过去的原则，每天去医院探望孙晓岚的时候顺便去趟麻醉科，有时候时间差不多，就在那边等郁延川下班。但对接千临下班这件事，他越是做不到越是执着，可爱得有点儿过分了。

于是，千临觉得，既然他这么期望接自己下班，她就配合他一下，便找了个空闲的下午，哪也不去，等着郁延川下班来接。结果，郁延川刚到，两人圆满碰头，正准备去继续完成约会流程表中的事项，便被一束巨大的鲜花堵在了办公室门口。

千临看看花，又看看花后的人，一时没想起是谁。

倒是那人先自报家门：“千队长，我是周林，还记得吗？上次我妈走失了，你们帮我们找到了。一直没有空来感谢你，给你发了信息也没有回，我就自作主张来了。”

迷路走失的人一年有几十到上百个，没找到的千临基本都记得，找到了便会自动将其从记忆中剔除。她对周林这个人没什么印象，倒是他说起发消息没回，就想起微信上有个“MR.ZHOU”，隔几天就问她什么时候有空一起吃个饭。千临正想解释，便觉得后背凉凉的，转头，发现郁延川正看着自己。她想也不想就解释：“这是我们的委托人，嗯，送花给我们表示感谢。”然后冲周林说：“不用了，周先生，谢谢，不用这么客气！”

办公室什么千奇百怪的东西都收到过，锦旗是标配，水果和牛奶也常见，什么土鸡蛋和自家种的菜也不足为奇。最可怕的一次，有人送来了两只活的兔子，在办公室拉了三天的屎，最后被方知鱼带回了家。花也不是没人送，但多是发财树和康乃馨，除了林小圆告吹的前男友，还是第一次有人往办公室送红玫瑰。

她在心底数了一下，目测有九十多朵，大事不好。郁延川估计也想到了什么，目光越发犀利。千临干笑了两声，将周林塞过来的玫瑰花又往后推了推：“周先生，这不大好，我们不能随便收委托人的谢礼。”

“这不是谢礼，你没看出来吗？我是在追求你。”周林不知是没眼色还是故意的，挑衅地看了一眼她身后的人。

千临咬咬牙，豁出去了：“这更不好，我有男朋友了。”

话音刚落，便听见郁延川像是不经意地清了清嗓子：“不好意思，我们要去吃饭了。”

恰好加班的石磊游魂一般飘过，千临赶紧拉了他一把，把他推到周林面前：“这是周先生，这是石磊，我下班了，还有事，就先走了，有事你和石磊说。”

说完，她便拉着郁延川走了，留下两个面面相觑的大男人和一束玫瑰花。刚下了楼，便听见郁延川说：“千临，你在紧张。”

噢，她都忘了他有个自动读取的功能了，赶紧松开他的手，结果，没甩开。他像是在把玩什么玩具一样，将她的手翻来覆去地捏着。

“你说你有男朋友了。”

千临自暴自弃，充耳不闻，自顾自地走路。

“我很高兴，千临。”他说。

千临见不惯他这么得意：“我说的又不是你。”才说完，她便觉得自己的手被收紧，她一愣，又慢悠悠地补充道，“我也没说不是你。”

他这才像松了一口气一般，又将她的手当成橡皮泥，捏来捏去。

他的手指又瘦又长，指关节分明，指甲剪得短而圆润，或许是长期使用消毒凝胶的缘故，手心干燥——这是生命守护者的手。她顾着观察他的手，他的心思却仍在刚刚送来的玫瑰花上：“我还没送过你花。”

“我不喜欢花。”

和麻醉科医生谈恋爱是什么样的体验?

麻醉医生严谨，手脚麻利，无论有多忙，都不会随意迟到早退，无法赴约一定会提前知会；麻醉医生细致，观察仔细，她换了洗发水，剪短了刘海，他第一时间便能察觉；麻醉医师专注，心无旁骛，目光总是落在她身上，她随口的一句话，自己都忘记了，他却能够一直记得。

比如千临说，自己不喜欢花。

于是，从第二天开始，郁医生便往“破晓”指挥部送树。

对，就是树，那种一人多高的盆栽树——发财树、琴叶榕、橡皮树，还有各种千临叫不出名字的两人才能抬得动的盆栽——一天一盆往办公室送，才一周，就将整个办公室变成了植物园。

千临跑了几天外勤没注意，还以为是周银银买来净化空气的，结果几个同事都叫苦不迭：“队长，能让你男朋友别往办公室送树了吗？这天气冷了，一直落叶子，我每天扫落叶都扫哭了！”

“主要是我们地方小，都让盆栽挤满了，我都没地方站了。”

方知鱼也在微信上幽幽发来一张加班时拍的小视频——忽明忽暗的灯光打在黑压压一大片盆栽上，自带恐怖片效果。

千临只好委婉地提醒郁延川：“别再让人送树来了。”

“你不喜欢？”

“不是，地方小，没地方放。”

郁延川无师自通：“那我明天让他们送小一点的桌面盆栽？”

千临两眼一黑，完全陷入被盆栽淹没的恐惧中，想也不想就拒绝：“不，不要送了，我不喜欢。”

这下，郁延川却没说什么，只是有些失落：“你说不喜欢花，我以为喜欢树。”

“不，真不喜欢。”

郁延川挂了电话，陷入了深深的沉思。

郁延希一下课回家，就看见他哥在沙发上正襟危坐，像在经历什么天人交战。郁延希深觉自己成年了，该为他分担一些，于是问：“哥，遇到什么烦心事？工作遇到什么困难吗？”

郁延川看了令他糟心的弟弟一眼，没说话，但想想，弟弟最近似乎在谈恋爱，年轻人对女孩子的了解应该多一些，于是严肃地问道：“你知道如果一个女孩子不喜欢花花草草，也不喜欢树，会喜欢什么东西吗？”

郁延希在他哥炯炯目光的注视下“啊”了一声，觉得狗头军师既然当了，就要尽职，忙掏出手机发了几条微信，很快便胸有成竹道：“不喜欢花草树木，那应该喜欢小动物，软乎乎、毛茸茸的那种。”

郁延川深以为然，看自己家的奶牛的眼神就不禁带上了嫌弃——它是胖乎乎的，却不是软乎乎毛茸茸的，养猪千日，用在一时，奶牛在这个时候却不能发挥效用。

第二天千临刚上班，便发现办公室所有的人都围在了自己办公桌前，还时不时发出惊呼声，就连方知鱼这个从不凑热闹的人，都站在旁边探头探脑。

“怎么这么可爱？”

“它的毛好软，好白。”

“好想摸一摸。”

千临刚走近，看到他们围着的是什么东西的时候，又迅速地退了两步——那是一只雪白的猫，她不知道是什么品种，毛发又长又白，眼睛是漂亮的蓝色。不用问也知道是郁延川送来的。她欲哭无泪，这小猫是挺可爱的，她是很喜欢没错，但是只可远观不可亵玩，她对猫毛过敏。

饶是只这样远远地看着，且小猫仅在她的办公桌上逗留了一小会儿，她这一整天也是在不停打喷嚏中度过的。最后，这只小可爱，还是让方知鱼带了回家，她欣喜若狂，连发了二十几个狂欢的表情包。

千临害怕郁延川再剑走偏锋，忙给他打电话："我不喜欢花草树木，我也不喜欢小动物。"

"那你喜欢什么？"

她早就备好了答案："我喜欢你。"

郁延川应该是在办公室，背景音有些嘈杂，千临说完那边良久没出声，像是从办公室走到了什么空旷的地方。

"我也是。"他说。

她听着电话那头呼呼的风声，默默地咀嚼着那三个字。他说，我也是。

都说麻醉科郁医生冷若冰霜，能顶着一张面瘫脸将小病人吓哭，却不知他说起情话如此自然，一语中的，直击要害。

千临觉得，遇到郁延川真是太幸运了。无论是十三年前，还是现在。她从小就锱铢必较，谁对自己好，谁对自己不好，她嘴上不说，心里门儿清。

小学时，后座的同学嘲笑过她的字迹丑，当事人都忘记了，她到了初中还记得，每次考试都要压对方一头；校门口文具店的阿姨偷偷撕了笔记本的价格标签，多卖她五毛钱，她再也没有去那边买过东西。谁对她好，她更记得清楚，送她回家的补习班老师生病后，是她为他发起了募捐；因为感激孙晓岚当年的救助和照顾，她将她当成了亲人一般，除去出差不在博陵，刮风下雨，探望从不缺席。

而她直到现在，都记得十三年前那只朝她伸出的手。

说来奇怪，这么长时间，千临一次也没有认出郁延川来，可当她知道他就是当年的少年后，他的脸与从前那张面目模糊的脸慢慢重叠在一起，越来越相似，那模糊不清的记忆，也逐渐变得清晰起来。

“真好。”

郁延川没听清：“你说什么，我这边风太大了，没听清。”

“你在哪里？”

“我在天台。”

“快回去吧，我也要去工作了。”千临说完就挂了电话。

郁延川有些怅然若失，今天科室并不是很忙，他不用加班。原本他是想约千临吃个饭的，可是她急匆匆挂了电话，压根没有给他说话的机会。

郁延川的心情有些糟糕，所以上门诊的时候脸色就有些不大好看，以至于准备做内镜的病人有些胆战心惊：“医生，是有什么问题吗？”

“没有，一切很正常。”

“那您，为什么一直皱着眉？”

郁延川心想，都是千临的错，让他整整一个下午都心不在焉。

结果门诊刚结束，他还没出诊室，罪魁祸首已经推门而入，似乎对自己犯下的过错毫不知情。

郁延川看着她，千临也皱着眉：“郁医生，我有点儿疼。”

他当即就起身，绊倒了旁边的椅子：“怎么了，哪里疼，我带你去检查。”

“想你想得有些心疼，看见你就好了。”

郁延川被她大胆的言论震惊到，抬起的手半天也没放下。这人真是嬉皮笑脸，有伤风化。可是，他没发现，自己的嘴角一直是上扬着的。

郁延川随千临一起探望了孙晓岚。她这几日精神好了些，但是病情仍在加重，昏睡的时间也多了不少，千临来了好几次，她都在睡觉。

今天倒是幸运，孙晓岚刚醒，正看着窗外发呆。

千临原本想多陪她一会儿，但孙晓岚却怎么也不让，一个劲儿挥手赶她走：“去约会去，别在我面前站着，我要看会儿电视，这几天追的韩剧大结局了，别打扰我。”

千临原本想陪着孙晓岚吃饭，被赶走后，只能与郁延川一起。

郁延川直觉不能再带千临去医院的食堂，但他对美食毫无钻研，部门聚餐也鲜少参加，想了半晌也不知道吃什么，还是千临提议，天气冷，去吃火锅。刚好医院附近就有一家连锁店，郁延川听女同事说过，自己倒是没去过。于是两人车也没开，慢吞吞地走过去。经过步行街的时候，千临忽然停了下来。郁延川顺着她的目光看去，发现她正在看一个衣衫褴褛的男人，他背着一个蛇皮袋，刚从一家餐馆出来，又推门进了另一家。

郁延川以为那是乞讨者，低头从身上摸钱包，千临却说：“他不是在行乞，他在找人。”

他这才看见，那男人身前挂了一张巨大的照片，是个十来岁的小女孩。照片下面还写了不少的字，隔得远，他没看清。

“他在找她女儿，有两年了吧，一个城市一个城市地找。我们帮他发布了不少寻人信息，但都石沉大海，博陵找不到，他可能会去南泽，南泽找不到，他会去官塘。他和我说，他不会放弃，找到死那天为止。”或许是天冷，千临说话的时候带着一点儿鼻音。

郁延川看着那男人从面馆里出来，又进了隔壁的西餐厅，一时间什么也说不出来。他忽然伸手揽住了千临的肩，千临一僵，很快转过头来：“怎么了？”

她的脸被风吹得红红的，鼻尖也有一点儿起皮，看起来有些可怜。

“你曾经是不是也这样？”一个人漫无目的地找着人，逢人就问有没有见过自己的母亲，卑微又可怜。

可是千临笑了：“不是，那时虽然网络不发达，但是她的照片在报纸和电视上都出现了许多次，她也曾经是博陵的名人，所以我没这样找过她。”她另辟蹊径，去了山里、海边还有空无人烟的墓地。所有能想到的地方她都去找了，可是都没有找到苏想容，倒是遇见了郁延川。

世界这么大，要找到一个人谈何容易，可是无论是千临、孙晓岚，抑或是那个父亲，都没有放弃。或许是因为这个小插曲，这餐饭，千临吃得不是特别尽兴，虽然她在努力地活跃着气氛，郁延川仍旧能察觉到她失落的情绪。

原来喜欢一个人是这样的感觉，不用握住她的手，不用看她的眼睛，只是与她站在一起，就能知道她开心与否。

出了火锅店，两人沿着马路往回走，那个男人已经没在这条街了，也不知道去了哪里。等红绿灯的时候，忽然从旁边的花坛边跑出几个孩子，有男有女，都是八九岁的模样，手里都攥着花。

“买花吧，买花吧！”

“买朵花送女朋友吧，15块钱！”

“我的10块钱！”

这群孩子大冬天的穿得都不多，脸上都有些脏兮兮的，其中有个孩子左手还是残疾，袖子一半空荡荡的，郁延川有些动容，手伸进口袋，千临想要制止已经来不及了，已经有孩子嚷嚷起来：“我10块钱三支，买我的花！”

几个小孩都拼命地往郁延川身边挤，和他站在一起的千临反倒被冲开。她看着他，刚说了一句“不买”，郁延川掏出来的钱已经被其中一个孩子抢走了，只丢给他一枝蔫了吧唧的玫瑰，还有人要往他衣服里伸，正是左手残疾的那一个。郁延川被几个孩子围着，无所适从，无助而茫然。

千临看不下去：“你们干什么？这是抢劫！我报警了！”

几个孩子一哄而散，而抢走钱那个已经跑得老远了，千临拔腿就要追。

“算了！”

“你的钱是大风刮来的吗？什么叫算了？”千临瞪了他一眼，却没有再追，只是望着那几个边跑边回头的孩子。忽然，她像是发现了什么，朝着其中一个拼了命地冲去。

那是个瘦小的男孩，并不是抢钱那个，他见千临要来抓自己，吓了一跳，慌不择路下和同伴跑向相反的方向，花也掉了一地。

那孩子看起来就营养不良，穿着又脏又破的拖鞋，脚丫子都冻得通红，怎么跑得过人高腿长的千临，没两步就给抓住了。千临手刚抓住那孩子的衣服，他便开始拼命挣扎，嘴里咿咿呀呀地发出怪叫。她一愣，还没说话，从后面赶来的郁延川便道："这个孩子是个哑巴。"

千临忙掰正孩子的脸，他的小脸冷冰冰的，脸上都是鼻涕和污秽，正龇牙咧嘴地对千临做着表情，还要吐口水。他张嘴的时候，原本是舌头的位置却空荡荡的，舌头自舌根处没有了，像是被齐齐切断了。

千临怔怔地看着他，这张脸，她是熟悉的。

"千临，算了，没有多少钱，也不是他抢走的。"郁延川说。

可是千临却没有半点儿同情，反而道："你帮我抓住他。"

男孩已经被千临从背后抱住，她却还要他抓住他。郁延川并没有明白千临的意思，但他没有问为什么，也没有半点儿犹豫，就伸出手抓住了孩子脏兮兮的小手。那是一双满是伤痕的手，冷得像块冰。

"他在害怕。"

千临抱住他："别怕，我问你，你是不是叫林晓峰？你爸爸是不是叫林铭，妈妈叫曾春子，你家在云海，三年前你放学的时候跟着一个男人走了，然后就再也没见过爸爸妈妈。"

孩子仍旧咿咿呀呀地叫着，可是她一个字也听不清，他仍在千临怀里不停地挣扎，千临被他踹了好几下，衣服都脏了，却仍旧没有放开他。

郁延川紧紧地抓着他的手，对千临点了点头："他在悲伤，在委屈，同时恐惧也加深了。"

林晓峰是云海市的失踪男童，三年前在放学后被一陌生男子带走，而后再无音讯。全国每年失踪的人口数量庞大，无论是在“破晓”平台，抑或是别的寻人网站，每年发布的寻人寻亲信息都数以万计，其中很大一部分是未成年儿童，但目前为止，被找到的仅是其中一小部分，更多的还在努力寻找中。

千临虽是“破晓寻人”的队长，有着职业敏锐性，认人能力比普通人要强一些，但也不是每一个失踪者她都能牢牢记住。且林晓峰并非在博陵失踪，而是在几百公里外的云海，“破晓”只是在接到云海那边的求助后，在平台上发布了消息。千临之所以过了三年还能记住林晓峰的模样，更多的是因为他的父母，以及他眉心那颗痣，痣的位置很特殊，很少见。

在林晓峰失踪后，林铭夫妇就开始了漫漫寻亲之路。两年前，林铭的妻子曾春子因在路上看到了一个长得像林晓峰的男孩，追出去时遭遇了车祸，双腿截肢。但林铭和曾春子并没有放弃找寻儿子，变卖了房子之后，林铭买了一辆改造的三轮车，载着妻子，开始了全国范围的寻子之路。

男孩和林晓峰当年失踪时的照片，已经完全不是一个模样——他高了一些，却瘦了、黑了，脸颊深深凹陷，牙齿发黑——若不是眉心那颗红色的痣，千临也不敢贸贸然抓住他。男孩不会说话，只会咿咿呀呀地发声，慌乱地手舞足蹈，完全无法听清他在说什么。

但在这一瞬间，千临几乎能确定，他就是林晓峰。

因为郁延川说，他在悲伤和委屈。

在千临说出他父母的名字后，林晓峰仍旧没有停止挣扎。

千临没有放开他，她害怕她一放手他就跑了，只好尽量放低声音：“你别怕，我不是坏人，你爸爸妈妈一直在找你，你知道吗？你别怕我，我带你去警局，我送你回家，找你爸爸妈妈……”

林晓峰的精神有些恍惚，目光也在游移，也不知道是不是将千临的话听进去了，慢慢地不怎么挣扎了。

千临松了一口气，示意郁延川松开他的手，自己也慢慢放开男孩，但男孩一逃离千临的桎梏，便拼命地往前冲。

“林晓峰！”千临大喊，他越跑越慢，最终慢慢地回过头来，看着千临与郁延川，像是纠结，又有些无措。千临松了一口气，起身朝他走去，准备将他先带回“破晓”，再联系他的父母。

结果，她刚触碰到林晓峰的手，便被人狠狠一推。千临猝不及防，好在郁延川及时扶住了她，才不至于摔倒。

那是个男人，五十来岁的年纪，有些矮胖，不知道是什么时候，也不知道从哪里冒出来的，像是一直躲在暗中窥视。

原本已经有些松动的林晓峰，在看到男人之后，瞬间变了脸色，被他拉扯到身后，也没再往千临的方向看一眼。

“你做什么？”在千临开口之前，郁延川先发声，语气带着薄怒。

“这话是我问你们才对，你们做什么？要带我的孩子去哪里？”男人恶狠狠地瞪着他们。林晓峰站在男人身后，老实又安静，像是不存在一般。

“你的孩子？你是他什么人？”

“我是他舅舅！”

千临冷冷一笑：“我可不知道他还有舅舅，别胡扯了！”她看向林晓峰，“小峰，你过来，我带你回家找爸爸妈妈！”

“我不是他舅舅，难道你是？”男人估计不想再纠缠下去，拉着林晓峰就要走，却被郁延川拦住了，他握住了男人的手腕。

他是愤怒的、不耐烦的，同时也带着一丝慌乱。

郁延川虽瘦，却高，站在男人面前高了他一个头。他甩开郁延川的手，想要推开他，却没推动，倒是身后的男孩被他拉住了。

小男孩就这样无助地夹在两个成年男人之间，怯生生地低着头。

“你不是他舅舅，他在怕你。”

“他做错事，能不怕我吗？任务没完成，能不怕我吗？”男人几乎吼出声，“走不走？不走我叫人了！”

郁延川却没有理会他，直接蹲下身：“你叫林晓峰对吧，你别怕他，我不会让他带走你的。”

林晓峰抬头看了他一眼，又迅速低下头，自男人出现，他就再也没有挣扎过，也没有再出过一声，似乎在努力降低自己的存在感。

“好大的口气，我想带走我的孩子，难道还要你同意？”说完，他又扯了一把林晓峰，就要朝另一个方向走。但没走几步，看到前方的来人，恶狠狠地瞪了千临一眼，转身就往反方向跑。林晓峰被他拉扯着跑了几步，摔倒在地，男人索性丢下他自顾自逃了。

“别跑，警察，别跑！”

千临看着不远处的车和追着男人而去的警察，问郁延川：“你什么时候报警的？我怎么不知道？”一定是郁延川报了警，不然这么短时间，警察不可能来得这么快。

“在男人出现的时候，我就用短信报了警。”男人这么肆无忌惮，一定有同伙在附近，郁延川不敢贸贸然与他起冲突，只是偷偷报了警，拖延了时间。

“你为什么没有怀疑过，或许我的判断出了错？”

“相信你的同时，我也相信自己，那个男人出现的时候，孩子的心情是绝望的。他没有再挣扎，心如死灰，一定是受过虐待和训练。他应该逃过很多次，又一次次被抓回来，所以才会这么绝望。”

郁延川仍牵着林晓峰，即便到了这一刻，那孩子仍旧没有欢喜，更多的是茫然和无助。虽然郁延川报了警，但男人还是跑了。

警方调取监控后发现，这群卖花的孩子是由几个成年男女领来的，身份成谜，由一辆悬挂了假牌照的面包车送到市区的各个角落。清晨送来，深夜带走，十分隐蔽，像是打游击战一样，警惕性很强。

这些孩子全都经过严格训练，好几次好心路人将孩子送到救助站，没几天他们就会跑掉，去和他们的同伙会合。也曾有路人要将他们送到警局，但不是被阻拦，就是被威胁，路人一报警，孩子就会被人带走。

这一次之所以这么幸运，估计一来是他们放松了警惕，二来则是郁延川报警太过及时，没有给他们反应的时间。

千临与郁延川一起陪着林晓峰去了警局，在车上，他慌张又害怕，好几次要跳车逃走，无论千临与警方怎么安抚都无用，最后还是郁延川控制住了他——他握住了他的手，也不知道在耳边对他说了什么，男孩终于慢慢平静下来，不再挣扎。

千临让方知鱼调取了资料，三年前发布的寻人讯息上，男孩有着一张又白又圆的脸，双目灵动，与现在判若两人。

千临联系了林铭，他接到电话的时候，还有些茫然。这些年失望了太多次，他已经不再像最初一样，听到哪里有消息就往哪里冲，更多的是怀疑。直到警方通过了专业的信息比对，确认了男孩就是林晓峰，给林铭打了电话，他才终于相信，他的儿子林晓峰找到了。

“你让他和我说句话可以吗？”他声音激动，千临站在旁边都能听见他的声音。

打电话的是个女警，三十多岁的年纪，估计也是个母亲，闻言先是一愣，随即道：“可能不行，林先生，你先过来再说吧。”

千临心里“咯噔”一下，看了一眼坐在角落里喝着牛奶的林晓峰，才发现自己忘了这一茬。他失踪时，是个健健康康活蹦乱跳的孩子，而现在，他失去了舌头，连话都不会说，不知道林铭能否面对这一切。

“破晓寻人”曾经也有过这样的案例，他们帮助委托者找到失踪十年的女儿，发现她因车祸成了植物人，还欠了医院大笔的医药费，委托者因此大闹医院，不愿承认躺着的人是自己家的女儿，离开后便没有再回来。

千临虽不赞同，却能够理解他们的感受，虽然最后找到人，但这样的结果，对谁来说都是难以承受的。千临一直没有走，她与郁延川一直在警局陪着林晓峰，从深夜陪到了第二天清晨，他们终于见到了千里迢迢孤身赶来的林铭——他的妻子截肢后身体不大好，也不方便，虽然得知消息后很激动，但无法第一时间赶来，只能让林铭先来接孩子。

见过了太多重逢的场景，但林铭与林晓峰的会面，仍旧让千临动容。

林铭看到他，先是一愣，随即冲过去紧紧地抱住他："小峰，我是爸爸，你还记得爸爸吗？妈妈在家里等我们，爸爸带你回家……"

林晓峰才睡醒，还没反应过来发生了什么，拼命在林铭怀中挣扎，好一会儿才像想起什么似的，咿咿呀呀地叫了起来。

林铭原先只顾着高兴，也没认真打量孩子，这会儿听见声音才发觉不对劲，忙拉开孩子，仔细地看起来。林晓峰看见他震惊的目光，或许被刺伤，转身就要走，却被林铭一把抱住："别怕，无论你怎样，都是爸爸的孩子！别怕，爸爸带你回家……"

"谢谢你们，谢谢你们，这已经是我想过的最好的情况了，人回来就好了……"林铭又高又壮又黑，像武打电影里的打手，可这一刻，他却像个孩子一样号啕大哭，语无伦次。就像他所说，虽然遗憾，但孩子能够回到身边，已经是最好的结局。

离开警局的时候，天已大亮，路上都是来去匆匆的上班族，两人慢悠悠地夹在其中，显得格格不入。一夜没睡，千临和郁延川倒都是神采奕奕——一个是麻醉科医师，常年驻守手术室，日夜颠倒值班，连续两三夜没睡都是常事；一个是寻人队队长，大半夜接到失踪求助委托，连夜发动寻人也是司空见惯，比起上山下海，这轻松多了。

郁延川是晚班，所以并不着急回去，问："要一起吃个早餐吗？"

千临早上还要上班，她本想说不了，先回办公室再说，结果一抬头，对上郁延川的脸，她就改了口："……好。"

明明是一起熬的夜，他也没有偷偷洗漱和护肤，脸上却没有半点儿油光，仍旧干净，晨曦照在他脸上，简直零瑕疵。真是太不公平了！

偏偏得到上天眷顾的人还不自知："你怎么一直在看我？"

"好看，还不让人看了？"

估计这几天的调戏已经让郁延川免疫了，他倒是没有再一次红了脸，只是微微移开了目光：“你想吃什么？”

千临想了想：“要不，就去医院餐厅吧，来碗红烧牛肉面。”

天知道，千临只是不想耽误郁延川上班，还打算顺便去医院看一看孙晓岚。但当他们端着餐盘与陆忘在餐厅狭路相逢的时候，三人都端着一模一样的红烧牛肉面在同一张餐桌相遇，画面就变得尴尬无比。

陆忘看了看他们的餐盘，又看了看郁延川，眼睛几乎要喷出火来：“郁医生可真是厉害，员工餐厅的福利，你都不忘带人来蹭。”中心医院餐厅伙食极好，且收费便宜，员工卡还有半价，有时候一些医务人员也会带家人、亲戚来用餐，医院大多不会干涉，因为这样做基本都是为了方便，并非特地来蹭福利。陆忘这样直白地指出，让千临有些尴尬。

郁延川却说：“我刷了全价。”

他的无懈可击让陆忘越发恼怒，可她连生气的资格都没有，只是冷冷地瞪了郁延川一眼，端着餐盘走了。自始至终，她都没有看过千临一眼。

这是她和郁延川的战斗，在她看来，千临只是无关紧要的人。

千临却有些失落，他和陆忘都是吃半价的员工餐，她却吃的是全价，可转念一想，又有些开心：“这是家属餐吗？”

郁延川愣了一下，小声地“嗯”了一声。

千临抿了抿嘴，埋头吃面，觉得今天的面格外香。

可面还没吃完，郁延川就被紧急电话叫走了，与此同时，餐厅另一边的陆忘也放下了筷子，匆匆起身。

两人几乎是同时冲出餐厅。

千临看着他们的背影，并不嫉妒，只觉得唏嘘。

这就是医生，无论何时，只要病人需要你，你便要第一时间赶到。

他们不是和时间赛跑，而是在和死神赛跑。

这顿早餐之后，千临整整一天都没有打通郁延川的电话。起先，她以为他在做手术。与别的医生相比，麻醉医生是不分科室的，哪个科室有手术，哪个科室需要你，你便要在哪里。加上麻醉科医生紧缺，郁延川一天十几台手术是常有的事，最多的一天，他做了二十台手术。

千临与郁延川越熟悉，对麻醉医生越是敬佩，不是每个人都能承受这种高强度的工作量和精神压力。

所以打不通他的电话，千临并没有多想，她明白他工作的特殊性，她也不是二十岁出头的小姑娘，一没人陪伴就没有安全感。但第二天，电话还是无人接听，千临才发觉有些不对劲——郁延川再忙，总要下手术，下了手术总会看手机，他并不是那种看到电话不回复的人。

直到千临接到郁延希的电话——她都不知他何时留了自己的电话。郁延希已经过了变声期，声音与哥哥越发相似，听到那边的声音，她还以为是郁延川："郁延川，你怎么没接电话？"

那边"啊"了一声，才说："我是郁延希，你也在找我哥？他已经一天一夜没回来了，电话也打不通，我还想着他是不是和你在一起，他往常不回家都会给我发个信息的。"

"这么大个人了，应该不会丢，估计是手术忙。"千临说，"你不用担心，我回头去医院的时候和他说一声，让他给你回个电话。"

她虽然这样安抚郁延希，自己却坐立不安，林小圆看不下去，说："队长你有事要忙就去吧，你都在这里走了三圈了，晃得我头都晕了。"

于是，她便光明正大地翘了班。

车刚排队进了中心医院的停车场，千临便察觉到不对劲。正门有人拉了白横幅，上面写着黑色的大字，一群穿着白衣服的人正拿着扩音器一遍一遍地喊着："黑心医院，还我亲人！无良医生，杀人偿命！"还有一个老人领着个小孩在旁边哭天抢地，小孩木然地流着泪。

失去亲人固然难以承受，但在医院这样闹腾，已经严重影响到医院的正常工作，千临远远地看着，内心的不安越发强烈。

她没有在麻醉科找到郁延川，蔡予见到她，吞吞吐吐的，半晌才说：“老师被院长找去了。”

千临讨厌墨菲定理，因为它总是很准确。当你意识到坏事要降临的时候，无论这种可能性有多小，它总会降临。

千临才下了楼，没走到大堂，就在嘈杂的人群中，一眼看到了郁延川，以及他身边的陆忘。

原先在大门口拉横幅的人不知什么时候进了大堂，其中一个头绑白布的男人正在对着郁延川咆哮，围观的人很多，千临隐约只听到一句“杀人偿命”。她快步朝他们奔去，眼睛一刻也没有离开过郁延川。

那是千临第一次看到这样的郁延川，他是平静的，却也是沮丧的，面无表情地被人指着鼻子骂，没有愤怒，也没有胆怯。

他的冷静，反倒是激怒了那男人，他的拳头当即就朝郁延川挥了过去。千临整颗心都提了起来，但郁延川身子一侧，头一偏，躲开了：“病人过世，我们也很遗憾……”话音未落，他的白大褂已被扯掉。

千临离他们还有一段距离，忽然她听见一个坚定又愤怒的女声——

“够了！你们够了吗？如果你们觉得是麻醉医生让你们失去亲人，应该报警，同意做尸检，让法医来鉴定！不是你们一句话，你们觉得是，就真的是麻醉医师的责任！

“如果认为是医疗事故，就请同意尸检！尸检结果都没出来，你们凭什么认定是麻醉医师的责任！

“你们这是医闹，已经严重影响了医疗秩序！

“你们这是犯罪……”

那是陆忘，即便在这个时候她是慌乱无措的，却仍旧保持着礼貌和修养。周围都是围观的人群，有病人也有家属，但没有一个人上前去阻止，匆匆赶来的两个保安也被推搡开。混乱中郁延川被一个中年女人狠狠地挠了一把脸，他或许没有打过架，只会在众人的推搡中躲避。陆忘见状，伸手便将那女人扯开，却没想到被狠狠地推了一把，脚一滑，摔倒在地。那女人直接将她压在身下，也不知道从哪里学来的下三烂招数，伸手就扒她的衣服："有你们这样的小妖精在，医生哪有心思做手术，我打死你们这些贱人……"

"报警啊！这是医闹！"千临朝人群喊道，自己则直接加入战场。

陆忘估计没遇到过这样彪悍又无赖的人，千临挤进人群的时候，她的白大褂已被扯开，衬衫被掀了一半，露出了雪白的肚子，上面有块红色的疤。千临一愣，随即撞开女人，迅速地将陆忘的衣服盖上，又捡起白大褂，披在她身上。陆忘估计也没想到千临会出现，诧异地看了她一眼。

"你退后，叫保安，报警，别和这些人讲道理！"

说完，她也不给陆忘反应的机会，狠狠地撞开了正扯着郁延川衣服的男人。她虽瘦，却不是陆忘那样的娇弱，长期在社会上摸爬滚打，见过太多的无赖与泼皮，知道讲道理在这个时候是没用的，在警察到来之前，要做的是自保。千临冲到郁延川身边的时候，那个男人手里正拿着什么东西要朝他砸来，她几乎是下意识地就挡在了他面前。

郁延川没想到千临会出现，只感觉有个人狠狠地撞进自己怀中，熟悉的味道传来，他的手比他的大脑更先反应过来，他伸手抓住了那个男人，反手一扭，"咣"的一声，男人手中的棍子应声而落，立即哀号着后退。

"医生打人了呀！医生打人啊！"

想象中的疼痛没有落下来，郁延川又惊又怒："你疯了？凑什么热闹？"

"我看你才疯了，你为什么不还手，任人欺辱，傻子吗？"

郁延川没有回话，他被人狠狠地从背后一踹，整个人往前扑，两人猝不及防地摔倒在地。千临还没爬起来，已被郁延川的手臂压住，他将她护在怀中。千临什么也看不见，却听见拳头落在他身上。郁延川紧紧地护着她，他说，你别怕。

第六章
匹诺曹

只要我相信，那就是真的。

因为我爱你，超过一切，包括生命。

那一天的混乱，是在警察到来后结束的。

千临没有受伤，整个人却被愤怒填满。在众目睽睽之下，手无寸铁的医护人员就这样被袭击，除了保安外，只有寥寥几个人上来阻止，剩下的人都远远地围观，唯恐被波及。

在场的除了郁延川，还有陆忘和他的另一个学生，三人都受了伤。

而那个拿了棍子的男人，手脱臼了，嚷嚷着医生打人，从施暴者摇身一变成了受害者。他们之所以会明目张胆地扰乱医院秩序，袭击医护人员，是因为前一天的手术。

郁延川为病人做了麻醉之后，外科医生手术刀还未下去，病人便血压骤降，经过了一个多小时的紧急抢救，病人遗憾离世。

病人在手术台上离世，最痛苦的除了家属，还有医生，眼睁睁地看着生命消逝却无能为力，那种无力感旁人很难体会。

这样的场景无论是谁，都不愿意看见。但病人家属怎么也不同意对病人进行尸检，只是咬定是麻醉医生的责任，要医院负责，随即在医院大吵大闹，拉了横幅。

警察到来后，伤人者依然无所畏惧，既蛮横又无赖，最后索性赖着不走了。倒是被打的医护人员自始至终都很平静，态度良好地配合做笔录。郁延川是可以索赔和追究责任的，但因都只是皮外伤，他想了想还是算了。

警察叔叔见惯了大场面，看到白横幅和披麻戴孝的家属哪里不知道是为了什么，了解了情况后，以扰乱公共秩序为由驱散了家属。但警察一走，这些人再次卷土重来。就这样闹了一天，在当天晚上，院长出面与对方沟通了两个小时，他们方才同意了尸检。

“你为什么不追究他们的责任？这不是仁慈，是助长他们的气焰。甚至会有人觉得你是心虚内疚。”千临边帮郁延川上药，边愤愤不平。

郁延川伤得最重，陆忘和另一个实习医生只是擦伤，而郁延川手肘后背都是淤青，脖子和脸上还有几处破了皮，千临越看越生气。

“你没事就好。”他说。

千临也不知该好气还是好笑，下手就重了一些，却被郁延川抓住了手：“你在生气。”

“被打的人又不是我，受伤的人又不是我，我有什么好生气的。”

“他们这样大闹医院，的确是很恶劣的行为。”郁延川顿了顿，看着千临，“那个男人是患者的丈夫，她在医院住了三个月，基本都是他在陪床，他们的感情很好。他触碰我的时候，我感觉到了他内心的痛苦和绝望，甚至有死意。

“我不是同情或者惧怕他们，只是一个人连死都不怕，你无论做什么都改变不了他的想法。他还有个孩子，才七八岁，失去了母亲，现在正需要父亲的照顾，而我没有大碍，所以就算了吧。至于别人怎么想，我不在乎。”

郁延川的眼中布满了血丝，也不知有多久没有休息。他的眼睛深邃而迷人，专注地看着人的时候深情又缠绵。千临不喜欢他的眼睛，太容易让人深陷，好像再被他多看一眼，就会连心都愿意掏出来给他。

千临乱七八糟地想，他工作的时候，是不是也这样看着病人。她冷不丁听到他问："千临，你为什么没有问我发生了什么事？"

"为什么要问？"她觉得疑惑，"我不相信这是一场医疗事故，他们所说的用错剂量也根本不可能发生在你身上，你是那样认真、专注、负责的人，你不会犯这种错误。既然不是你的问题，家属也同意尸检了，我们安静地等待结果就好。"

"你就这样相信我？从来没有怀疑过？"

"对，我相信你。"比相信我自己还要相信。只是后面那一句，她终究没有说出口。"发生这样的事，最难过的人一定是你。"

他的沉重和痛苦，难以对他人诉说，千临轻飘飘的几句话，却直击他内心最深处。郁延川几乎怀疑她有读心术，他打断她："千临。"

"嗯？"

"我可以吻你吗？"他是个内敛的人，这一刻却未等千临回应，就已经低头吻了下去。她的唇是凉的，还有淡淡的甜味。

千临手中还拿着镊子与消毒棉片，他蓦地吻了下来，让她手忙脚乱。他身上有伤，她轻轻地推了两下，没有推开。

郁延川原本只是想亲一亲，浅尝即止，可那香甜的气息，却让他沉溺，让他忍不住一再索取。直到，听见了敲门声。

陆忘看着慌乱分开的两人，半是嫉妒半是难过，可她没有表现出来，只嘲讽道："我还想着过来看看你有没有事，看来并不需要。"说完，她没看千临一眼，转身便要走。

"陆医生，麻烦等一下。"

陆忘这才停下，冷冷地盯着千临："你是要向我宣示主权？"

千临却说："我是想问，你肚子上的那个红色印记，是胎记还是疤痕？你记得是什么时候有的吗？"

陆忘怎么也没想到千临问的是这个，脸上有一闪而过的茫然，随即想起几个小时前她的衣服被那泼妇掀起，是千临帮了她。她犹豫了一下，语气缓和了一些："是胎记，我爸妈说，从我出生的时候就跟着我了。"

"可以再给我看一眼吗？"

这下，陆忘看她的眼神不再是疑惑，而是惊悚，她想不通千临怎么会有这样的要求："你帮我，我谢谢你，但这样无理的要求，请不要再对我提第二次。虽然你帮了我，但我对你没有一点儿好感，我们还是情敌关系，不可能变成朋友，也不可能做这么亲密的事。"

千临被拒绝，有点讪讪的，想和陆忘解释原因，她却头也不回地走了。千临回过头，发现郁延川也用一言难尽的眼神看着自己。

"你别误会，我性取向正常，也没有什么特殊的癖好。"

好事不出门，坏事传千里。才两天，中心医院病人因术前麻醉而死亡的事就传得沸沸扬扬，并且演变成好几个版本。

一是麻醉医生与病人有私怨，利用专业之便刻意致人死亡；二是麻醉医生与病人有私情，私情变私怨，医生利用专业之便刻意致人死亡；三是麻醉医生没医德，醉酒上手术，不够专业致人死亡。

无论是哪个版本，矛头都指向了郁延川，甚至有新闻媒体前来采访，好在都被医院一一挡了回去。原本一天要上十几台手术的郁延川，也因为这事大受影响，病人家属术前谈话签字，看到他胸前的名牌，当即拒绝："你就是那个出事的医生？不不不，不签，我们要换个医生！怎么能够拿生命开玩笑？"

病人与家属不愿意郁延川做麻醉，院方也无奈，只得劝郁延川："在尸检报告和责任认定出来之前，你还是先放个假休息吧。"

原本麻醉科就人手紧缺，郁延川出事后更是人心惶惶，好几个医生都出现了倦怠情绪。相比同事们的愤愤不平，郁延川却显得很淡定，自进入中心医院后，他就好几年没有放过年假。

“不用替我愤愤不平，就当我放假休息了，有事就给我电话。”郁延川顿了顿，又对蔡予道，“看好师弟师妹，别乱拿主意，不懂的地方问李主任。”说完他就走了，留下一脸愕然的学生们。

还是蔡予最先反应过来：“这是我们老师吗？这个工作狂魔，我还以为他会反抗，坚决不放假！”

“有什么好奇怪的，这就是恋爱的力量啊！”

“怪不得你单身！”

“进了麻醉科，又没有郁医生那样好看的脸，你以为脱单容易吗？”

郁延川出了医院大门便给千临打电话，结果刚接通，便听到了熟悉的铃声。转过头，千临就站在十米开外，正低头看手机。在遇到千临之前，他是不相信缘分这东西的，但现在，他是虔诚的信徒。

“喂，你在哪里？”他问千临。

可是千临却说：“在外面，正准备回办公室？”

郁延川愣了一下，没有戳穿她的谎言，正准备挂电话，却不想千临抬起头，刚好看见站在不远处的自己。

千临今天的心情很差。在郁延川打来电话之前，她刚从孙晓岚的病房出来。不知是从哪里听到了孙晓岚病重的消息，她的前夫带着与现任所生的女儿来探望。孙晓岚病得迷迷糊糊，将其错认成了沁沁，激动得从床上坐起来，紧紧地抓着那女孩，将那六岁的女孩儿吓哭了。

她一哭，孙晓岚就激动，血压跟着飙升。千临气得发抖，将那脑子有坑的男人赶走了。孙晓岚慢慢恢复了神志：“不是我的沁沁，我的沁沁应该和你差不多大了。”

千临想起了陆忘肚皮上那个苹果形状的红色印记，咬咬牙，去了她的办公室，可才提了一句她的胎记，就被陆忘赶走了。

“虽然我们都是女性，但是你再这样骚扰我，我可要报警了。”

陆忘声色俱厉，但千临并不恼怒。或许是先入为主的关系，她越看越觉得她和孙晓岚有些相似，再想到孙晓岚与她第一次见面就觉得亲切，便觉得这事怎么想怎么可疑。

可她总不能拉着陆忘去孙晓岚面前掀衣服，指着她肚子上的“苹果”告诉孙晓岚：“老师，你看，她是沁沁。”

世界上有那么多巧合，如果这也只是巧合，无论对孙晓岚还是对陆忘，都是一个伤害。

她头昏脑涨地出了医院，一出门就接到了警方的电话——博陵那群卖花的孩子在一夜间销声匿迹了。刑警队埋伏了几天，只抓到一个不知情的司机，核心人员都已潜逃，他们让千临多注意，担心她会遭到报复。

千临对被报复倒是没有太大恐惧，她只是想到那群卖花的孩子，就感慨不知背后隐藏着多少个绝望的家庭。她并不想对郁延川说谎，却不想将自己的负面情绪带给他，毕竟，他也正处于深谷之中。

“对不起，我……”

“没关系，我相信你做每一件事都有你的理由。”

郁延川并不生气，他相信她，就像她相信他一样。

“我怀疑，陆忘是我老师的女儿邹沁沁。”

千临这句话刚出口，郁延川便觉得不可能。他是见过陆忘的父母的。

那个时候他正和陆忘谈恋爱，她的父母回国，她邀请他去她家里玩，他这才知道，原来她的父母那么优秀。他们都是赫赫有名的科学家，曾经就职于农科院，为农业的发展做过不少贡献。因为搞研究，他们一直到四十多岁才生下陆忘。后来全家一起出了国，陆忘是高中时才回的博陵。

那个时候，他是羡慕陆忘的。

他自小活在父母严厉的管教下，以为所有的父母都与郁金辉、戴月一样，给孩子规划好了路线，不容许他们行差踏错一步。

可是，陆忘的父母却不是这样的。他见到他们的时候，两人都已年过六旬，身上带着学者气息，却不给人压力。他们从不关心陆忘的成绩，只关心她有没有快乐学习，见到郁延川还说：“这孩子就是好胜心强，我和她说过无数次，世界上那么多优秀的人，一个人不可能将所有的事情都做到最好，她就是不听，你可要好好挫挫她的锐气。”

陆忘在旁边恼怒地打断：“你们乱说什么！”

“好，不说不说。”她父亲当即捂住了嘴，调皮地对郁延川挤眉弄眼。他对她的父母印象深刻，也听陆忘骄傲地说过“我遗传了我爸的美貌和我妈的智商”，所以他觉得千临应该是弄错了。

可是，千临说：“她的肚子上有一块红色的苹果形印记，和我老师画给我看的一模一样，那是沁沁小时候不小心烫伤留下的。她和沁沁差不多年纪，又有一样的印记，我不得不怀疑。世界上什么事都有可能不是吗？”

从前郁延川总以为，失踪、被拐卖是小概率事件，只能在电影中看见。可与千临相识之后他才知道，这样的事情太多太多。

在光无法照到的阴影里，有许多无法窥见、难以想象的黑暗。

但也不能就因此断定，陆忘是孙晓岚的女儿。

千临却说，我自有办法。郁延川看着她，欲言又止。

接下来几日，千临往医院去得很勤，但仅遇见了陆忘两次。

一次刚好查房结束，看见她被病人家属拉着问问题，她上了个洗手间回来，人已经不见；一次是在电梯口遇到，她喊了一句“陆医生”，她却没有停留，急匆匆进了电梯，说：“抱歉，我马上要上手术。”

千临索性在她办公室门口等她，一直等到了夜晚十点，她才拖着疲惫的身躯回来，看见千临，她有些诧异：“你找我有事？”

陆忘虽不喜欢千临，但她是病人家属，公是公，私是私，她对她与旁人无异，没有特别热情，也不会摆出厌恶的表情。

千临点点头，跟着她进了办公室。孙晓岚的情况不大好，几次化疗让她的头发都掉光了，身体也出现了排异反应。陆忘虽见惯了生离死别，但孙晓岚对她一直热情亲切，看到她身体每况愈下，陆忘也有些担忧。

但她能做的，都已经做了。

千临问了一些孙晓岚的病情，始终找不到机会开口，正准备离开，看见桌面上的茶杯，忽然灵机一动，伸手装作不经意地轻轻一拂。

陆忘是坐着的，她是站着的，这一拂水杯便倒下，水溅了陆忘一身。

“不好意思……”

冰凉的水溅在身上，陆忘吓了一跳，白大褂湿了一片，她手忙脚乱地起身。刚把白大褂脱下，千临已经拿了纸巾往她身上擦：“我帮你擦一下……”

猝不及防间，千临掀开了她的衬衫。

“你做什么！”陆忘被她吓了一跳，当即惊声尖叫。

陆忘声音落地，千临已经迅速地放下她的衣服，同时道歉：“对不起，陆医生。”她是真心实意道歉，因为她这样的行为确实很卑劣，但除了这样做，千临别无他法。仅是这么一眼，她已经看清，陆忘肚子上的印记，确确实实是个苹果的形状，与孙晓岚给她的照片上的一模一样。

陆忘又气又羞，终于知道了千临来找她的目的，压根儿就是醉翁之意不在酒，只是为了看她的肚子。她早就该有所提防，毕竟上一次，她已经提过这个要求，但没想到她会更过分，居然直接上手了。

陆忘看千临的眼神就像看一个流氓，千临又诚恳地道了歉：“对不起，陆医生，对不起，我为我的行为道歉，我不为自己辩解。”

千临的坦荡让陆忘震惊，她始终无法理解，她为什么对她的胎记这么感兴趣。正疑惑间，千临忽然掏出了一张照片：“陆医生，你看一下，这是不是和你肚子上的胎记一样？”

那是一张年代久远的照片，过了胶，但边边已经起了毛。照片很奇怪，拍的是一个圆鼓鼓的肚子，上面有个红色的印记，像个苹果，与她肚子上的几乎一模一样。

“陆医生，这是我老师女儿的照片。她在很小的时候被热水袋烫伤，留下了这么一个疤，当时老师拍了这张照片。”说着，她又拿出了两张照片，是个女人抱着孩子，陆忘一眼便认出那是孙晓岚。

“老师的女儿沁沁走失的时候才四岁，没有当时的照片，这个是她两岁时的照片。你有没有一点儿印象…… “

陆忘想说，她女儿和我有什么关系，可越看那个疤痕，她就越觉得胆战心惊——和自己肚子上的胎记很像，位置是一样的，除了颜色深了一点儿，小了一点儿，几乎毫无差别。

陆忘手一抖，照片掉在了地上：“你想说什么？”

“陆医生，我想问问，你对小时候有没有什么印象？你的父母有没有提过什么，关于你的身世，有没有说过你是抱养或者是领养的？沁沁是在四岁时走失的，今年26岁。”

“我不是，我只有25岁。”

陆忘看着她，愤怒已经达到最高值，虽然那照片上的疤痕与她的胎记一模一样，但是她怎么都不愿意相信自己是孙晓岚的女儿。

她的父亲是陆鸣，母亲是刘潇，是农学博士和自然科学家，两人退休后爱上了旅行，一年有十个月在路上。她和孙晓岚毫无关系，她也不会向父母求证这件事，因为她是他们的女儿，只能是他们的女儿。

千临是被陆忘赶出办公室的。

但她不生气，毕竟自己对她做了那么过分的事，而她仅是将自己赶走，已是修养极好。换作自己，估计不可能就这么算了。

但，陆忘对她的问题给予了否认：“我是我父母亲生的，请你以后不要出现在我面前，我不会原谅你的恶意揣测。”

“可是……”

“没有什么可是，请你走吧！”说完，她狠狠地摔上了办公室的门。

千临摸了摸被撞疼的鼻子，站了一会儿，平稳了心绪，才去了孙晓岚的病房。孙晓岚吃了药，已经睡着了。才几个月，她已经瘦得不成样子，脸颊深深地往里凹陷，头发和眉毛都因化疗掉落，整个人显得虚弱而憔悴。千临在床前站了一会儿，正要离开，才走到房门口，便听见孙晓岚叫自己："阿临，是你吗？"

"是我，老师，你休息吧！"

"现在是几点？"

孙晓岚摸索着要坐起来，千临赶紧走过去，轻轻地将她按回床上："老师你休息吧，不用起来。现在十一点多了。"

"这么晚了，你怎么来了？"

"没事，刚好有事来这附近，就顺便过来看看你。你好好休息，我马上也要回去休息了。"

千临终究还是没有告诉孙晓岚，她可能找到了沁沁。

在她能够确认之前，她决定先保密。

其实想想，第六感这个东西真的很神奇，从第一眼见到陆忘，孙晓岚便认为她和沁沁很像。虽然她见到每一个与沁沁年龄相仿的女孩都会发出这样的感叹，但千临没有想到，陆忘真的可能是沁沁。

千临走到门口，又听见孙晓岚喊了一声自己的名字。

"阿临，不要给自己那么大的压力。有些事情固然重要，可是开心地活着，也很重要。"孙晓岚的声音透着一点儿苍老和遗憾，"很多事，我这几天才逐渐想通。我啊，这一辈子只做了一件事，连身边的风景都没有好好看过，现在想看，好像也来不及了。"

"老师，不会的，来得及。等你出院，你想去哪里我都带你去。"

"算了，你不用骗我，我的身体自己知道。这次，可能真的来不及了。"孙晓岚没有再说下去，"你回去吧。"

千临轻轻地关上门，将孙晓岚压抑的咳嗽声关在了门内。

出了医院，千临第一件事便是打电话给郁延川，结果还没有按下拨号键，郁延川的电话便打了过来。

"我有个消息要和你说。"

千临说："这么巧，我也是。"

肿瘤病人的尸检报告出来了，她的死亡与麻醉无关，郁延川所使用的麻醉剂量和方式都在安全范围内，病人的死亡不属于医疗事故，而是不可预料的麻醉药超敏反应。郁延川说这些话的时候很平静，虽然病人的离世不属于医疗事故，但终究是一条生命。他眼睁睁地看着她离世，无力回天，即便洗清责任，也无法雀跃。

"你呢，有什么话要和我说？"他问。

千临深吸了一口气："陆忘就是沁沁，我有百分之八十的把握可以确定。"

郁延川听千临说完这一天发生的事，良久才道："千临，陆忘有幸福的家庭，她过得很好，如果她说不是，或者不想破坏现在安宁的生活，你不该去强迫她。"

话是没有错，但千临听着却觉得不顺耳："对，她有着幸福美满的人生，我不该去破坏。但是我的老师就活该抱憾终生吗？她找了女儿二十多年，只要有一丝希望，我都不会放弃。"

"你有没有想过，这事对她来说也是伤害？"

"因为那个人是陆忘吗？"千临也不知道自己为什么忽然这么大的脾气，她冷笑道，"因为是陆忘，因为是你喜欢过的人，但凡有伤害她的可能，我都不能去做对吗？"

"不是这样……"

"那是哪样？因为怕破坏她生活的安宁，怕她受伤害，所以即便是老师最后一点儿希望，也要毁灭？抱歉，我做不到。你永远不懂，那种满世界盲目地寻找亲人的感受，老师的人生就靠着这点儿光亮撑着，我不能让这最后一盏灯熄灭。"千临说完，没有和郁延川说再见就直接挂了电话。

千临承认，自己吃醋了。虽然知道他们已无关系，但听见郁延川为陆忘说话，她仍旧不可避免地嫉妒了。

毕竟，陆忘和他就在一个医院，两人是同事，同进同出，一起上手术，而她对他还有着明显的留恋。

她美丽、优秀、正义凛然，修养也好，千临原本对她的那点儿不喜欢，也在她出面维护郁延川的时候，在知道她可能是沁沁的那一刻被打消。这样的女孩子，即便带着攻击性，也很难让人讨厌。

而自己，为达目的不择手段，卑劣又锱铢必较，是那么的不讨人喜欢。人啊，一旦有了怀疑，所有想法和情绪也都会随之偏移。

千临越想越觉得不快，直接将手机关了机，蒙头睡大觉。

因为心里有事，千临这一觉睡得很不安稳。她梦见了苏想容。

这是这么多年来，她第一次梦见苏想容。她还是记忆中的模样，有着美丽狭长的眼睛，精致的妆容，同时也带着被生活磨砺出来的刻薄。她站在阳台门口，微微仰着头，居高临下。

千临坐在沙发上，面前是摔碎的烟灰缸。

"我看到你们姓千的就心烦！看到你就心烦！我的人生不该是这样的！因为你们，我才会这么糟糕！总有一天，我会脱离你们的！你们都给我滚得远远的！"

千临猛地惊醒。窗外的天还是黑的，她在床上坐了许久，分不清那到底是曾经发生过的，还是只是她的梦。

但她始终坚信，苏想容没有死。就像孙晓岚坚信，她会找到沁沁。

千临还在想着找个合适的机会和孙晓岚说陆忘的事，便得知她换了主治医师。孙晓岚对此也有些疑惑和失落："是不是我有什么地方让陆医生不愉快了？"

千临直接找了护士长问情况，那边却给了很官方的答案："病人情况不大好，沈教授经验更丰富，将病人换到他那边对病人的恢复更有利。沈教授手上的病人很多，许多病人要转到他那边都转不过去，这次是陆医生主动开口，他才破例接收。"

沈教授是肿瘤科的主任医师，也是中心医院的传奇，从门诊到手术都排得满满当当，能转到沈教授那儿，对孙晓岚来说，的确是更好的。

但早不转晚不转，偏偏就在千临找了陆忘之后，孙晓岚便换了主治医师，很难让人不多想。

但千临还是对孙晓岚说："怎么可能，陆医生是为了你好。沈教授经验丰富，医术高明，你转到他那边，肯定能更快恢复，早日出院。"

孙晓岚却笑了："我是病了，但脑子还没有糊涂。阿临，我感觉我这身体，怕是好不起来了。"

千临鼻子一酸，想要安慰两句，但看着孙晓岚苍白的脸，终究还是没说话。借着倒水的由头出了病房，转身又直奔陆忘的办公室。

没走几步，便听到有人在叫自己。

"千临。"她转头，便看见郁延川。

他穿着白大褂，看见她松了一口气："你怎么关机了？"

千临这才想起昨天自己关了手机，醒来后匆匆来了医院，完全忘了开机。"你怎么知道我在这儿？"

"打不通你电话，去你办公室没找到你，我想你应该来看孙老师了，就到这里来找你。"

"你要去哪里？"

"我去找陆忘陆医生。"千临没发现，自己的语气带着一点儿挑衅，她盯着郁延川，想要在他脸上找出什么别的情绪。

可是郁延川只是说："我和你……"但话没说完，手机就响了。作为医生，特别是麻醉科的医生，他极少有自由时间。

千临独自去了陆忘的办公室。

陆忘正在写病理报告，听到敲门声，她头也没抬："请进。"见来人没出声，她像是意识到什么似的，猛地抬头，看见千临。她有些激动，连人带椅迅速后退。

“你有事？”

陆忘如同惊弓之鸟般的举动，让千临意识到自己先前的行为确实太过分，吓到了她。她有些内疚，想再次道歉，陆忘排斥的态度让她没有把道歉说出口，她挑了重点：“陆医生，为什么给老师换了主治医师？”

“病人的肿瘤已发生转移，对于中晚期的癌症病人，沈教授更擅长，我提出的治疗方案相对来说太大胆，可能不大适合。我考虑了很久，还是决定把病人转到沈教授那边。”提到工作，陆忘稍微放松了一些，态度端正而认真。其实在千临胡言乱语之前，她已经动过将孙晓岚转到沈教授那边的念头，但一直没有行动，她想再努力试试看。千临的那番话，反倒坚定了她的决心，她当天就去找了沈教授。

陆忘的话无懈可击，将千临所有的不甘心都堵了回去。

“因为我说你是老师……”

“我是为病人好。”陆忘打断她，见她还没有走的意思，直接关了电脑往外走。

“你难道没有怀疑过吗？”千临忽然问，“世界上不存在一模一样的人，也不可能存在一模一样的胎记，你一次也没有怀疑和动摇过吗？对于你可能是老师女儿这件……”

“不可能！”陆忘忽然提高了声音，“我说了，不可能，我是我父母的孩子！”

“你这么笃定，你问过你的父母吗？”

“我为什么要问，我为什么要为了一个无所谓的人和我的父母产生裂缝？我觉得我是他们的亲生孩子，我就是！”陆忘烦躁不已，她不懂千临为什么总是和她过不去，抢走了她喜欢的人，现在还要来破坏她的生活。

千临却因这句“无所谓”而炸毛：“无所谓？她可能是你的亲生母亲，找了你二十几年，为了你失去一切！不是什么无所谓的人……”

“对于我来说，我的母亲只有一个，不是她。”

“你这么笃定，那你敢和我去做个亲子鉴定吗？”

陆忘一愣，做亲子鉴定是最好的让千临死心的办法，可是她不敢对她说一个“去”字。这几天，她的脑海里不停地回放着千临给她看的照片和孙晓岚的脸，好几次与妈妈打电话，她都想问一句“我是你们亲生的吗”，可是话到了嘴边，还是咽了回去。

“我不是不敢，我是觉得没必要。”陆忘每一个字都很用力，像在说服千临，又像说服自己，“反正结果都一样，我很忙，没必要浪费时间。”

陆忘出了办公室，千临却没有走。

她以为自己是可以说服陆忘的，却发现，她远比自己想象中要坚定。

她做了这么多年寻人，也不是没有遇到过拒绝与亲生父母相认的，千临最讨厌道德绑架，从来都是尊重当事人的意愿。她始终认为，每个人都是独立的个体，都有自己的意愿，任何时候都要对此保持尊重。

但这时她才发现，很难。人都是自私的，你会信誓旦旦和笃定，只是因为事情未曾落到你身上。千临站在陆忘的办公室里，看着整洁的桌面，有个念头忽然悄悄地伸出了头，她再怎么往下压都压不住。

她看着陆忘的办公椅——上面有几根她落下的头发。

千临鬼使神差地伸出了手，但她刚捏住那根头发，便听到一声愤怒的质问：“你做什么？”

千临做贼心虚，吓了一跳，手一抖，头发便落了下去。

她回头，便看到愤怒的陆忘，以及站在她身后的郁延川。

陆忘去而复返，是因为遇到了郁延川。

她怒气冲冲，埋头走路也没注意看路，在拐角处狠狠地撞到了一个人。

她埋头道歉，结果听到一个熟悉的声音：“小心一些。”

陆忘一愣，不由得想郁延川怎么会出现在这里，肿瘤科和麻醉科隔着好几层楼，虽然知道他不是来找自己，但她的心还是不受控制地摇摆了一下。果然，郁延川问：“你看见千临了吗？”

陆忘气极反笑："我是医生，不是寻人队长，你要找人，去找"破晓"吧，你不是和他们挺熟悉的吗？"

郁延川像是没听懂她话里的讽刺："她说来找你。"

陆忘这才察觉到了什么："她不是和你说了什么吧？连你也相信她的无稽之谈？"她说完，戒备地倒退了两步，"你是不是要来试探我？千临叫你来的？"

"我没有，我只是在找千临。"郁延川说完就走。

陆忘想了想，又跟了上去。

结果才回到办公室，未进门，就看见千临鬼鬼祟祟地从椅子上拈起一根头发。联想到她原先的话，陆忘怒不可遏："你要拿我的头发去做亲子鉴定？你有问过我的意愿吗？出了结果又怎样，我是不是她的女儿又怎样？我活了二十几年，一直活得好好的，现在你忽然冒出来说她是我的母亲，要我去接受，你们有没有问过我的意愿？所谓公益寻人，就是这样不顾别人意愿，一定要找到人并且逼迫别人相认的吗？"

千临承认，自己的方法不妥。

陆忘的每一句质问都像巴掌，狠狠地甩在她的脸上。

千临是想解释和道歉的，但她看着郁延川，却什么也说不出。

每次他看她的时候，目光都是湿润而深情的，可现在，他眼中带着失望、惊讶，与满满的不赞同。

"千临，你为什么要这么做？"相比陆忘的激动，他很平静。

千临攥紧了拳头，没有去捡掉落在地面上的头发。

"我知道，我的行为在你们看来是龌龊的、卑鄙的，但做了就是做了，我也没什么好解释的。"她抬起头，看着眼前的两人，忽然发现，自己无论是和陆忘还是郁延川，都隔着无法跨越的鸿沟。他们活在云端，而她一直都生活在谷底，所以他们不会懂。

"你们永远也不会知道，没日没夜地找一个人是什么感受。"

郁延川和陆忘都有着美满的家庭，他们不懂，那种失去后不停地寻找，以此为目标，靠着渺茫的希望支撑着自己努力地活下去是什么样的感受。千临忽然想起一件很久之前的事来。那时她刚加入“破晓”不久，他们花了无数时间，历经无数磨难，终于找到了委托人被偷走的孩子。那个孩子失踪时还在襁褓之中，找到时已经快上小学。他被人贩子偷走后卖给了一对不能生养的夫妻，过着幸福美满的生活，他完全不记得自己的亲生父母。但通过亲子鉴定，确定了他确实是委托人的孩子。

千临与警方将孩子带走的时候，无论是孩子还是他的养父母，都哭得歇斯底里，他们不愿分开。

而面对他的生父，孩子愤怒又激动，觉得他是拆散了自己家庭的坏人，对他又打又踢，场面陷入了混乱之中。最后，还是他的生母开口：“算了，算了，别带他走，他过得很好，让他留下吧。”

千临还记得，回程的车上那个女人失魂落魄，可是一滴泪也没有流。

“他现在的美好生活，是建立在我们家庭破碎的基础上，但如果这种美满一定要付出代价，我希望是我们，而不是他。”

千临是莽撞了，所以她向陆忘道歉：“对不起，破坏了你美好的生活，我不会再逼迫你做任何事，也不会偷偷摸摸背着你去做亲子鉴定。”

至于这个秘密，她也不会告诉孙晓岚。

说完，她越过陆忘往外走，经过郁延川身边的时候，他似乎要伸手拉她，但是她避开了。在这一刻，她忽然无法面对他。

离开医院前，千临去看了孙晓岚。刚好撞见她与护工起了争执。护工一见她，又是委屈又是不满：“小千，孙老师总是不愿意我帮她擦洗。虽然是冬天，但是也不能不洗澡呀！”

孙晓岚是个爱干净的人，但住院后，因为行动不便，她无法天天洗澡，每隔几天，护工就帮她擦洗一次身体，但她总是很抗拒。

换作是别人，或许就这样算了，但这个护工与千临有些渊源。先前她有智力障碍的弟弟走失，是“破晓”帮她寻回的，所以她待孙晓岚也不比普通病人，向来尽心尽力。孙晓岚不愿意，她总是半劝半哄，但今天，孙晓岚极为固执，说什么也不肯。

孙晓岚见千临来了，也没有和她说话，而是背过身睡觉。

千临走近，忽然想起了什么，转身对护工说：“张阿姨，你先去吃饭，我帮老师擦洗就可以。”

张阿姨知道千临有话要说，也不与她矫情，说了声“好”便出了病房，还贴心地带上了门。孙晓岚仍旧背着千临，千临倒了杯水端给她，却不小心洒在了被子上。

“老师，被子都湿了，我帮你拿去洗洗，不然盖着不好。你不想别人帮你洗澡，我搀你去洗手间，你自己好好洗漱。”说着，她掀开了被子，假装没有看见那湿漉漉的水迹，也忽略那异味，直接拿着被子去了洗手间，又转身回来搀扶孙晓岚。孙晓岚原先一直没出声，这会儿在千临面前，终于露出点儿委屈：“阿临，你别装了，我知道我失禁了。我控制不住，等我发现的时候，被子都湿了。”

“老师，没事，等下张阿姨回来，我们已经洗好了，就说被子被我泼了水。”

“可是，还会有下一次，那时又该怎么办？”她现在看起来就像个做错事的孩子，紧张又无助。

千临帮孙晓岚放了水——她越来越瘦，只剩皮包骨头。千临脸上没有太多表情，心却不停地往下沉——大小便失禁，是癌症晚期的症状，虽然她不想去做坏的猜想，但情况可能不会变好，只会越来越糟。

这些天，孙晓岚很少提起沁沁，或许是生病让她承受了太多的痛苦。

“我有时候想，就这样死了也挺好的，治疗太痛苦了。”她看着千临，“可是，有时候又觉得不舍得，不想这样离开你，也不想离开这个世界。活着的美好，我都没有好好感受，这样死了，我不甘心。”

千临看着她，脸上蓦地一凉，伸手一摸，才发现自己竟然哭了。

那天之后，千临便没有再往医院跑。

她心里有事，害怕一见孙晓岚就忍不住将所有的秘密都吐出，索性不与她碰面。她的病情仍算稳定，虽出现了大小便失禁，但别的情况良好，有护工张阿姨照顾，千临也放心。

同时，她也在与郁延川较劲。

那天她从陆忘办公室离开，虽然是她先拒绝他的触碰，可郁延川竟然没有追上来，这让千临觉得愤怒又委屈，后面他连打了好几个电话，她都直接挂断了。再然后，郁延川就没有打来了。

林小圆见千临第三十一次按亮手机屏幕，又愤愤关掉，忍不住和石磊吐槽："你看，队长这模样像极了恋爱中的女人！"

"队长不是在恋爱吗？"

"是啊！"

"那队长不是女人吗？"

"是啊！"

石磊纠正她的语病："那怎么叫像恋爱中的女人，她本来就是恋爱中的女人！"

"可是，你不觉得她这样令人毛骨悚然吗？一点儿都不像我们队长……"

林小圆话音刚落，千临的目光已经扫了过来："说人坏话麻烦小声点儿，你说说，我是什么样的？"

"哦，当然是雷厉风行，说一不二，英姿飒爽，巾帼不让须眉……"林小圆掰着手指头数，"队长，我书念得不多，实在找不到别的形容词了，您能别再盯着我看了吗？我下次吐槽你，会尽量不让你听见！"

千临朝她举起了手，林小圆忙挡住了脸，这时候她的电话响了。林小圆松了一口气，刚回到座位上，就被千临揪住了大衣的帽子："小圆，你和我出去一下……"

“去哪里，我不去！我等下还要去街道办，去落实一下徐老太弟弟搬到哪里去了……你找石磊方知鱼，不然找刘璐……”林小圆最怕和队长一起出门。他们自己出外勤虽然也累，但还可以偷偷懒休息一下，而队长堪比拼命三郎，跟着她有时候一天要走几万步，不到天黑不罢休，出去一回能跑断腿。被她点到名的，都迅速地埋下头，林小圆只好看着千临干笑，然后被揪走。好吧，谁让她倒霉，说坏话被抓了个正着。

林小圆的第六感是准确的，和千临出去就没好事——不是又累又赶，就是与麻烦挂钩。

大半个月前，千临偶然间发现博陵的卖花男孩是失踪儿童后，怀疑这背后有一个拐卖儿童的团伙，报了警。但那群卖花儿童连同其背后的控制人都连夜逃亡，只找到了一个不知情的司机。千临始终觉得，他们不可能就这样销声匿迹，便在志愿者群里发布讯息，让大家留意有没有群体性的儿童聚集，或者流浪儿童和乞讨儿童出没。

之前一直没有什么消息，直到刚刚，她接到电话，是一个在城南安置区附近开小卖部的志愿者打来的，说在附近的出租屋经常看见许多小孩在玩闹。小孩都没有上学，偶尔有偷偷摸摸行为，像是流浪儿童，又像是有组织的。起初他也没有在意，看到千临说的后，他观察了许久，还曾经试探性地问过那些孩子。但孩子不是顾左右而言他，就是一溜烟跑了，没有得到过什么有用信息。他越看越可疑，就拍了其中几个孩子的照片。千临看着照片，对比了“破晓”内部的信息库，并没有发现有相同样貌的孩子，但她还是决定亲自去走一趟。

千临赶到城南的时候，刚好是下午三点。安置区原本是政府分配给拆迁居民的临时住所，但大多都给当成了出租屋租出去。因为价格便宜，门槛低，所以鱼龙混杂，聚集了博陵大半的牛鬼蛇神，各种占道经营、违章搭建屡见不鲜。创文办来了好几次，这边刚拆完，那边又搭了起来，偶尔还有不文明的集体反抗行为。虽然不至于有严重犯罪行为，但久而久之，也就成了博陵牛皮癣一样的存在。

因为不是休息日，又是白天，安置区比夜晚多了一丝“纯洁”，看起来也不是那么不可接近。摊贩都没有出摊，只有他们“占座”一般扔在路中央的推车。千临和林小圆走了一圈，也没有发现志愿者所说的小孩，只有几个老人懒洋洋地晒着太阳，还有时不时乱窜的流浪猫狗。

林小圆小心翼翼地避开了狗屎和垃圾，却踩到了一只不知道死了多久的老鼠干尸，她惊叫了半晌，却只得到千临的一个白眼。千临像看智障一般摇摇头，英勇地将干尸踢到了旁边的垃圾堆。

“队长，我们什么时候走？”

“再等等，都还没有看到人。”

“大下午的，大家都上班的上班，上学的上学，哪里有人？”林小圆都要崩溃了。

千临却不为所动。两人在树下看老人下了两个小时的棋，看着他们因为悔棋争得面红耳赤，最后愤愤地掀了棋盘，一走了之。

“天啊，这是流氓聚集地吗？连下个棋都要吵起来，太恐怖了，我们快离开这里吧！”林小圆话音刚落，千临便起了身，因为她看到从旁边楼道里跑出了几个小孩——有男有女，都是八九岁的年纪，穿的衣服虽不至于破破烂烂，却也谈不上整洁，不是布满了污渍，就是不合身，看着与寻常小孩十分不同。

几个小孩打打闹闹，险些撞翻了煎饼果子摊，其中一个还偷偷摸走了一个鸡蛋，老板“啐”了一口：“你们这些有爹生没娘养的小混球，又来偷我东西！”正要追过去，却被不小心绊到，看着几个孩子嘻嘻哈哈地跑了，忍不住在原地破口大骂。

“这些小孩是谁家的呀？”

老板刚起身就听到有人发问，他啐了一口浓痰：“不知道哪家的，就住在那边的出租屋，估计都是孤儿，天天在这边小偷小摸，附近的人都知道！”抬起头发现是两个年轻女孩，他眼睛一亮，“美女吃点儿什么？”

“没有报警吗？”

“报警？报什么警呀，都是些小孩儿，偷个鸡蛋，偷双鞋子，才几块钱，又不能抓他们坐牢！”

“难道没有父母吗？他们父母也不管吗？”

“谁知道有没有父母，你们到底吃不吃？不吃就走，别影响我做生意！”老板估计深受这几个孩子的毒害，见千临问个不停又不买东西，烦躁得很，赶紧挥挥手，将她赶走。

千临再想去找那几个孩子，却已经不见他们的踪迹。

林小圆陪着千临往安置区跑了三天。

第一天，那群小孩露个脸，偷走了鸡蛋，就跑了。第二天，几个小孩打了一下午的篮球，千临刚走近就被篮球砸到了头，小孩又嘻嘻哈哈地跑了。第三天，千临终于揪住了其中一个小孩，问他家住哪里，爸爸妈妈是谁，没问两句就被吐了一脸口水，人又跑了。第四天，林小圆实在不想去了，觉得这事不行：“队长，那就是一群没教养的小孩，你到底在执着什么？”

千临也不知道，但她觉得事情没有这么简单，林小圆不肯去，她也不勉强，便独自去蹲守，结果当天晚上就出事了。

千临在安置区坐了一个下午，也没有等到那群小孩，倒是看见了一个熟悉的男人——林晓峰的“舅舅”，那个卖花儿童的头头，他正往那些小孩住的那栋楼走。千临迅速地扔下吃了一半的面，起身就去追，结果被老板喝住：“你还没给钱！”

千临付了钱，再回头，男人已经不见了。

她想了想，先报了警，又迅速地跟了上去，结果才拐了个弯，就被人捂住了口鼻：“鬼鬼祟祟跟着我干吗？”

千临觉得声音很是熟悉，果然，就是那个要带走林晓峰的男人。对方显然也认出了她，面露凶相：“又是你这个贱人，你到底想做什么！”说着，便揪住千临的头往墙上撞。

千临只觉得脑袋一疼，随后便有温热黏稠的液体顺着额头流下来，她被捂住嘴巴，无法尖叫。很快，头又被狠狠地撞在墙上，一下，两下。千临拼命挣扎，但那终归是个男人，无论是体格还是力气都比她大太多，她挣不开，只能被拖着上楼。

男人边走还边骂："臭婊子，我叫你跟着我，坏我好事……上次我就想给你好看，这次跑不掉……"话没说完，千临的后脑勺已经磕在了他的鼻子上，男人猝不及防，手一松，千临便像泥鳅一样溜出他的怀中。

千临头疼得厉害，血又糊住了眼睛，她头昏脑涨，连滚带爬地往外冲，迷迷糊糊中还听见男人在喊人："老六快来，给我抓住她！"

千临知道自己今天莽撞了，头也不回地往外跑。天已经暗了下来，安置区的路灯坏了一大半，周遭又都是小吃摊，烟雾缭绕。千临跌跌撞撞，一路撞翻了不少东西，但她一刻也没停下，只是埋头往前冲。失去意识的前一秒，千临感觉有人揪住了自己的头发，似乎还听见了警车的声音……

千临睁开眼的时候，看见的是雪白的天花板。

她有些迷糊，眨了眨眼，便听见一个熟悉的声音："你醒了？"

她以为是自己的错觉，但郁延川的脸已经映入眼帘，他伸手按住了正准备起身的她："别动，你有轻微脑震荡，先别起身。"

千临脑袋发晕，老老实实躺了一会儿，才问出了穿越剧女主的必备台词："我怎么在这里？"熟悉的消毒水味和郁延川的白大褂都告诉她，她这是在医院。就是她头疼得厉害，一时间想不起自己为什么会在这里。不知是不是她的错觉，她话音刚落，便察觉到气氛冷了下来，郁延川温柔的关心全都消失殆尽。

"你忘了吗？记不起自己为什么会在这里吗？"他冷声道，"我想也是，你都晕过去了，怎么记得起。"郁延川向来温和，话不多，从未对人冷嘲热讽过，千临听见他的语气，蓦地抬起头，有些惊讶。

那是他第一次用这样的语气和她说话，即便在她偷偷摸摸捡陆忘的头发被发现时，郁延川都只是震惊，而现在，则是难掩的愤怒。他的手握成了拳头，指关节分明。

千临走失的记忆终于被寻回，她慢慢地回忆起来了——她去安置区蹲点，结果遇到了先前要带走林晓峰的男人，冲动地跟了过去，结果被发现，受了伤，又在逃跑中晕了过去。两人好几天没见，再见面的情景却一点儿也不浪漫，她不仅狼狈，还受了伤，虽然她看不清楚自己现在的样子，但肯定很糟糕。

但千临没时间懊恼，她脑子里装着另外一件事。

“男人抓到了吗？他是不是拐卖团伙的？”她一时太激动，忍不住坐起身抓住了郁延川的手，结果起身太猛，又重重地跌了回去。虽然郁延川迅速地扶住了她的后脑，但这冲击对刚刚脑震荡的人来说还是太过猛烈，千临缓了好久，才将那强烈的恶心感压了下去。

但她抓着郁延川的手却没放开。天已经很凉，他的白大褂下却只有单薄的衬衫，隔着两层布料，她能感受到他的体温。

郁延川的手搭在她手上，她的急切与焦虑毫无阻隔地抵达，他虽愤怒，还是不忍心让她干着急，回答了她的问题：“抓到了那个伤你的男人，但他的同伙跑了。那群小孩子也被找到了，他们说孩子是收养的，但没有收养的凭证，现在也没有拐卖的证据。那群小孩没有户口，大多都是从小就跟着这群人，没有什么关于家人的记忆。警方已经发布了通告，正努力为他们寻找家人……”

千临认真地听着，虽然结果与想象中不同，却也值得高兴。郁延川却没有笑容：“你不觉得自己太过莽撞吗？这一次是侥幸，下一次呢？”

“我不觉得我做错了什么。”

“对，你没有错。但是，千临，你做事之前有没有想过后果？寻人是你的工作，是你的目标，为了达到目的，你是不是可以不顾一切，无论付出什么代价，即便是你的安全和健康？”

千临知道他是在关心自己，可不知怎么地，她忽然想起了陆忘，然后她就不想解释了。原本喜悦的心情像被迎面泼了一桶冷水般，瞬间冷却。

“你从第一天认识我，不就知道我是怎样的人了吗？我就是这样，为达目的不择手段，不惜一切代价，你不是知道吗？你如果不喜欢，就远离我，反正这几天，你不一直都是在这么做吗？”

“这几天，我……”郁延川想解释，千临却没有给他机会，她用被子蒙住了头：“我休息了。”

在医院见到千临的时候，郁延川已经46个小时没有休息了。她满头满脸的血，直挺挺地躺在病床上，那一刻，他呼吸一滞，甚至不敢靠近。他做了这么多年医生，什么血腥恐怖的场面都见过，他从未迟疑和害怕过，但那一刻，他感觉到了恐惧，他以为自己要失去她。直到摸到千临的脉搏的时候，他才松了一口气。长时间高强度的高压工作，让他严重脑供血不足，加上这强烈的冲击，他终于支撑不住了。幸好及时扶住了病床，才不至于倒下。

千临头部受到重创，昏迷了四个多小时。她头上的两道伤口看着凶险，缝了几针倒也还好，真正让郁延川担心的是她的昏迷，脑震荡病人最怕的就是昏迷。

他寸步不离地守着，干坐着又实在心慌，索性拿了毛巾，一点点拭去她脸上的血迹。她的头发乱糟糟的，和血块粘在一起，贴在了头皮上，他只能轻轻地、一点点地将它们分开。临床手术工作比这细致多了，他都能轻松做好，给她把打结的头发分开，却累得满头大汗。

然后，郁延川便看见了她耳后的文身。她头发不长不短，平时盖住了耳朵，没人知道她的耳后有文身——那是一个很小的女性人像，很小，十分考验文身师功底，但那文身文得特别好，图案清晰，线条流畅，丝毫没有影响女子的美丽。

郁延川一愣，想再看，千临却翻了个身，悠悠醒转。这个文身他见过，在很多年前。可是还没等他问出口，千临已经抗拒地用被子蒙住了头。

郁延川在床边站了一会儿，才说：“你好好休息，我先走了。”

郁延川说走就真的走了。千临住的是单人病房，输完液换了药，警方又来做了一次笔录，一天也就过去了。而这一天，郁延川都没有再出现。

千临第二天便出了院。虽然医生极力阻止，但她觉得自己无碍，便强行办理了出院手续。千临也不是不在乎自己的身体，只是一个人在医院住着，让她十分不自在。虽然独居了十余年，但一个人住与一个人在医院，是完全不同的感受，她讨厌这种孤零零的无助感。

当她顶着纱布出现在办公室时，整个办公室都沸腾了。

“队长你怎么出院了？我们还准备去看你的！”石磊最先反应过来。

“对对，花篮都定好了！”

“你不是脑震荡吗？怎么不躺着，还出院了！”林小圆狗腿地搬来了椅子，“快坐下，别累着了。”

千临脑袋还疼着，被他们这么一吵，又看到那个放在办公室中央的巨大花篮，头疼得更厉害了，直接伸手捂住了林小圆的嘴：“住口，你别在我耳边叽叽喳喳地吵，我就没事！”

她转过眼，指着那大到恐怖的花篮：“这东西谁买的？”

“哦，是公费，周姐说可以报销。”

“这笔款项我不批，你们留着清明扫墓用吧。”

“队长，这很贵的！”

千临深深地吸了一口气，听着林小圆和石磊的鬼哭狼嚎，有种终于回到了人间的感觉。只是她依旧不愉快，她贸贸然地出了院，郁延川那边连个电话也没有。

千临焦灼又不安，她不喜欢这样的自己，可又无法自控。恋爱有时候就像一场博弈，明明没有观众，当事人还是会在意输赢。不是和对方较劲，更像是在与自己抗衡。

谁先联系，谁就输了。千临的坐立不安，在下午达到了顶峰。就在她几乎要认输的时候，她接到了郁延希的电话——恋哥狂魔郁延希现在是“破晓寻人”组织的编外成员。

这事说起来，还是有渊源的。女大学生蒋百里第二次失踪被找回后，她主动找到了千临，说想要成为“破晓”的志愿者。“破晓”是公益组织，对志愿者的要求并不高，其中的“阳光小组”便是由在校高中生及大学生志愿者组成的。

上一次的博陵7岁女童失踪事件，便是郁延希第一时间发现是熟人作案，不仅找到了人，也帮助警方破了案。千临因此对郁延希另眼相看。所以他打来电话，她也没有多想，还以为是今天发布的少年离家出走案件有了新的进展。

没想到一接电话，便听见他慌里慌张道：“不好了！我哥失踪了！”

千临还以为自己听错了：“什么？”

“你不是我哥女朋友吗？我哥失踪了，你怎么都不知道？“

千临觉得他在开玩笑，可是郁延希慌得很，语速又快又急：“从昨天开始就打不通他的电话，现在手机也关机了，我打电话到医院，都说他休假了。已经超过24小时没有他的消息了！”

“你去他常去的地方找过吗？他两天都没有回家？”

郁延希说：“我不知道啊！我这几天和同学出来旅游啦，不在家，昨天我银行卡被限额，要他帮我付款，就找不到他人，照理说，我哥不是那么小气的人，不会因为我和他要钱就玩失踪呀……”

千临心里焦急，却仍不想相信：“你找了他的朋友吗？”

“他有什么朋友，不就只有你吗？”

“谁和你说的……”

“这还用说，我有眼睛看哇！”郁延希说，“咱们不是寻人机构吗？我好歹也是编外人员，能不能给点儿福利，帮我找找我哥？先不发寻人启事，至少咱内部先找一下？我马上坐飞机回去，晚上就到。”

虽然千临觉得郁延川很大概率不是失踪，应该只是失联，但还是给郁延川打了电话，又去了一趟医院，得到的果然是和郁延希一样的答案——郁延川那天从自己的病房离开后，便没有再回医院了。她的心里咯噔一下，忽然就后悔那天和他耍小脾气。和他怄什么气，争什么输赢，明明知道他那样非黑即白的人，不懂得这些弯弯绕绕。

或许有人觉得，失踪者多是老人与小孩，像郁延川这样的大男人，不大可能会丢，其实不然。“破晓”每年接到的求助，有百分之五的失踪者是成年男子。关心则乱，千临脑子乱糟糟的，开着车在城里兜了一圈，末了才想起去星湖水岸。

她先问了保安，得到的答案是——已经两天没看见郁医生了。

千临火急火燎地来到郁家门口，虽然知道可能是徒劳，还是按了门铃。结果才按了两下，门就被打开，露出了郁延川苍白又惊愕的面容。看到郁延川，千临先是松了一口气，然后便明白，自己被郁延希耍了。郁延川哪里失踪了，他好好在家待着呢！

好的不学，学人家谎报军情！怒气自心底升腾而起，她转身就要走。

郁延川惊讶之余，不忘迅速伸出手拉住了千临：“你怎么在这里？不是住院了吗？怎么擅自出院了！”

他的手心滚烫，像烙铁一般，千临被他烫了一下，猛地抽回手，却又被他拉回去攥着。千临这才发现，他的脸色十分苍白，嘴唇却是诡异的红，整个人透着病气，家居服松松垮垮地套在身上，头发也杂乱无章，像是刚从床上爬起。

“自己还病着，还有心思管别人怎么出院了。”千临没好气，伸手探了探他的额头，亦是滚烫的，“什么时候生病的，你的手机呢？”

郁延川眼神迷茫地看了她许久，才道：“我不知道。”

千临揉了揉眉心，弄不清楚他是烧糊涂了还是真的不知道，便将他往里推：“进去进去，生病了还在这里吹风！吃药了吗？”

“没有。”这下他没有再不知道了，理直气壮地说了没有。

千临一口气哽在喉咙，差点儿呛着：“你放开我，先去休息，我给你找点儿药。”

郁延川却不放。她的手腕冰凉，光滑又细腻，他握着她的手，不再那么难受，忍不住得寸进尺，整个人都朝她蹭了蹭。连他养的奶牛，也摇着尾巴跑到了郁延川身边，学着他的样子蹭了蹭她的腿。不知是不是错觉，她总觉得这猪比她上次来的时候要大一些。一人一猪，画面既诡异又和谐。

千临先是紧张、慌乱，而后是愤怒，一颗心风里雨里来回了几遭，这会儿倒是平静了下来。她将郁延川推回了房间：“你睡着，我给你找药。”

这是她第一次来他的房间，原以为高冷面瘫的郁医生的房间也会是黑白灰色调，却发现他的床上铺着明黄色的卡通床单，与他的气质格格不入。

郁延川似乎有些不好意思，摸了摸头说：“给郁延希买的，他不要，阿姨给铺到我床上了。”他生了病，连声音都变得沙哑，千临原本还在和他怄气，这时候什么气都没了。

她问了医药箱在哪里，出了房门去找药，没走两步，发现郁延川也跟了上来：“你怎么跟着我？去躺着。”

“你还没说，你怎么出院了？头还疼吗？”

千临看着他，半晌没说话，却见郁延川又走了两步，伸手摸了摸她的头：“怎么了，又疼了？”他担忧地看着她，语气半是责备半是无奈，“脑震荡就不该这么早出院。”

千临看着他精致的脸，心跳得厉害，她想，她完了。

第七章
丑小鸭

很多事情，从一开始就注定了结局。

无论你想不想改变，它都不会以任何人的意志为转移。

有的人不生病，是极具威信的医生，一生病，就成了叛逆期少年。

千临觉得，郁延希如此，与家庭环境和基因脱不开关系。

郁延川前天从千临病房离开后生病了，刚好当天是早班，第二天又休假，下班后他直接回了家。作为一个医生，他了解自己的身体，但他也和大部分病人一样讨厌吃药。

所以郁延川洗了澡，躺在床上，决定好好睡一觉，恢复一下元气再去看千临。结果这一睡，就睡到了当天深夜。郁延希回了家，发现往常这个点不是在医院加班就是在写论文或病理报告的亲哥直挺挺地躺在床上，得知他生病后，他觉得自己应该做个关爱手足的好弟弟，所以给他煮了一锅粥，又觉得病人应该吃点儿好的，便把所有他觉得好的东西都放了进去，包括干贝和干鲍，又放了红枣和枸杞，他原本还想放一点儿海参，看锅满了，只能就此作罢。

郁延希给他哥煮了一锅黑灰色的粥，自己闻着都觉得气味奇怪，但郁延川生了病，味觉不灵敏，任由弟弟折腾，喝了半碗他喂的粥，才察觉出不对劲，不肯再吃。

果然，到了半夜，郁延川病得更严重了，他原本只是发烧，喝了粥后却开始呕吐、畏冷，郁延希要送他去医院，他执意不肯。

郁延希猛然想起他哥似乎有女朋友，准备打电话求救。他哥听到千临的名字，一把按住了他打电话的手。

郁延希觉得事情没有那么简单，以他长达三个月的初恋经历来看，这两人估计闹了矛盾，将他钢铁侠一般的哥闹得生了病，他冥思苦想，终于想到了这个完美方案——关了他哥的手机，又打电话给千临谎称他哥失踪了，然后逃之夭夭。

若是平时，这拙劣的谎言一定会被当场戳穿。但这两天，千临受伤，郁延川生病，两人都没有察觉到异样，完美地照着郁延希的设想走。

他唯一没猜到的是，他哥生病了就变成了一只巨型犬，亦步亦趋跟在千临身后，看着她四处翻找医药箱拿药，又一盒一盒地看说明，他则在一边时不时地提醒她，什么药不能与什么药同时服用。

好不容易千临配好了药，郁延川却不吃："不想吃药，我饿了。"

睡了一天一夜，又给郁延希折腾吐了，能不饿吗？

千临想点个外卖，郁延川不答应也不反对，只是看着他，目光湿润："都说粥是自己熬的才好喝。"

"可我不怎么会下厨，可能和郁延希的手艺差不多！"

郁延川想到了郁延希那锅黑乎乎的粥，忍不住打了个哆嗦，然后像壮士断腕一般，狠狠地点了点头："没关系，我可以！"

他那头叫奶牛的猪像是听懂了，用力地摇了摇屁股表示赞同。千临看着这诡异的画面，头又疼了。

好不容易熬了粥，回头一看，郁延川已经抱着奶牛在沙发上睡着了，或许是烧得厉害，他的脸红扑扑的，被千临叫醒后，他睁着眼睛迷茫地看着她，好一会儿才问："你怎么在这里？"

“你是烧糊涂了，把粥吃了，再吃点儿药。”

生病的郁延川很听话，让做什么就做什么，郁延希那锅恐怖的药粥还在厨房的锅里，她看了就打寒战，也只有郁延川能够乖乖地吃下去。

她这粥虽不是什么美味珍馐，但比起郁延希熬的安全多了，没有乱七八糟的东西，就只是单纯的白米粥。

郁延川一连吃了两碗，见千临盛了第三碗，他面有难色，却仍乖乖地继续吃着，吃到一半终于放下了碗：“吃不下了，想吐。”

千临扶额，这人长着一张冷脸，却有着一副热心肠，宁愿勉强自己也不愿拒绝别人。她才这么想，郁延川却已经用实际行动打了她的脸，他看着千临递过来的杯子和药，头一扭：“不吃。”

“生病了，怎么能不吃药，要是病人都和你一样，医生还怎么做？”

“我是医生，你不是。”郁延川烧得糊涂，逻辑却很清晰，“你的话没有权威。”

千临气极反笑：“那你吃不吃？”

“不吃！”

千临素来耐性不好，见他不吃，将水杯一放转身就要走，却被他一手拉住。她看着他：“吃不吃？”

郁延川咬咬牙，像是终于妥协了一般：“吃！”他说完顿了顿，“吃可以，但你要答应我一件事。”

“什么事？”千临盯着他问。

郁延川的耳根子慢慢地红了起来，说：“你亲我一下。”

她看着他，怔住了，这人一生病，不仅性格变了，连脸皮都厚了不少。郁延川见千临没说话，以为她不答应，又怕她走，还是老老实实地拿起水杯，三两下将药吃了。

就在他放下水杯的同时，一个轻柔的吻落在他的脸颊上。

千临的唇是凉的，可郁延川却觉得自己的脸更烫了。或许是药物的作用，郁延川没一会儿就困了，他却不肯回房间睡，执拗得很。

千临好一会儿才明白，他是怕自己走了。

“你睡吧，我不走。”

郁延川这才迷迷糊糊地阖上眼。千临正准备离开房间，却听见他叫了她一声：“我见过你。”

“说什么胡话？你当然见过我。”

“不是，很久很久之前，我见过你，我记得你耳后的文身。”

千临一震，摸了摸耳后，估计是在住院的时候给他看见了。那他一定知道，她是当年的女孩；他一定知道，他这个恼人的“超能力”是因她而起；他也一定知道，她早就知道这件事了。

可是他什么都没有说。

这个文身，是千临在苏想容失踪后文的。

照片会褪色，记忆会出错，所以千临将她的样子文在了自己身上。

那个时候千临只有十三岁，去了好几个文身店，对方不是觉得她年纪小不让她文，便是对她的要求无可奈何：“小妹妹，人像比较细致，要文在这么小的地方太难了，而且耳后比较敏感，麻药估计也没有多大效用，怕你承受不来，要不你换个地方问问？”

千临还在上学，学校严令禁止文身，一眼能看见的地方不能文，衣服盖住的地方她又害羞，除了头发盖住的耳后，没有更合适的地方。

于是，她去了一间又一间的文身店。最后还是在一个阴暗老旧的巷子里文的身，那是个又小又破的店面，连招牌都没有，只拿了红漆在玻璃推拉门上写了“文身”两个大字。大多数文身师都是年轻男女，店主却是个上了年纪的大爷，千临还以为他只是看店的，张口便要找文身师。

他从镜片后抬头看了她一眼：“要文什么？”

待千临说明要求后，他有一瞬间的惊愕。千临以为自己又要失望，结果他却说："去那边坐下吧，会很疼，忍着。"

千临以为他会问为什么要文这个，他却一声不吭，她年纪小，憋不住话："不问问我为什么文这个吗？"

"任何事情都有个缘由，我哪儿有空管那么多。"说着，大爷就戴上了老花镜，拿了工具文了起来。

疼是真的疼，但大爷的技术也是真的好，打线和填充一气呵成，因为不用上色，他两个多小时便搞定了，千临从镜子里看见苏想容，她的美丽与骄傲栩栩如生。千临离开的时候，还是说了原因："这个女人是我妈妈，如果你看到长得和她相像的人，麻烦给我打个电话。"说着，她放下一张写了一串数字的纸片。

大爷这才撩起眼皮看了她一眼，沉沉的目光如暮霭朝她压了下来，好一会儿，千临才听见他说："你走吧，不收你钱。"顿了顿，才道，"下次要文身，还到这里来，这是我儿子的店，他失踪了，我在等他回来，他一天没有回来，我一天在这里。"

千临再次回到那条巷子已经是好几年之后，文身店已经拆迁，成了一间咖啡馆，她没有再看到那个大爷，自然也不知道他的儿子回来了没有。

但他给她文的苏想容，却伴随了她十几年，没有掉色。

在千临知道郁延川是当初救她的少年时，她不是不吃惊，不是没有想过对他坦言，只是她不敢——那场意外导致他发烧，让他有了这让人烦恼的能力，她虽然不是罪魁祸首，也要负很大一部分责任。

她想就这样隐瞒下去，却没想到他看见了她的文身。

可令她觉得奇怪的是，郁延川却没有问。

郁延川醒来的时候，天已经黑了，房间里没有开灯，只有窗外投射进来的一点儿光亮。他感觉自己浑身都是黏稠的汗，衣服也是湿漉漉的，人却轻松了不少，那令人恼怒的热也终于退去。

郁延川刚窸窸窣窣地坐起，就听见千临的声音："你醒了？"

“你怎么在这里？”郁延川说完，千临按亮了房间的灯，他一时不适应，微微眯了眯眼，随即后知后觉地想起千临为什么会在这里以及之前自己做的事，他的脸倏地一下又红了。

“你还是不舒服吗？”千临疑惑地看着他，又伸出手探了探他的头，“奇怪，烧退了，怎么脸还这么红。”

“没有不舒服。”

“你不记得发生了什么事吗？你发烧还真是奇怪，变了个人不说，还失忆了。”千临嘀咕着，“你之前忽然觉醒的能力，也是发烧后才有的对吧？那你看看，现在自己有没有什么其他能力？”

千临没怀疑他，郁延川却不擅长撒谎，只好摇摇头说没有。

气氛忽然变得尴尬。直到千临忍不住问了一句：“你是不是看见了我耳后的文身？”

郁延川不知她怎么会忽然提到这个：“是，你当时满头满脸都是血，头发也粘在一起，我帮你清理的时候看见了。”

“那你认出了我，为什么没有说？”

郁延川在她的灼灼目光下，有些疑惑：“我想问，但你当时让我走。”在他生病之前，千临住着院，她叫他走，想一个人静静，所以他走了，也没有将话问出口。这会儿，千临看起来却不像是高兴。

“你看到了我的文身，你和我讲过你离家出走的事情，所以我是知道当年的少年的，你知道吗？”她像是在说绕口令，得到郁延川肯定的回答后，才继续往下说，“我知道你是谁，但我一直都没有说，我们十几年前就见过，我没有说。你救过我我也没有表示感谢。你难道不生气、不恼怒吗？而且，当年是因为救我，你才有了读懂别人情绪的能力，你难道不生气吗？我明明知道事情真相，我还隐瞒了！”

“这难道值得生气吗？原先我一直觉得，那个能力让我烦恼，可是你告诉我，它有更大的作用，可以在必要的时候帮到人，你也帮我证明了这件事，所以我是庆幸的。千临，我庆幸那一年遇到了你，也庆幸我得到了这个能力！至于你不告诉我，肯定有你的原因，我现在不也知道了吗？所以你有没有和我说其实并不重要。”他的声音带着病后的沙哑，却依旧温和。他是坐着的，她是站着的，可千临却觉得自己在他面前抬不起头。

她啊，站在自己的角度，以自己的思想妄自猜测他，小心翼翼地守着秘密，却从未想过，他压根儿不是这样的人。他像是落在床边的月光，皎洁明净，无论什么黑暗，都无法将他玷污。他也从来不会将人往坏处想，而是把所有人都想成和自己一样，干干净净，清清白白。

初遇时千临觉得他面冷心也冷，慢慢才知道，他比任何一个人都要热烈，只是不善表达。不像她，一颗心千锤百炼，如钢铁般坚硬，直到遇到他，才慢慢地撕开了一个小小的口子。

千临深知自己和他有着云泥之别，他值得更好的人，可还是忍不住朝他靠近，自私地想要将他据为己有，藏起来，不让别人窥探。

她想什么，就将什么摆在脸上。

郁延川见她站着不动，伸手一拉，她便坐在了他的床边。

“你在想什么？内疚什么？”

“没有，只是觉得你很好，好到令我羞愧。”

“你很好，只是你自己不知道。”郁延川觉得，此时此刻，这个气氛是应该发生点儿什么的，可是他一紧张，便有些迟疑。

也就是这一刻的迟疑，郁延希咋咋呼呼的声音传来：“哥，你怎样了？队长来了吗？我将她骗来了，你可要好好感谢我……”

结果，话未说完，他就愣在原地。

千临笑得诡异：“是要好好谢你！”

而他哥的脸色沉得像锅底，像是恨不得要将他塞进抽水马桶里冲走。郁延希反应迅速，及时关上门：“打扰了！”还不忘提醒他哥和千临，“下次你们亲热记得关门，虽然是在家，我也成年了，但影响不好！”

回应他的是他哥有气无力的一声“滚”。

郁延川这场病虽然来势汹汹，但好得也快。

医院里流传着一个笑话——医生生病也是要排队的，没有摇到你的号，你没有配额，是不能生病的。

第二天，郁延川已经回医院上班了，顺便押解着提前出院的千临去做了一番检查，确认无碍后才放她回去，分别时还不忘叮嘱：“这几天别太劳累，一有头疼的症状，马上来医院。”

郁医生将女朋友当成了病人，千叮万嘱，倒是对自己的身体不屑一顾——昨日才发了高烧，今天清晨被医院的电话一催，就火急火燎地上了门诊，做了两个插管，还上了一台手术。好不容易下了手术，又陪千临做了好几个检查。检查完后，他只匆忙吃了几口饭，又要上手术。

千临明白劝不住他，索性由着他，做医生的家属，便要有他不属于自己，而是属于医院、属于病人的觉悟。

“这是你的工作，即便不是工作时间，只要有病人需要你，你一定会第一时间赶到。”千临说，“寻人也是我的工作，即便没有人委托，只要对方有一丝走失或者被拐卖的可能，我也会第一时间去求证。”

郁延川不是不理解，只是她受伤的模样太吓人，他难以承受。

可是，如果她畏畏缩缩、庸庸碌碌，她也不是他所认识的千临，不是他喜欢的那个人了。

“我能理解也明白你的忘我，可我无法接受你把自己的安全置之度外，看到你受伤，我会难过，会心疼。”他向来内敛，极少这样直白地展现自己的情感，“千临，我也害怕。”

“我答应你，安全至上，以后不会再这样冲动。”

这一次的确是她冲动了，她运气好，警察踩着点赶到，若是再晚一步，在那鱼龙混杂的安置区会发生什么事，她不敢细想。

至此，两人终于敞开心扉，将误会与不快一笔勾销。

郁延川去上手术，千临去了肿瘤科。

他们谁都没提陆忘这事，无论是她卑劣地要偷陆忘的毛发去验DNA这事，还是郁延川说的“不去破坏陆忘的平静”。

郁延川或者是忘记了，或者是以为千临已经放下，千临却是刻意不去提起，她不愿意因为别的女人让他们的感情有了嫌隙，且这个人是郁延川的前女友。虽然，她道了歉，但她没有妥协，仍旧在想办法努力证明陆忘就是邹沁沁。

说曹操曹操到，千临才从麻醉科出来，刚拐进肿瘤科，便看见了陆忘——她穿着白大褂，正在和病人说话，没有什么笑容，谈不上亲切，却十分认真。陆忘似乎察觉到她的目光，忽然抬头朝她的方向望了过来，看到千临，她瞳孔微微一缩，站直了身体，如临大敌。

千临怪不好意思的，觉得自己把人吓成了这样，还在想着要不要说些什么缓解尴尬。陆忘却在她走近的时候猛地转身，落荒而逃。留下千临与提着吊瓶的病人面面相觑。得了，现在她于陆忘犹如洪水猛兽。

千临虽然焦头烂额，但还要努力在孙晓岚面前不露声色。

但怕什么来什么，才坐了半小时，孙晓岚提了三次陆忘。

“陆医生今早和沈教授来查房，面色不大好，医生是不是都挺辛苦的？”

“嗯，应该是……”

过了一会儿，孙晓岚又说：“陆医生和郁医生是不是认识，张阿姨提到郁医生这几天没来，陆医生还问了他是不是经常过来。”

千临心想，不仅认识，还是彼此的初恋呢！她嘴上却说：“应该吧，不都是一个医院的吗？”千临心里绷着，害怕孙晓岚再提起陆忘。

偏偏孙晓岚又说：“你等下，陆……”

“老师，你和陆医生又不熟悉，为什么老提她……”

孙晓岚莫名其妙地看了她一眼：“我是说，你等下路上小心。阿临，你怎么了，遇到什么不开心的事了吗？”

千临也觉得自己有点儿紧张过度，忙道：“没什么，可能没睡好，有些神经衰弱。”

孙晓岚赶她走：“那还站着做什么，回去休息，别整天往医院跑。”

“我只是顺路来看你，我主要来找我男朋友。”

提到郁延川，孙晓岚也觉得满意：“嗯，郁医生很好，我这心事也算是放下一宗，你能找到照顾你的人，我就放心了……”

千临不喜欢她这样说话的语气，仿佛交代后事一般，可孙晓岚的身体确实越来越差。

“你快回去，记得多休息，撞到头也不是小事，下次走路多注意。”

千临摸了摸头，她不敢和孙晓岚说自己的头是为什么受伤的，而是随口撒了个谎，就怕孙晓岚担心。

但没过几日，这事还是瞒不住。博陵警方捣毁了一个利用儿童乞讨的犯罪窝点的事情，没过几日就上了电视和报纸，儿童全部被解救，警方正联合全国多个公益组织积极为儿童寻找父母。千临在本案中起了不小的作用，正是她职业的敏感，才促使事情朝好的方向发展，但在新闻里，“破晓”和千临都不曾被提及，只是简单提了句“某公益组织负责人协助破案”，连标点符号加起来不超过二十个字。

千临协助破案的事，也就“破晓”内部工作人员知晓，虽然这不是什么坏事，但大家都统一口径，谁也没有对外说过一句，千临连孙晓岚都不曾告知。

结果孙晓岚看了新闻，当即就给千临打了电话：“你头上的伤是怎么回事？”

“不是说了，不小心撞……”

“阿临，你撒谎之前总会深吸一口气，你没发现吗？”

孙晓岚虽然病了，身体虚弱，脑子却不糊涂，她凭着直觉与第六感稍微一试探，这个她看着长大的孩子就直接说了实话，连带着把前因后果都说了。

孙晓岚听完只觉得又惊讶又担忧：“你怎么这么莽撞？”

“老师，我不是莽撞。我的确是为了找沁沁才走上这条路的，但既然走了，就会一直走下去。如果多给我一次机会，我肯定不会如此冲动，但是我也不会因此后悔。”

孙晓岚又叹了一口气：“警方现在还没抓到主犯，还有好几个漏网之鱼，你自己要小心点儿。”

“现在全城戒备，他们哪里敢露面，老师你别多想。”

孙晓岚知道千临不愿听这些，压了压跳动的眼皮，又叮嘱了两句才挂了电话。

千临并没有将孙晓岚的叮嘱记在心上。

在她看来，孙晓岚完全多虑了，那群恶贯满盈的人现在正如丧家之犬一般东躲西藏，哪里有空来报复她，唯一和她打过照面的那个男人也已经被绳之以法，还是她去指认的，纵然他想报复自己，也得看看法律给不给他这个机会。拐卖儿童是重罪，情节严重的会被判处死刑，最轻的量刑标准也是五年以上，等他从监狱里出来，黄花菜都凉了。

她从未惧怕过，因为这就是她这个职业所要面临的挑战。

自从进了“破晓”，千临也不止一次遇到过危险——随同救援队去救援、与警方去解救被拐卖到深山的妇女、被领养家庭驱逐和威胁等等，可每一次，她都平安地回来了。所以，一开始察觉到异样的时候，千临压根儿没有将这几件事联系在一起。

那已经是一个多月之后的事情了。

方知鱼来上班的时候，发现整个办公室给翻得乱七八糟，她连忙报了警，可清点了半天也没发现丢了什么东西。

千临还在疑惑，石磊却毫不客气：“我们这办公室这么破，有啥好偷的！这贼是瞎了眼！”

的确，办公室的电脑又破又旧，电视也已经好几个月开不了机，除此之外，就属方知鱼扔在办公室里的耳机最值钱，但那笨贼估计不识货，绕过了它，只是临走时摸走了办公桌上的几包零食。千临将此事告知郁延川，他却满脸严肃："赶紧把锁换了，不安全。"

千临却十分心大："有什么不安全的，这贼没偷到东西，下次怎么还会来，难道再来偷一次零食吗？整个办公室加起来，估计还不如方知鱼一副耳机值钱。"

郁延川眉头紧锁，兀自沉思。

这一个月对千临来说，过得尤为平静，连带孙晓岚的病情也变得稳定。每天就是工作、谈恋爱与探望孙晓岚，她几乎每天都要去一次医院，却一次也没有遇到陆忘。医院说大不大，说小不小，只要稍微用点儿心思，要碰面或者避开，都轻而易举。

骄傲如陆忘，是不可能惧怕千临的，但她在躲着她。

千临从未放弃过证明陆忘的身份，但她也知道，现在还不是时机。逼得越紧，越适得其反，所以这一个多月，她一次也没有找过陆忘。此外还有一个原因——恋爱使人倦怠。

这些年来，千临从未松懈过，每天脑子里都绷着一根弦，她像上了发条一般头也不回地往前冲。直到遇到郁延川，她才发现，原来生活不止这一件事可以做。普普通通的吃饭、看电影也变得令人期待起来，和他在一起的每一件事都变得那么不一般，千临觉得自己魔怔了，连郁延川的小猪都不那么令人厌烦，如果它不在他们看家庭影院的时候硬生生地挤在他们中间，就更可爱了。这头猪比郁延希还会争宠，但凡他们靠得近一些，它就会摇着尾巴冲过来。

那天，他们看了一部法国爱情片，郁延川看得津津有味，千临却偷偷地打着瞌睡。似睡未睡间，千临感觉有人在亲自己，她又羞又恼，还在犹豫着要不要回应，忽然发现不对劲，她睁开眼，吓了一跳。只见郁延川正襟危坐着看电影，巴马香猪正趴在她身上舔她的脸。

千临吓了一跳，猛地起身，奶牛就摔到了地上，它委屈地叫唤，扒拉着郁延川的裤腿，告状一般。

这猪真的成精了，千临又生气又郁闷，偏偏郁延川还一脸天真：“怎么了？”他的眼睛可真好看，又大又深邃，睫毛微微下垂，显得深情又迷人。

千临脑子一热，捧起他的脸猛地亲了一口，看着他的猪因吃醋而上蹿下跳，心情说不出的愉悦。结果她才抽身，又被郁延川拉了回去，她一个猝不及防，两人摔倒在沙发上。

电影是看不成了，说要去吃火锅，也吃不成了。

恋爱使人盲目，以至于千临连警惕性都降低了。在办公室遭了贼之后的一周，她的车在半路上忽然刹车失灵，好在千临反应及时，迅速打了方向盘，车子冲进路边的草丛，才不至于酿出更大的事故。

千临虽疑惑，却也没有多想，毕竟这辆车已经有些年月。她拿了驾照后，修修补补才勉强上路，几乎每两个月小抛锚一次，半年就要进厂大修，修车厂老板和她关系好，已经不止一次对她说把车换了，这破烂除了拆车卖零件和废铁，别无用处。

千临只是听着，没说话。这车是当年千山来开的那辆，他出事后车被扣下了。后来千临拜托孙晓岚找人弄了出来，千临那时才十几岁，没到考驾照的年龄，车就一直放着，等到她满了十八岁，考了驾照，车却因放置了太久，不能开了。

孙晓岚给她交了学费，偶尔也会塞给她一些零用钱，但千临基本没收，平时靠着做兼职，花了半年时间才攒够修车的钱，但这车终究有些年限了，又不是什么好车，坏是常有的事。

所以出了事，千临第一时间也没往别处想，只是有些难过，这车可能真的没法再开了。此时她还在垂死挣扎：“王叔，你看看能不能修。”想了想，她又补充道，“缺了什么零配件你说，如果买不到，看看能不能从别处拆，多少钱不是问题。”

王叔是千山来当年开出租车认识的朋友，哪里不知道她的情况，也不再劝她，说了句“你放心，我尽力”。

这只是小事，千临也没有对谁说起。

直到三天之后，方知鱼深夜在办公室值班的时候发现了一条蛇。

方知鱼这姑娘不怕苦、不怕累、不怕黑，一个人在办公室值班是常有的事，有时候还戴着耳机看恐怖片，人称方大胆。千临接到她的电话时，她也十分平静：“队长，有蛇。”

“什么蛇？”

她睡得迷迷糊糊，方知鱼却惜字如金：“办公室有蛇，毒蛇。“

千临猛然惊醒，挂了电话就往办公室赶，结果方知鱼已经将毒蛇收在了封闭的笼子中，这笼子是先前郁延川送来猫后周银银从家中拿来的，这会儿倒派上了用场。

千临看着那有小孩手臂粗的毒蛇，头皮发麻：“怎么回事？”

“忽然发现的。”方知鱼顿了顿，解释道，“我爸养过蛇。”她爸爱好千奇百怪，人家养猫养狗，他却养蟒蛇养蝎子，但又是三分钟热度，玩了几天厌倦了就不玩了，保姆阿姨不敢打扫蛇房，方知鱼只好亲自上阵。她熟知蛇的脾性，有毒没毒一眼就能看清，也知道怎么处理。今天若是换成别人在这，估计不给咬伤，也要吓掉半条命。

千临看着笼子里朝她吐着信子的毒蛇，起了一身鸡皮疙瘩：“明天一大早打电话报林业局！”

石磊曾好几次提议给办公室装监控，但因为资金紧缺，千临想着能省就省，就没有装。现在她后悔莫及，虽然没法查到是谁放了毒蛇，但终归是个不好的信号。

千临安抚了方知鱼几句，没想到她心大如斗，真信了千临“谁家养的毒蛇跑出来了”的鬼话，又埋头加班，倒是千临，心情沉重。

第二天下午，千临接到了修车厂老板的电话，他直接问：“阿临，你最近是不是得罪了谁？”

千临一头雾水，经过老板解释才知道自己车的刹车给人剪了。

“没有完全剪断，如果一下子剪断了，你发动车就能察觉。那人只剪了四分之三，留下四分之一，刹车带随着行走慢慢磨损，最后断裂。”

王叔这修车厂开了十来年，刹车带是自然磨损还是人为造成的还是分得清的，他看到那半边整齐半边毛糙的刹车管，就知道这是人为损坏的。

千临想了很久，也没想起自己得罪了谁，她不知怎么就想起了孙晓岚在病房里的那番话，心猛地沉了下去。

猜测一旦有了方向，所有的证据似乎都会朝着那条路走。

先是办公室被盗，却没有遗失东西，只是被翻得乱七八糟；随后是自己的车刹车被剪，出了事故；最后是办公室被放进了毒蛇。

千临没有将这些事情告诉任何人，包括郁延川。或许是已经习惯一个人承担，遇到任何事情，她总是第一时间选择自己承担。

千临取消了办公室的值班安排，又叮嘱大家上下班要注意安全，同时在包里放了一瓶催泪喷雾和从网上淘来的双节棍，必要时可以保护自己。

因为无法确定是谁想伤害自己，所以千临很小心，连和郁延川的约会都推掉了，医院也不敢去。

“我最近有些忙，可能要好几天不能和你见面。”

郁延川也没有怀疑，他对千临从来都是信任的：“你要去哪里吗？”

千临没有撒谎：“有个高中生被家暴，躲了起来，现在他的父母在到处找寻他，但是少年不敢回家。他已经逃了好几次，现在我们正联合居委会在帮他想办法。”

这只是她日常的工作，还不至于忙碌到不能和郁延川见面，但没有找出谁要害自己之前，千临小心翼翼，就怕身边的人被殃及。

只是连续好几天，她一个人上班下班，打起十二分精神，也没有发现有人跟着自己，办公室新装的监控也没有拍到任何可疑的人出没。

她想，可能是自己紧张过度，先前的事情或许只是巧合。

世界上有太多不可思议的巧合，好比她和郁延川的相遇，不也像是设计好了的桥段吗？所以当天深夜，护工张阿姨打来电话说孙晓岚发起了高烧时，千临犹豫了一下，还是按捺不住内心的不安，匆匆去了医院。

孙晓岚近日病情趋于稳定，千临往医院跑的也少了，只有张阿姨在尽心尽力地照顾着她。孙晓岚这烧是忽然起的，毫无预兆。

千临赶到的时候，孙晓岚正在挂点滴，站在她病床边的，除了护士还有陆忘。

两人一照面俱是一愣。张阿姨忙解释："孙老师发烧了，我很担心，陆医生刚下了手术正在吃饭，听我这么一说，二话不说就赶来了。"

陆忘虽不及沈教授亲切，对病人却十分尽职，即便对孙晓岚有些排斥和抗拒，一听到她不舒服，还是第一时间放下了筷子。

"谢谢你，陆医生。"千临真心实意，但两人都有些尴尬。

陆忘摆摆手，也不看她："如果今晚病人烧还是不退，再去叫我，多给她喝点儿水。"陆忘说完就走了，不知是不是千临的错觉，她总觉得陆忘看起来瘦了一些，白大褂松松垮垮的。

孙晓岚烧得迷迷糊糊的，好在挂了点滴，烧慢慢地退了。

千临一直守着孙晓岚，直到她退了烧，才在张阿姨的催促下离开医院。彼时，已经是凌晨五点了，路灯还未熄灭，天色一片昏暗。

她是打车过来的，结果出了医院，发现整条马路空无一人，出租车也没有一辆。

用网约车软件约车也半天没有响应，千临只好边走边等，结果刚走到路口，转了个弯，就看见从便利店出来的陆忘。两人碰了头，面面相觑，互相打了个招呼后各走各的，没走几步又再次遇到了。

千临对陆忘的感觉很微妙，一开始是不喜欢，而后得知她可能是孙晓岚的女儿，这种不喜欢也慢慢融化了，爱屋及乌或许就是这样的感觉，虽然她对陆忘还谈不上喜欢，但也将其归到了自己人的阵营。

“陆医生，下班了。”

陆忘“嗯”了一声，快走了几步，又想起什么，回头叮嘱道：“孙……孙老师好些没有？我刚刚去看她，已经睡着了。我给教授说了病人的情况，他一早会去看她。”

千临低头说了句“谢谢”，两人相顾无言。

走到路口的时候，陆忘忽然说：“我爸妈前几天旅行回来了，我没有问他们我的身世，我的父母只有他们。”

千临不知她为什么会忽然和自己提及她的父母，她不提还好，这么一提倒显得有些掩耳盗铃。千临还想再说几句，忽然听见了一阵逼近的脚步声，她愣了一下，猛地回头，看见一个穿着黑色连帽衫的男人，瘦瘦小小，戴着口罩，手插在兜里，对上千临目光的时候，凶光一闪。

“快走！”千临忽然道，然后拉起陆忘就跑。

身后的男人随即追了上来，同时掏出了一直放在兜里的手，手心握着一把水果刀，在昏暗的路灯下闪着锋利的光。

千临拉着陆忘跑不快，很快就被追上，男人手一挥，刀子划破了千临的衣服，好在冬天穿得多，并没有伤及皮肉。

“快走，报警！”千临推开陆忘，一边冲着她喊。话音刚落，男人已经一脚将她踹倒。

她感觉到拳脚落在自己的后背，挣扎着想要起身，男人却猛地抓住她的头发往地上撞。

千临知道今天自己是在劫难逃了。然而想象中的疼痛却没有传来，只觉得后背一轻，她挣扎着站起身，回头却看见陆忘正抱着男人的腰：“你快走，报警！跑啊！你快跑啊……”

千临没有跑，她迅速爬向自己被扔在地上的包，终于摸到了催泪喷雾，她刚起身。黑衣男子反手一扬，刀子猛地刺入陆忘的身体。

千临尖叫了一声，飞快地冲向男人，用喷雾狠狠地喷在男人的脸上。男人眼睛受了刺激，放开了陆忘，捂住眼睛痛苦地挣扎着。

就在这时，千临听见了有人在喊："你们在干什么？杀人啊！"

寂静的街上终于有了路过的人群，男人原本还想扑向千临，听到人声，捂住眼睛跌跌撞撞地要走。

千临忙从地上扶起陆忘，血汩汩地从陆忘的身体涌出。或许是冷，或许是害怕，她感觉自己在不停地颤抖。

"快！帮我报警，叫救护车！"

"快啊，求求你……帮我叫救护车，求求你！"

陆忘睁着眼睛看着她，明明是深冬，她的额头上却有细密的汗，她抓住了千临的手按在了自己的伤口上，因为疼痛，她一句话也说不出。

千临忙脱下自己的衣服，堵住她的伤口，可血很快便将衣服浸湿。

郁延川在中心急救室看到千临的时候，已经是中午。

她仅穿着衬衫和牛仔裤，就那样坐着，像个木偶。身上都是干涸的血，脸色惨白得吓人，也不知道在那边坐了多久。

这个场景让他心跳一滞，即便很快发现她身上的血不是她的，郁延川仍旧十分担忧。

"千临。"他叫了她一声，却没有听到她的回答。

"阿临！"

千临终于抬头，眼神一片空洞，像是费了好大的力气才捕捉到站在她面前的身影，她定定地看着他好久，眼泪忽然就掉下来了。

她忽然抓住了他的袖子，朝他说了什么。她的声音喑哑，听不真切。郁延川蹲下身，好久才听见她说的是"对不起"。

"对不起，对不起，我不知道会这样！"

“我已经很小心了，没想到害了她……

“我不知道他是谁，不知道他什么时候出现，我叫她走，可是她还是回来了……

“我们又不熟悉，我这么讨厌，她还回来救我……”

她有些神经质地絮絮叨叨。

“阿临，你冷静点儿！”

“对不起……”

郁延川猛地提高了声音：“阿临，你冷静点儿！陆忘已经做完手术，脱离危险了！你冷静些！”

千临终于停止了絮叨。他伸手抱住了她，这才发现她整个人像从冰窟窿里钻出来的一般，让他忍不住哆嗦了一下。

“她没事了，现在正在观察室，你冷静些，我去看看她。”虽然手术成功完成，但陆忘还没醒，郁延川还要回去。他很担心千临，但是他是麻醉医师，这是他的责任。

郁延川是大清早被叫回医院的，那边什么也没说，只说了快来。他当即洗漱换了身衣服就出发，连早餐也没有吃。

郁延川到了医院才知道为什么刘医生那么紧张——躺在急救台上的人是陆忘，她被利器刺伤腹部，内脏也受到波及，需要马上手术。

郁延川在谈话室看见了陆忘的父母，他们比几年前老了不少。二老见到他也是一愣，他们两鬓斑白，握住了郁延川的手：“拜托你了。”

郁延川压根没有时间问情况，点了点头，迅速换了无菌服，进了手术室。

这台手术并不顺利，陆忘失血过多，血压波动剧烈，好在最后有惊无险地完成了。

直到陆忘进了观察室，郁延川才听见同事说：“郁医生，陆医生是和一个女孩一起送来的，那女孩好像来找过你……”

郁延川先是一怔，心猛地一沉，但还是想着不可能，千临和陆忘势同水火，不可能一起出行。

可是除了千临，没有别的女孩来找过他。郁延川唯一的侥幸，在看到千临那一刻土崩瓦解，好在她没有受伤。

等到陆忘恢复意识，郁延川再次回到中心急救室的时候，千临已经不在那里了。

他忙给她打电话，却无人接听。郁延川又慌又乱，正准备出去找她，却被同事叫住："郁医生，你是不是在找那个浑身是血的姑娘。她让我告诉你，她去警局做笔录了，让你不用着急。"

那个伤了陆忘的男人，在一个小时前被抓住。

千临去指认的时候才发现自己不认识他，在今天之前，千临一次也没有见过那张消瘦的带着一点儿阴狠的脸。

"就是他。"千临说，"可是我不认识他。一次也没有见过。"

"他叫朱超，今年三十八岁，是个哑巴，还不识字，我们审了几次，都没任何发现。"

林小圆的哥哥林大方在市局上班，这案子刚好是他在办理，见千临一脸茫然，提醒她："你确定没有见过他吗，他还有个别名叫老六……"

千临打断道："你说，他叫什么？"

"朱超，不，老六。"

千临恍然大悟，原来他就是老六，在一个多月前，她去安置区暗探卖花儿童的窝点被发现时，那个男人喊的便是"老六，快来啊"，她当时只顾着逃亡，也不敢回头，压根没有看清楚身后除了那个男人还有谁，后来又晕了过去。所以，她的的确确是没有见过老六。可是，老六却见过她。孙晓岚得知此事后还叮嘱她要小心，她却毫不在意，今日才会酿成大祸。

想及此，千临恨不得给自己几个巴掌，如果不是她的自以为是，或许这件事就不会发生，更不会牵连陆忘。想到陆忘，千临内心五味杂陈，既自责又内疚，她怎么也没想到，陆忘会为了救自己而受伤。

她以为陆忘是讨厌自己的，毕竟自己曾经对她步步紧逼，为了证实她的身份而鬼鬼祟祟地做小动作，她却在这最危急的时刻救了她。

除了震惊，千临更多的是敬佩。

她也终于明白，当初郁延川为什么会和陆忘在一起。

因为她值得。千临做完笔录回到医院，已经是傍晚了。

她犹豫着去了陆忘的病房，敲了门才想起自己还没有换衣服，忙倒退了两步，准备回去换掉这一身衣服，病房门却开了。

那是个上了年纪的女人，约莫六七十岁，头发一片银白，却并不显老，戴着个眼镜，浑身散发着学者气息，应该是陆忘的母亲刘潇。

千临还未开口，刘潇先说话了："你是陆忘的朋友吗？来探望陆……"刘潇此时才看到她一身的血迹，有些惊讶，却很快收了表情。

"你好，阿姨，我叫千临。我不是……我是……"她想说，我不是陆忘的朋友，我是连累她受伤的人，却怎么也说不出口，她只得道，"早上我和陆忘一起，她为了救我……"她垂着头，有些难堪，等着刘潇责骂。

刘潇却道："你人没事吧，去检查了吗？"

千临惊讶地抬起头，她的关心却不似作伪。

内疚和感动几乎将她压垮，她来的时候，已经做好了心理准备，自己连累陆忘受伤，她的家人如何对待她，她都毫无怨言。

可是，刘潇的态度却让千临的脸火辣辣地疼。

她总算明白，为什么陆忘提起自己的家人时一脸骄傲，他们那么好，谁会不喜欢呢?

刘潇见千临站着发呆，拍了下脑袋："刚刚警方来过，和我们说了这事，发生这样的事，谁都不想看到。陆忘……陆忘手术完，没什么大碍。瞧，我光顾着和你说话，都忘记请你进来，快，进来吧！"

千临进了门，一眼就望见在床上的陆忘，一个与陆母差不多年纪的男人正拿着棉签沾湿她的嘴唇，轻声说："现在还不能喝水和吃东西，你忍忍……"

陆忘整个人呈现出病态的虚弱，目光却是有神，从千临进门，她的目光便随着她移动。千临与陆父打了招呼后便像木头一样站着，总觉得自己的出现有些不是时候，感激与道歉都卡在了喉咙里，不知从何说起，半晌才挤出一句"谢谢"。谢谢你在我危险的时候挺身而出；谢谢你让我看见人性的美好。谢谢你，但也对不起。

话音一落，陆忘动了动嘴唇，却没说话。还是刘潇看出了两人私下有话要说，在丈夫陆鸣后背拍了一把："走吧，让年轻人说说话，你和我出去买点儿东西！"

"买什么东西？"陆鸣看不懂妻子的脸色。

"话那么多，快走。"陆母瞪了他一眼，转头对千临笑了笑，"你们好好聊。"

陆父陆母一走，病房里的气氛更尴尬，千临清了清嗓子，正想再表示感谢，还没张口，却被陆忘打断。

"不用谢我，我不是因为你才回头，无论当时在场的是谁，我都会回头。而且，不管是谁看到这个场景，都会挺身而出。"她的声音带着一点儿虚弱和沙哑轻轻地落下。

"不是，"千临说，"不是这样的！"

陆忘疑惑地看着她。

"这样的事我不止经历过一次，但不是所有的人都会挺身而出，不是所有的人都会，愿意为一个非亲非故的人将自己置于危险之中，大多数人会选择远远地旁观，置身事外。所以，我是感激你的，谢谢你帮助我，谢谢你救了我。如果不是你……"千临不敢再想下去，那个男人对她起了杀心，如果不是陆忘拖住了他，自己哪里还有命站在这里。

"谢谢你，还有，对不起。"千临才发现，原来将这些话说出口并没有那么难，"一直以来，因为我的私心，给你带来了很大的困扰，我以后不会这样了。”

她看到了陆家夫妇，瞬间就明白了，陆忘能够如此优秀，她的父母功不可没。就算无法证明她是沁沁，无法让她与孙晓岚相认，但沁沁过得好，才是孙晓岚最后的心愿。

“你是怎么想的我无法干预。但在我心底，你确确实实是帮了我，救了我。以后，只要你需要我，我可以做到的，我都会努力去做到。”

“那你离开郁延川。”

千临想也不想，脱口而出：“不。”

陆忘嘴角露出了一丝讥讽：“你不是说，只要我需要，你可以做到的，你都会努力去做吗？”

“可是，我做不到。”千临说，“你这样做，不仅侮辱了我，侮辱了郁延川，也侮辱了你自己。郁延川选择和谁在一起是他的事，我不会为了任何一个人而离开他。”

陆忘却没有生气，反而道：“如果你真的因为我受伤而内疚，为了成全我们而离开他，那我才真的看不起你。还好，你没有。我也不需要谁来同情和成全，我之所以没有走，并不是因为你。那一刻，无论是谁我都不会离开，我不是为了你，而是为了我的良心，所以你不用觉得对我有亏欠。还好你没有做什么让来让去的事情，我想要得到的东西，我想要去爱的人，我会拼了命去争取，我不需要别人的同情和施舍。”

千临看着她严肃的神情，终于明白她为什么骄傲，她一直都有骄傲的资本。两人终究不是朋友关系，言已至此，也没有什么好说下去，千临又问了几句她的情况，便要告辞：“你好好休息，我改天再来看你。”

她刚走到门口，却又被陆忘叫住。

“千临，”这是她第一次叫她的名字，字正腔圆得有些别扭，“你有没有后悔过？”陆忘在做笔录的时候已经听警官讲了事情的前因后果，知道千临为什么会遭受伤害。

陆忘说得含糊，千临却听懂了。她问她有没有后悔入这一行。

“没有，从来没有后悔过，以后也不会后悔。我一直在找人，经历过无数个失眠的夜晚，我太清楚一次次失望到绝望的感受，我不能找到自己要找的人，至少我能够帮助那些破碎的家庭，我自己无法得到的圆满，至少他人能够实现。”

陆忘看着她的背影，若有所思，直到父母进了房间，她还在发呆。还是刘潇打断了她：“在想什么？这么入神？”

陆忘猛然抬头：“妈，医院让你们输血了吗？”中心医院血库告急，陆忘术中大出血，用血量大，至少需要两个亲属献血。

刘潇似乎没想到她会忽然发问，正在倒水的手一抖，水洒了一地：“你怎么问起这个来？”

“没有，这不都是医院的规定吗？我就这么一问。”

“嗯，输了。你快去休息吧，别多说了。”刘潇说完，和陆鸣对视了一眼，又出了病房。

陆忘一看便知道，他们有话要私下说。怀疑一旦在心里生根发芽，一个眼神一个动作都能成为养分，让它不停地疯长。

陆忘摸索到床边的手机，又看了一眼上面的图片，那是血液科同事发来的她的父母的献血报告，陆父和陆母都是A型血，而她是AB型。

陆忘原本还怀疑是哪里弄错了，可是现在一看他们的反应，她就知道，没有弄错。记忆会骗人，语言会骗人，但是科学不会骗人。

她摸了摸小腹上的绷带，那个淡淡的印记已被盖住，什么也看不见。

只要她不说，没有人会知道。

孙晓岚是在陆忘术后第四天的晚上来的。

她的父母在医院连续陪伴了三天，因为年迈和担忧，身体不堪重负，被她赶回去休息，只留了护工在照顾她。

她朋友不多，这几天除了父母，来的人便只有千临和郁延川。

见两人一起出现，她仗着自己生病，发了一通脾气：“你们能别一起出现吗？我看着碍眼。”她想这样他们便不会来了吧。

结果第二天，千临自己来了，还给她带来了汤水和粥，说是劳烦附近饭店做的。陆鸣和刘潇都是科学家，做实验擅长，下厨却不擅长，这两天她吃的都是医院的营养餐，嘴里比较清淡。千临买了鱼，冲进了附近餐厅的厨房，看着他们熬了汤。

陆忘觉得膈应，赶走了千临。当天下午郁延川又来了，他倒是什么也没带，只是郑重其事地和她说了谢谢。陆忘觉得可笑：“谢什么？替千临谢我，我不需要你的感谢。你们别在我面前秀恩爱，就是最好的感谢。”

郁延川闻言微微皱眉，便没有再来了。

陆忘有些郁闷，但想起是自己赶他走的，只能将情绪都咽回肚子里，任由它发酵。他不是懂得读别人的情绪吗？他为什么没有看出来，她说的都是违心的话语？

他没来，千临却雷打不动地每天出现，带了东西给她，放下就走了。

第一天，第二天，陆忘都让护工将汤水倒进了马桶。第三天，她实在忍不住喝了一口，才发现那汤真的是用了心熬的——没有一点儿鱼腥味，只有鲜美。

她胃口大开，喝了两碗汤，对千临的厌恶也少了那么一点儿。

屈服于美食，也不是什么丢人的事情，陆忘很快就原谅了自己。

护工说有人来探视，陆忘有些奇怪，已经快过了探视时间，还会有谁来？结果一抬头就看见了孙晓岚，她坐在轮椅上，脸色苍白得可怕，是被护工推来的。

陆忘看着她含笑的眉眼，不知为什么有些尴尬，讷讷道：“你怎么来了？”孙晓岚曾经是她的病人，她不知该如何称呼她，半晌才喊了一声“孙老师”，好像整个病区的人都是这么叫她，可自己叫出来又觉得极其不自然。

或许是知道她们有话要说，两个护工都出了病房，偌大的病房只剩下她们两人，一人半躺着，一人坐在轮椅上。

“听说陆医生受了伤，我一直想找时间来看你，奈何这身体不争气，今天好不容易好了一些，赶紧来看看你。”孙晓岚的声音带着一股枯木般的衰败，像是用尽了所有的气力，“再者，陆医生是为了千临才受的伤，我觉得还是需要当面表示感谢，谢谢陆医生。希望没有打扰你休息。”

陆忘脾气谈不上好，但对着孙晓岚，她忽然有些局促：“没事，不影响。”说完她又问，“是千临……”

“不，和阿临无关。”说到千临，孙晓岚笑道，“她说你受伤了，刚做完手术需要休息，不让我过来，但我不来总是不安心。”她似乎意识到有些不妥，又补充道，“自我女儿走失后，阿临和我相依为命，算我半个女儿，她受了你这么大帮助，真的特别谢谢陆医生。”

“叫我陆忘就好。”陆忘不知为什么不敢看孙晓岚的眼睛，“您身体怎样？这几日没有再发烧吧？我听沈教授说，你最近排异反应特别大。”

“没事，陆医生不用担心，我很好。”刚说完自己很好，她忽然又重重地咳嗽起来。

陆忘担忧地从床上坐起来，见孙晓岚抬起头，又慢慢地坐回去。

两人尴尬地坐着，一下子也不知道聊些什么，孙晓岚和她寒暄了几句，便借口不影响她休息要离开。

不知出于什么心理，陆忘鬼使神差地喊住了她。

“孙老师，我听说，您女儿走丢了？”她终究忍不住问出口。

“嗯，二十几年前，我去上班，她爸带她出去买东西，一个没注意人就不见了。我找了二十几年，没有找到。那个时候，她还不到四岁。”孙晓岚也没有问她怎么知道的，“我现在也找不动了。其实，只要她过得好，我有没有找到她，也没有什么关系！”

“她一定过得很好！一定在你看不见的地方幸福地生活着！”

孙晓岚回头深深地看了她一眼，笑道："我相信。"

陆忘喉头一哽，正想说些什么，却被孙晓岚打断："陆医生好好休息，我先回去了，你刚做完手术，别说太多话。张阿姨，我们走吧……"

话音刚落，护工就进来了，将陆忘剩下的话堵在了喉中。

陆忘定定地看着她的背影，有那么一瞬间，她几乎就要将那个秘密倾吐而出，可是孙晓岚离开了，她好不容易鼓起的勇气，像被戳破的气球，瞬间颓了下去。千临说过的那些话不停地在脑海中跳动。

千临第一次说她可能是孙晓岚的女儿时她觉得恼怒，甚至对孙晓岚也有了看法——自己的孩子都看不好，二十年之后才到处寻觅，早知如此，当初为什么不看好自己的孩子，说不定是遗弃的，电视里这样的事情不是多了去了吗？先是嫌弃而遗弃，后面后悔了再来找寻，孙晓岚难道也是这样的人吗？她才不会是她的女儿，她有美满的家庭，有疼爱她的父母。

她一次也没有问过父母，但怀疑也在脑海里扎根，家中几乎没有她四五岁以前的照片，她问起小时候的事情，父母也只是笑笑搪塞过去，现在看来这一切都显得可疑。

加上她肚子上的印记，难道世上真的有两个会有一模一样印记的人吗？每思及此，陆忘都不敢再深想。

后来，她偷偷去探望了几次孙晓岚，装作不经意地问起她的家庭，她都是淡淡一笑，眼中满是痛苦和遗憾。

陆忘害怕自己再深挖下去会挖出自己不想看到的事情，索性不再见她。

再后来就遇到了这事，得知父母去献了血，她私下和血液科同事要了报告，看了之后她脑袋嗡的一响——两个A型血的人，永远不可能生出AB血型的孩子，所以，她根本不是他们所生。

孙晓岚回了病房，却发现千临去而复返，坐在椅子上等她回来。

"老师，你去哪里了？"

“我和张阿姨去散步了。”

千临知道她在撒谎，她手机忘在了病房，又回来了，刚好看见张阿姨推着她进了电梯，她跟在后面，发现她去了陆忘的病房，但千临没有揭穿她，只是道：“老师，沁沁……”

“你不用再找沁沁了。”孙晓岚忽然道，“沁沁走失了这么多年，我拼了命地找她，错失了太多的东西。我现在行将就木，就算找到了沁沁，也只是满足我的私心而已，而她的生活会被彻底打乱，我想得很清楚，阿临，这就是我的命。”

千临鼻头一酸，却不知怎么安慰，只干巴巴地说：“老师，你别这样说，你的病会好起来的！”

“我们都不用自欺欺人，我不会好的。”孙晓岚仍是笑着，“阿临，我真的特别幸运，虽然我的女儿走失了，但这些年你一直在我身边，我唯一的遗憾是这些年只顾着寻找沁沁，却忽略了你。阿临，对不起呀！”

“老师，如果没有你，我早就死了，你不要这样说。”千临看着她像是在交代遗言一般，眼泪忍不住往下掉，“老师，陆忘她……”

话没说出口却被孙晓岚严厉地打断了：“别说了，不要再提陆忘了。我要休息了。陆忘……陆医生那么好的人，我们不应该再去打扰她。”

仅是这么一句，千临便知道她知道了。她震惊地看着孙晓岚，她觉得自己隐瞒得很好，可是孙晓岚是什么时候知道的呢？

“阿临，你做得很好，无论是以前还是现在，都做得很好。如果……如果有下辈子，我希望你是我的女儿，我可以好好地照顾你，而不是一直拖累着你。”病房里灯光幽暗，孙晓岚说完这一句便翻身上床，没有再理会千临。她知道千临一直站在床边，过了许久才轻声关了门离开。

血缘是一种神奇的力量，孙晓岚从见到陆忘的第一眼便觉得熟悉。而千临的躲闪，陆忘的不自然，以及她不小心听见她和郁延川的争执，最终让她确定了自己的猜测，可是她没有说出来。

千临一直小心翼翼地掩饰着这一切，是害怕她失望。看到陆忘如此骄傲而美好地活着，她忽然就觉得那个秘密似乎也不那么重要了，她过得好才是真正的好，至于自己好不好，已经没有关系了。

孙晓岚闭上眼，在脑海中搜索着陆忘的一颦一笑，忍不住笑出了声。

真好，那是她的沁沁，她活得那么好，那么善良，那么骄傲，真是太好了。她自己也没有察觉，有泪顺着她的脸落在了枕头上，悄无声息。

千临出了医院便接到林大方的电话。

哑巴朱超也就是老六对自己伤人的行为供认不讳，虽然不会说话也不识字，但警方请了手语老师来翻译，老六咬死了跟踪伤害千临的事没有受别人指使，只是自己个人的行为。对于收留卖花儿童的事，老六也矢口否认。

“这是一个庞大的组织，我们所看见的只是冰山一角，现在我们掌握住的只有很小的一部分人，还有更多的人逍遥法外。在这件事上，你出了很大的力，也是个关键人物，今天朱超的报复并非偶然。不过你别怕，我们这边会尽量保护你的安全，但你自己也要多注意……”

千临没有害怕，却也没有逞强。

这一次便是因为她的自大才导致陆忘受伤，她不敢再掉以轻心，因为不想再看到身边的任何一个人因她而受伤。

接下来的几日平静得有些不同寻常。千临仍旧每天往医院跑，看看孙晓岚，去麻醉科看看郁延川忙不忙，最后去陆忘的病房——对于她的到来，陆忘从排斥到无视，到最后竟然能和她心平气和地聊一聊，或许是因为住院的时间太过无聊，每天都躺着，她朋友又不多，探望她的都是同事，来去匆匆，她百无聊赖，才会和千临多说几句。

她们的聊天也是天马行空，大多没有什么实质的内容，但每次陆忘都会婉转地提到孙晓岚，问一问她的身体，以及她过去的事情。千临说的时候她都很认真地听着，脸上没有什么表情，手却紧紧地抓着被子。

千临知道，这是陆忘松动的信号，她想，或许再过几天，孙晓岚就能够梦想成真。可是这一天，她终究没有等到。

孙晓岚是在几天后的深夜离世的，毫无征兆。

千临记得那一天她离开的时候，孙晓岚还和自己说了她想吃蜂蜜蛋糕，被拒绝后她有些沮丧。千临只好说，那就给你带一点点，你只能吃一点点。孙晓岚很是开心。

千临在凌晨五点接到张阿姨的电话，她看到屏幕上的名字的时候，心里咯噔一下，可是还是说服着自己，说不定是孙晓岚想吃蛋糕，催着她快送去。结果，才接通电话，就听到张阿姨惊慌失措的声音："阿临，你快来，孙老师不好了……"

千临连衣服都没换，披了件大衣，跌跌撞撞地出了门。到了病房，却没有看见孙晓岚，只看见六神无主的张阿姨。

"半夜，孙老师说口渴，我还给她倒了水，当时我看了一眼时间，是三点……我就躺在她的身边，四点的时候还起来给她盖了被子。五点我去上厕所，下地的时候滑了一跤，我还想着怎么有水，没有在意，结果去洗手间一看，我踩到的是血，赶紧回病房，孙老师直挺挺地躺着，嘴角还有血……我赶紧按铃，医生和护士来了，说孙老师已经走了！都是我的错，对不起阿临，对不起！是我没有照顾好孙老师！"

千临听着张阿姨一字一句地说，半晌没有说话，她知道，不是张阿姨的错。孙晓岚向来怕麻烦别人，半夜咳嗽经常压低声音，就怕吵醒护工，如果不是非常难受，她从来不会叫张阿姨，所以张阿姨没有发现，并不是她的过失。这些日子，她隐隐约约已经有了预感，只是没想到这一天会来得这么快。张阿姨还说了什么千临一个字也没听清。她转身往外走，却一头撞上了迎面而来的人，千临顾不上道歉，却被那人拉住了手腕。

"阿临。"

千临抬头，是郁延川，他穿着白大褂，一脸担忧。

“老师走了。”她没有流泪，两眼空洞无神，“我真该死，她就这样走了，我都不在她身边……”

“我太自私了，总是让她一个人……

“我都没有好好和她说话，她的心愿还没有完成！

“她走了，我怎么办，我怎么办？”

她神经质地絮絮叨叨，直到郁延川一把将她拉入怀中：“你还有我，你还有我呢！阿临，你哭出来，难受你就哭出来，别憋着！”

他应该是从急救室赶来的，手上带着消毒水和淡淡的血腥味，他紧紧地抱着她，千临像是被按下了开关键，忽然“哇”的一声哭了出来。

接着她就像个孩子一样号啕大哭，无法自控。

孙晓岚葬礼的那一天在周末。

博陵近段时间一直是阴天，而那一天却难得地阳光明媚。

孙晓岚没有留下什么照片，千临最后选了她二十多年前的照片作为灵堂的遗照，那个时候沁沁还未走失，她是笑着的。

孙晓岚曾经说过，如果她过世了，就用这张照片当遗照，现在她变化太多，沁沁怕是认不出她的模样了，还是用以前的照片好。

没想到一语成谶。

孙晓岚没有什么朋友，亲人也不多，她的几个侄子在她过世那天来了一次，为了孙晓岚教师公寓房子的所有权争执了一番，得知千临没有继承权后几个人又吵吵闹闹地走了，估计是内部分赃去了，再也没有出现，连葬礼都是千临和郁延川一手包办的。

那天来了很多孙晓岚的学生。她教了三十年美术，脾气古怪，却有不少学生来送她，他们大多吃过孙晓岚做的饭——他们上学的时候，父母上班忙，没空来接送。

孙晓岚自女儿走失后总有些草木皆兵，害怕学生们落单会走失，就把学生们接到自己家中吃饭，吃完饭了再一个个送回去。学生年龄参差不齐，却因为他们的到来，让孙晓岚不至于走得太孤单。

千临则是在家属席，一遍遍地对着宾客致谢。这一天，或许是因为忙碌，她倒没怎么哭，只是偶尔抬起头看见孙晓岚的照片时，她的心会一阵阵绞痛，眼泪开始在眼眶里打转，却没有落下来。

孙晓岚的这一生，实在是太难了。

陆忘是在傍晚时分来的。她出现在灵堂的时候，千临十分意外——她的身体还没好利索，并不能下床，而自己也没有告知陆忘孙晓岚去世，但想想，她是肿瘤科的医生，孙晓岚曾是她的病人，她怎么可能不知情。

陆忘穿着一身黑色西装，受伤后脸色一直不大好，又瘦了一圈，整个人显得消瘦又难过。千临看着她对遗像三鞠躬，最后一鞠躬的时候，她的嘴唇动了动，像是说了什么，她一个字也没有听见，却看见有眼泪从她的眼眶里落了下来。

“谢谢你，陆忘，谢谢你能来。”

陆忘看着她，良久才道：“是我该谢谢你。”

这两句感谢都来得突兀，但她们都听懂了，这是只有她们才能听得懂的话。千临深深地朝陆忘鞠躬，郑重地完成了家属谢礼。

陆忘的到来让千临觉得意外又感激，她还不能下床，却还是来参加了孙晓岚的葬礼，或许是因为腹部伤口还未完全愈合，她走路很慢，鞠躬的时候手也一直捂着受伤的地方。

千临明白，来参加葬礼这个决定对她来说一定特别艰难。

她走失的时候才三四岁，早就没有了小时候的记忆，她有着圆满的家庭，宠爱她的父母，如今贸贸然告诉她她的生母是另外一个人，而不是她引以为傲的父母，换成是千临自己，也会难以接受。

可是，她还是来了，是陆鸣与刘潇送她来的。

她在当天早上就得知了孙晓岚过世的消息。

肿瘤科有个微信群，她一直是屏蔽着的，但那天不知怎么地忽然打开，就看见一行大字：39床孙老师过世了。她手一抖，手机砸在了被子上，正中伤口的位置，疼得她半晌说不出话。

“怎么哭了？”刘潇吓了一跳。

陆忘摸了摸脸，不知道自己何时流了泪：“我不知道，妈，我有些难受。”她也说不出自己为什么难过。她和孙晓岚并不熟，即便得知她是自己的生母，她对她也没有什么特殊的感情，反倒觉得有些难以面对。

可是当她得知她离世时，心里却空落落的，忽然涌起的悲伤拼命地往上冲，几乎要将她打倒。陆忘想起她们第一次见面，孙晓岚笑着看着她：“医生，你多大年纪呀？”

陆忘经常遇到病人要给自己介绍对象，一时间冷着脸没说话，孙晓岚却也不生气，有些讨好地笑：“我女儿也和你差不多大，做医生很辛苦吧，多休息。”

陆忘当时觉得她莫名其妙，可现在自己也莫名其妙地落了泪。

她越想越难受，用被子盖住了脸，没一会儿，又被刘潇拉开。

“小忘，妈妈有个秘密要告诉你。”

陆忘意识到了什么，当即就说：“我不想听。”

可是，刘潇没有给她机会：“我看你最近很反常，我是你妈，哪里不知道你在想什么。我和你爸不是你的亲生父母，你是我们从福利院领养来的。”藏了二十几年的秘密，说出口时才发现也没有那么难，“不知道你为什么会被送到了福利院，我和你爸结婚十几年都没有生养，最后决定去领养。第一眼看到你我就知道，你是我们的孩子，和我们有缘分。你那个时候很小，瘦巴巴的和小猫似的，院长说，你是走失后被送到福利院的，一直没有找到家人。领养你后不久，我们就搬走了，借着进修去了国外，其实是我们自私，害怕你的家长找来。你那么可爱，我们好不容易才有了个女儿，所以我们自私地编造了个故事，欺骗你，也是欺骗我们自己……你受伤后，我就发现你不对劲，加上你那天问献血的事情，我想你可能知道了什么，所以我觉得还是告诉你好一些。”

刘潇苍老的面容涌起了一丝悲伤：“对不起，孩子，我们骗了你。”

陆忘张了张口，喊了一句“妈”，便再也说不出话。

“妈，我肚子上的苹果印记，是胎记吗？”

“不清楚，你来的时候就有了。”

陆忘沉默了很久才说：“我的……我的生母好像一直在寻找我，找了二十几年。”她垂着头，看见刘潇的手在不停地颤抖，“我没有做DNA鉴定，但是我走失的时间，我肚子上的胎记，和她所说的都对得上。”

“那要不要做个DNA，毕竟那是你的母亲。”

“她过世了。”陆忘哽咽道，“她是我的病人，她凌晨过世了。”

陆忘后悔，也懊恼，为什么不听千临的话去做DNA鉴定，那样的话，她至少不会带着遗憾离开。

可是千临却说：“老师知道。老师是知道的。”

在她离世的前几天，千临忽然提到了陆忘，孙晓岚第一次朝她发了脾气：“陆忘不是我的女儿，陆忘姓陆，她的父母都是科学家，不是我！阿临，我要你保证，你不能再提起这件事！不能让陆忘知道这个秘密！”

她这一生都在寻找的人，终于找到了。

她什么也做不了，什么也不能为她做，唯一能做的，能弥补这二十年来的缺憾的，就是守住这个秘密，让她安稳平静地过完这一生。

至于她自己，行就将木，无所谓了。

送走孙晓岚没有多久便是春节。

这一年的春节，博陵热得有点儿不同寻常，温度直飙十来度，到了腊月最后几天，更是闷热，一眼望去，大街上有穿羽绒服的，也有穿短袖的，热热闹闹地迎接春节。

早从十几天前，千临便知晓郁延川和郁延希要飞去澳大利亚陪父母——郁金辉与戴月虽在国外，却仍保留着过春节的传统习惯，早早就帮两个儿子订好了机票。

所以当郁延川问千临年怎么过的时候，她说："我在办公室，每年春节，我都和小伙伴一起跨年，可能没有时间陪你。"

郁延川说："要不我留下来陪你。"

"不用了，一到春节我很忙，你好不容易放个假，赶紧去陪陪父母吧！"

"破晓"全年无休，就连春节也要轮班。

往年的除夕夜，千临都是与同事在办公室吃团年饭，仗着自己是队长，轮班抓阄的时候她偷偷地利用职务之便没有写自己的名字，看着他们吵吵闹闹鬼哭狼嚎，她则挥一挥衣袖回到教师公寓与孙晓岚守岁——她们都是孤身一人，平时还好，逢年过节便显得可怜兮兮，所以两人只能相互取暖，就这样过了十来年。

今年的除夕，千临一大早就开车将郁延川郁延希两兄弟送去了机场，郁延希大概是因为要和小女朋友分开有些不开心，一直沉着脸，末了接了一通电话，又有些兴奋："真的，你要去澳大利亚旅游啊！那我先去墨尔本等你！"估计那边是蒋百里，他笑容都裂到了眼角，挂了电话后又觉得自己在即将分开的千临和郁延川面前这样开心不道德，假惺惺道："队长，要不你和我们去澳大利亚吧！我给你买机票！"

郁延川竖起了耳朵，在心里给弟弟点了个赞，但千临没说话，直到车开到了机场，才说："今天除夕，要公安局加班给我办签证吗？快走吧，办公室还有一群嗷嗷待哺的小崽子等着我回去。"

千临说完，也不敢看郁延川的脸色，和他们挥了挥手告别。

她怕自己再多看一眼，就忍不住开口让他留下来。

从机场回来，千临去了一趟超市，买了晚上需要的火锅食材，又大包小包地回了办公室。

或许是临近过年，大家心思都不在工作上，千临一进办公室就发现一片欢呼雀跃声，一群人围在一起打牌，就连方知鱼这种不爱凑热闹的都拉了椅子远远地围观。

结果一见千临，所有人都安静了下来。

“怎么了？还不赶紧撤了桌子上火锅，我都买好菜了。今天去得晚了，差点儿给人踩扁了。”

林小圆抢先发声：“队长，我今天晚上要去男朋友家吃饭，不吃团年饭了！”

石磊：“我没有女朋友，我爸妈不会做饭，等着我回去掌勺。”

周银银：“我要去养老院，也不知道什么时候回来。”

……

大家说完，一个个面面相觑，他们以往都是一起吃团年饭，虽然偶尔有人有事会缺席，可没想到今年大家跟商量好似的，一个个都有事。

千临也不生气，想想也是，大家都有家庭和家人，又不像自己孤家寡人一个。

“没事没事，你们都回去吧，一人带一点儿菜走，今年也不用值班了，我留守办公室好了。”

只剩下角落里的方知鱼怯怯地举手：“我没事，我值班。”

方知鱼老实不爱说话，加上她对工作有种寻常人难以比拟的热忱，以前都是抓阄决定谁值班，现在节假日都是方知鱼的固定值班时间。

千临看不下去，将他们都赶走：“走走走，等下收拾好东西就走人，放假到初三，有事请假先打报告，无事准时上朝，今年就我值班。”

方知鱼还想说话，被千临堵了回去：“过年了，你爹养的那窝蛇是不是要给它们加加餐，赶紧回去吧！”

待所有人走后，热热闹闹的办公室一下子变得冷清起来。

千临打扫了卫生，整理了资料，又更新了几则寻人消息后，发现志愿者群也开始晒起了年夜饭。

她买来的火锅食材分给了办公室小伙伴们大半，还剩了一些塞在冰箱里，她一个人懒得吃边炉，索性拿起手机点外卖。

没想到连外卖也如此任性。好好的除夕夜，餐饮店关了百分之八十，剩下的都是什么咖啡奶茶这些填不饱肚子的，或者就是酒楼的外卖年夜饭、情侣套餐家庭套餐，对孤身一人的加班狗一点儿都不友好。

千临愤愤地关了手机，从储物柜里翻出了一盒不知道谁留下的泡面，先斩后奏地征用了，才刚泡好，还没来得及揭开盖子，门铃响了。

办公室只剩下千临一人，她仅开了一盏灯，突如其来的门铃声让她吓了一大跳，失手打翻了泡面，烫得手背一片通红。

千临顶着一只红彤彤的手打开了办公室的门，看到站在门外风尘仆仆的郁延川，她一时间还没反应过来。

“你不是在飞机上吗？”博陵没有直飞墨尔本的飞机，郁延川需要去首都转机，两个小时前，她才收到他的微信消息，说已经转机了，现在怎么会出现在自己面前。

“嗯，上了回博陵的飞机。”郁延川才离开博陵，忽然就后悔了，下了飞机就买了返程的机票。

可怜的郁延希，一个人拖着两个大行李箱等哥哥从洗手间回来，却等到了他回博陵的信息，连行李都不要了。

郁延川见千临眼睛瞪得圆圆的，半晌没有动，正准备推她进去，才发现她放在门把上的手一片红肿：“怎么了？”

“烫伤了！”

“烫伤了你还在这里站着，不处理一下？”他说完就拉着千临往里走，还绊到了垃圾桶，手忙脚乱地拉着她的手在水龙头前冲洗。千临任由他动作，没有出声。

“郁延川。”

“嗯？”

"我有没有和你说过，我真的真的很喜欢你。"

郁延川低着头，握着她的手，冰凉的水流将两人的手都冲得冰冷，他"嗯"了一声，说我知道。

他握着她的手，她内心的欣喜，他感觉到了。

郁延川庆幸他回来了。不然，他不敢想象她一个人要带着什么样的心情度过这个特殊的日子。手上的烫伤并不严重，冷水一冲，炽热慢慢退去，可郁延川仍旧握着她的手没有放。

"郁医生，你这是调戏我吗？"

话音未落，他已经吻了下来。

奇怪，他的手那么冷，唇却是热的，带着索求，一点点地探索。

水还在哗哗地流着，她动了动身子，正准备去关上，郁延川却不满意地往她唇上轻轻一咬，似乎在惩罚她的不专心。

"水……"她好不容易喘了口气，他又吻了上来，大手一伸关了水龙头，唇却没有从千临唇上移开。

明明是那么温柔的人，他的吻却霸道得很，侵占了她的呼吸。

千临不甘示弱，也仰着头迎了上去。

如果不是他的肚子忽然传来一声诡异的"咕噜"声，这场较量未必能分出输赢。

那响亮的声音响起，两人俱是一愣，郁延川不理会，正准备重整旗鼓，再接再厉，不争气的肚子又郑重地抗议。

千临笑得直不起腰："你饿了。"

他懊恼地盯着自己的肚子，从早上出发到现在都在赶路，连飞机餐都没有吃，这会儿不饿才怪。

还好，冰箱里还有食物。就在火锅冒着热气的沸腾中，千临和郁延川一起吃了年夜饭。她看着他隐匿在烟雾中的脸正想说话，却听见了来自新年的第一声钟响。

“新年快乐，阿临。”郁延川从烟雾中抬起头。

新年快乐。她是快乐的。

# 第八章
# 灰姑娘

即便午夜的钟声响起，我都不曾畏惧。

以我的生命呼叫你，你会来临。

新年的第二天，千临与郁延川一起去探望了千山来。

这些年，她去探望千山来的次数并不少，多到白沙监狱的狱警换了几轮她都知道。千山来却不大见她，特别是在节日的时候，她十次有九次都是吃的闭门羹。没想到这一次千山来却破天荒地出来见千临了，或许是因为老狱警达叔告诉他，千临带了个伴。

千临已经有一年多没有见到千山来，他老了不少，穿着大一号的囚服，套着一个洗得发白的棉衣，佝偻着身躯，像是再也直不起腰似的。他坐在椅子上，只与千临对视了一眼，便挪开了目光。

他的眼睛浑浊，像是有一团散不开的迷雾。

千临与千山来都不是热络的性格，两人相对无言了好一会儿，他才问了第一句话：“你男朋友？”

“叔叔，你好，我叫郁延川，千临的男朋友。”郁延川说道。

千山来动了动嘴唇，似乎想说什么，最后只重复了一句他这些年说得最多的话："你好不好？"

"很好，我一直都很好。"

千山来点点头，探视时间还未结束，他便起身要走。

"爸！"千临忽然喊住他，"你放心，我会找到妈妈，一定会。"

"不！别找了！"千山来背对着千临，她看不清他的表情，或许是很少说话，他的声音像是被沙砾磨过一般的喑哑，"你不要找了！这么多年都没有找到，你还不死心吗？阿临，不要再找了，也不要再来了！好好过你的日子，我不会再见你了！"

"爸……"见千山来要走，千临一遍遍喊着，他都没有再回头。

从白沙监狱回来的路上，千临一直没说话，直到车开到了公寓楼下，她才忽然叫了一句郁延川的名字："我要找到她，你会帮我吗？"

"会，只要你需要我，我都会帮你！"郁延川看着她，没有丝毫犹豫地说。他知道，苏想容是千临内心的结，一天没有找到她，她一天不会放弃。且孙晓岚过世后，千临的情绪一直不稳定，虽然她没有说，但他可以感受得到。

爱一个人的时候，她的轻微情绪波动，于他来讲都是狂风暴雨。

只是，他没有想到，千临的方式会这么极端。

自孙晓岚过世后，千临对找到苏想容这件事越发执着。虽然这么多年的每一天她都在寻找，但这一次，她几乎是倾尽所有，不顾一切。

孙晓岚走了，但她并不是孤军奋战，"破晓"的每一员都在和她一起努力，无论是知晓内情的周银银，还是对千临过去一无所知的方知鱼，都在为了她而努力。

只是，要找到一个失踪十三年的人，难度太大了。

苏想容的照片在多年之后再一次在各大寻人网站上刷屏，千临甚至委托林小圆哥哥林大方的同事——市局刑侦绘画大师——根据苏想容的照片进行模拟画像，塑造出她这个年龄该有的模样，发布到全国各地。

只是，在这份寻人启事里，千临没有放上苏想容的名字。

苏想容的户口已被注销，在法律上她已被认定为死亡。

每一天，千临的电话都响个不停，但凡听到志愿者说哪里找到流浪女，哪里遇到未明身份的精神病人的信息，她都会不顾一切地赶过去。

这一次，她连夜开车去了云海，因为听闻云海人民医院在三年前接收了一名因车祸而变成植物人的女子。年纪与苏想容差不多，样貌姣好，至今还未找到家属。其实，那名女子已在医院躺了三年，晚一天赶去也无妨，可是千临一刻也等不了了。

郁延川刚下夜班，听闻千临要开夜车，买了两杯热腾腾的黑咖啡，便将千临赶下驾驶座，自己开了车。

千临看着郁延川疲惫的神色，有些不忍："我自己去就可以，反正……"反正不一定是她，不一定能够找得到。

"我陪你，无论失望还是欣喜，还是需要人来分享。"郁延川的声音很淡，就像春日的阳光，温暖而柔和。

他不擅长说情话，可每一句都深入人心。

那一天，他们赶到云海人民医院已是凌晨五点，天刚破晓，还未到探视时间，他们未能看见那名病人。如今已是二月，春寒料峭，在车上不觉得冷，下了车，寒风飕飕地往脖子里钻。

千临打了个哆嗦，下一秒，整个人被包裹进一件黑色的大衣里——她回头，刚好看见郁延川红着的耳根。他不擅长做这样亲密的动作，又怕千临拒绝，欲盖弥彰地加了一句："我冷，这样暖和一点儿。"

两人就这样裹着一件大衣坐在医院大厅里等待了三个小时，期间郁延川想要去便利店买点儿吃食，却被千临拒绝："不要动，你别走，我不饿也不渴。"那三个小时对千临来说，是漫长又短暂的三个小时。

郁延川的怀抱温暖而柔软，两人几乎没有说话，却令千临觉得安心，那种等待的煎熬，因为有人陪伴而变得容易多了，她甚至打了个盹，睡着了。她还忙里偷闲做了个梦，她梦见了躺在病床上的苏想容，她刚走近，她的监护仪便剧烈地发出声响，千临手足无措，不敢再靠近，直到被郁延川叫醒。

“阿临，醒醒，八点了。”

千临抬头看郁延川，不知怎么地，千临忽然想起久远的从前，那个时候她和郁延川第一次见面，她戒备心十足，而他却单纯得像朵白莲花。郁延川发现她脚受伤，没有犹豫地蹲下身要背她。千临记得，周遭一片黑暗，她却奇迹般地看见他眼中的光芒。

有的人，无论身处何地，身上都带着光。有那么一瞬间，千临忽然觉得疲倦，她不想再找了，就这样，窝在郁延川的怀中哪里也不去。可是这个念头仅仅是一闪而过，她很快就站了起来。

“走吧。”她不敢再迟疑，害怕自己会丧失前进的勇气。

从接到消息到见到病人，中间只隔了十个小时。

她站在病房门口，踟蹰着没有往前走。

郁延川站在她身后，也没有催促，只是轻轻从背后勾住她的手握住，或许是因为紧张，她的手冰凉僵硬，郁延川安抚性地拍了拍她的手背。

千临深吸了一口气，走到病床前。

因为没有找到家属，都是医院垫付的医药费，护工的护理也不够尽心，整个房间弥漫着一股奇怪的味道。女人躺在病床上，苍白的脸颊深深地往里凹陷，但仍旧能够看出年轻时的神采。

郁延川感觉千临的手在自己手中缩了一下，然后她摇摇头，说不是。

她的声音听不出情绪，没有失望，也没有庆幸。

回去的路上，两人就谁开车的问题起了争执。

千临想自己开，他却怎么也不让：“你情绪不稳定，不行。”

千临倒是没看出自己怎么情绪不稳定，反倒是郁延川上了夜班，又开了五个小时车，现在没有怎么休息又要出发，算是疲劳驾驶吧！

两人都固执己见，谁也没有说服谁，最后千临索性将车钥匙一拔：“不回去了，去酒店！”

“酒……酒店？”

“对，睡一觉再回去。”

“睡……睡一觉？”

千临看着他：“你想到哪里去了？”

郁延川拼命地摇头，撇清自己脑海中的奇怪念头：“没有，没有，我没有想那些乱七八糟的东西。”可他脸上明晃晃写着“乱七八糟”四个大字，红晕就是最好的证明。

云海是博陵附近的小城市，不及博陵与南泽发展迅猛，仍旧保持着古朴的外貌和缓慢的生活节奏，城区最好的酒店也不过三星，而且生意萧条。虽然两人已是情侣关系，但郁延川欲盖弥彰地准备开两个房间，倒是千临坦荡：“双人房。”

郁延川有些紧张：“一个房间？”

“怎么，你怕我吃了你？”

“不不不。”郁延川慌乱地摆手，千临越看他越觉得可爱，伸手在他脸上掐了一把，觉得自己调戏郁延川调戏上瘾了。

酒店虽是三星，环境却堪忧，比一般快捷酒店还糟糕，豪华双人房的窗户竟然不能开，热水也是一下子冷一下子热。

千临什么样的大风大浪没有见过，这样的房间对她来讲已经算是不错的了，她曾经送失踪者回家，还住过农村的柴房呢，就垫着一块破布，累到极致也睡得香。至于郁延川，虽是家境优越，但身为麻醉医生，算是与手术室结了婚，席地而眠是常有的事。

是以两人都没发表怨言。

千临说：“我先去洗个澡。”

郁延川面不改色地端坐着，努力不在她的调戏下破功，可耳根又不争气地红了。千临洗完澡出来，郁延川已经坐在沙发上睡着了。他应该累极了，外衣也没脱，直挺挺地坐着，眼睛却是闭着的。

千临带着一身热腾腾的水汽，蹑手蹑脚地走近，她原本是想闹一闹郁延川的，可看着他疲惫的眉眼，却不舍得了。

他的眉毛又浓又密，鼻梁又高，皮肤白净得没有一丝瑕疵，精致得像是从电影里走出来一般，千临轻轻地伸出手，想要碰一碰，到了一半，又收回，这么好看，碰坏了怎么办?

可转念一想，这是自己的男友，碰一碰怎么了！她恶向胆边生，朝他伸出手了，手还没碰到他的脸，郁延川却蓦地睁开了眼。

“那什么，我……”她还没想好解释的说辞，郁延川已经伸手抱住了她：“阿临，别动，让我抱一抱，抱一下就好。”千山来叫她“阿临”，孙晓岚叫她“阿临”，办公室老大姐周银银也亲切地叫她“阿临”，可是这两个字到了郁延川口中，却变得不一样了，那样温柔缠绵。

他估计还未完全清醒，声音带着浓浓的鼻音，千临原本还在挣扎，听到这声音，心一软，就任由他抱着自己，结果郁延川下巴靠在了她肩膀上，又睡了过去。千临心情还未缓和，又被郁延川紧紧抱着，她想着就等他睡醒吧，结果没几分钟，她也觉得困倦，就这样和他靠在一起睡着了。

也不知道过了多久，迷迷糊糊间，千临感觉郁延川将自己抱上了床，又小心翼翼地帮自己掖好被子。她将醒未醒，听见郁延川的手机响了，他忙走到了洗手间，压低了声音接电话。千临听着他对着那边解释什么，应该是同事打来的。她没有再睡，起身的时候刚好听见他说：“很重要的人，很重要的事，所以很抱歉，要麻烦你帮我值班。”

“很重要的人”，千临听到这一句，赶紧又回到床上闭着眼睛装睡。

被当成重要的人，这种感觉实在是太美妙了。

带着这美妙的心情，她又睡着了。这一睡就到了晚上。

她最后是被郁延川叫醒的，她实在不想起床。他说要起来吃点儿东西，虽然精神上不饿，但是身体已经到了极限，不吃点儿东西，怕半夜会不舒服。他说如果不想动，他去买吃的上来，但是一定要起来吃。

千临觉得他有些吵，猛地起身，趁着他猝不及防时亲了一口，然后钻进了洗手间洗漱。

再次出来的时候，郁延川已经换好了衣服，正襟危坐地等着她。

酒店楼下便是云海有名的步行街，两人换了衣服下楼。

正值周末，步行街都是三三两两的年轻男女，买了各种各样的小吃，边走边吃。

千临整个青春时期都忙着找苏想容，没有朋友也没有闲钱，所以没有这样的经历。郁延川从小在郁金辉与戴月的严格教育下，压根儿就没吃过路边摊这样的东西，两个人在拥挤热闹的人群中，带着一点儿老土的稀奇。千临原先不觉得饿，这会儿看着铁板鱿鱼、臭豆腐、麻辣烫、锅盔以及各式各样的糕点，肚子直抗议，果然还是要听郁医生的。

“你想吃什么？”

“我什么都想吃。”她的选择障碍又犯了，总觉得这看起来不错，那看起来也好吃，只是胃就这么一个，难以做出抉择。

“那你什么都买一点儿，我们一起吃。”郁延川看着不远处穿着校服的学生，他们正一人一个咬着冰糖葫芦，看起来就好吃。

于是千临就从街头走到巷尾，一路走一路买，咬了一口烧饼，觉得不大合胃口，就递给了郁延川。

郁延川活了二十多年，还没有在街上吃东西的经历，也没有和谁分食一个饼的经历，想了想，还是学着千临的样子狠狠地咬了一口，却被溏心烫了嘴，唇都红了。可是他还是一口一口地吃完了。

他吃东西的样子很斯文，一个脆的糖烧饼，他竟然吃得干干净净，没有一点儿渣子落下，即便是站在这喧闹嘈杂的马路边，吃着一个几块钱的烧饼，他仍旧与这个地方格格不入。郁延川吃完了烧饼，才发现千临一直看着自己，他有些不好意思：“看什么？”

“看你好……”可是那个“看”字没有成功出口，千临的目光忽然直直地定在前方，“郁延川，你看看，那是不是我妈妈？是不是我的妈妈？”她像是用尽力气才从喉咙里挤出这个声音，与此同时，她的眼睛不受控制地红了。

郁延川顺着她的目光看去，那是个五十岁左右的女人，正站在路边的公交车站等人，眉眼与千临耳后的文身如出一辙，只是苍老了不少。

他还没来得及细看，女人已经上了公交车，下一秒，千临朝着她的方向冲了过去。郁延川赶紧跟在了她身后。

后来，千临想，世界上每一件事都是冥冥中注定的。

他们都是这人生中的棋子，按照老天的安排行走，无法随心所欲。好几次，你自以为脱离了掌控，可绕一圈，还是回到了原地。

一次次地欣喜，一次次地失望，直到你练就铜皮铁骨，百毒不侵。

千临没有追上那班公交车，它载着那个酷似苏想容的女人离去，千临像疯了一样在大马路上追着公交车跑，眼看着公交车越开越远，她一紧张险些摔倒。

“阿临，阿临，别追了！”

“那是我妈妈啊郁延川，那是我妈妈……”她激动得语无伦次，“你看见了吗？那是我妈妈！”

“阿临，你别紧张，我们坐车去追，这是11路公交车，我们可以看站牌，看它在哪个站停靠，你别紧张！”

他们拦了出租车，沿着公交车的线路追了上去，追了两个站，千临终于看到了车牌，她还在担心她会不会已经下了车，好在那个女人仍旧坐在车厢的最后一排，似乎正在发呆。

千临看着她，忽然涌起了一种特殊的情感。

她这些年拼了命去找寻的人近在眼前，可这一刻，她却有些胆怯。

11路公交车一直开到了最后一站，他们乘坐的出租车就这样不远不近地跟着，司机是个话痨，一路上都在絮絮叨叨，可千临一句也没听见。

直到他们下了车，他才神秘兮兮地拉住郁延川：“你们是警察吗？我不收你们钱，到时候可以给我个好市民嘉奖吗……”

话没说完，郁延川已经将打车钱塞进他怀中，转身追上千临的步伐。

千临远远地看着那女人下了公交车，手里还提着一小袋米，她没有靠近，直到她即将拐进那栋老旧的公寓，千临才忽然喊了一声：“妈妈。”

她的声音在寂静的居民区显得有些空灵，女人顿了顿，却没回头。

“妈妈！妈……”

那女人似乎才意识到有人在叫自己，愣了一下，回头：“你在叫我吗？是不是认错人了？我不认识你。”

千临眼中的光蓦地暗了下去。

那样的表情，郁延川发誓，他不想在千临脸上看到第二次。她看着那个女人，像是要努力使自己的表情不那么难看，可是她失败了。

“妈妈，我是千临！我是阿临啊……你不记得我了？你这些年去了哪里？”她像个小孩子一样，茫然又无助，认真地看着眼前的人，她和苏想容那么相像，可她怎么会不认识自己呢？

可是女人仍旧摇头：“小姑娘，你认错人了！”

“你不是苏想容吗？”

“不是，我叫方华。”方华看着这个泪流满面的小姑娘，不知道她为什么哭得这么伤心，“你别紧张，好好说，你是在找你妈妈吗？”

千临又激动又紧张，方华被她吓得手足无措，郁延川只好将手机递到了方华面前，照片上的人与她简直长得一模一样，可是要比她年轻许多，饶是她自己都吓了一跳，世界上竟然有这么相像的两个人。可是，那不是她。

但千临的目光始终没有离开她：“你这些年去哪里了？爸爸坐牢了，他们说他杀了你，你不是好好地在这里吗？你为什么不回来？妈，你怎么就这样丢下我们走了……”

长久以来的压抑在这一瞬间爆发，千临几乎无法克制住自己，她伸手抓住了方华的手，吓得方华手中的大米都掉落在地。

“你做什么？我不是你妈妈，我只有一个孩子，他在上大学……小姑娘你放开我，很疼！”

可千临没有放开方华的手，反倒箍得更紧。郁延川察觉出不对劲，轻轻地掰开千临握住方华手腕的手。方华一脱离千临的桎梏，便飞快地往楼道跑，连掉在地上的大米都不要了，她边跑边回头看，险些被绊住了脚。

“阿临，你冷静点儿！”千临正要追去，却被郁延川抱住。

“你叫我怎么冷静！那是我的妈妈，她是我妈妈……”千临挣扎着，“我好不容易找到她，我……”

“她在害怕，她在不解和无措。”

郁延川在掰开千临的手的时候，触碰到了方华的皮肤，面对激动的千临，她显得无措，也无助。人的表情会骗人，但内心的情绪不会。

千临被他抱着，终于慢慢地停止了挣扎：“你想说什么？”

“她说她叫方华，她可能不是你的母亲……她完全不认识你。”

“可是，你看过她的照片，她们长得那么像。”千临说，“你不是说她在害怕吗？她害怕我找到她……”

“老城区治安应该不算好，大半夜任谁被一对陌生男女拉住，都会害怕。她和你妈妈是很像，但不是一模一样，阿临，你冷静点儿。”他想要触碰千临，她却缩回了身体。

“冷静？你叫我怎么冷静！”冰凉的月光中，千临在郁延川面前毫不遮掩自己的情绪，她是烦躁的，压抑的，也是痛苦的，“如果有一天你醒来发现你妈妈失踪了，生不见人死不见尸，而你爸被指控杀人，生活发生翻天覆地的变化，你告诉我如何冷静？我已经冷静了这么多年，这一刻，你让我如何冷静？”

“可是，阿临，你有没有想过，你妈……”后面的话太过残忍，他不敢说出口。

“我想过，但我也要找到她，无论生死，我都不会放弃。”千临看着他，坚定地说，“这条路我已经走了这么久，就算是歧路，就算无路可走，我也要继续走下去。”即便孤立无援，即便满身荆棘，她都不会放弃。楼道的灯亮了起来，郁延川听见了远处的骚动，在闹出更大的混乱之前，郁延川拉着千临走了。

她一步三回头，看着那无人的楼道，像是要将它深深地嵌入脑海中一样。原本郁延川和千临准备第二天清晨回博陵，但发生了这事，郁延川知道，千临不可能回去，至少要将整件事弄清楚她才会走。

回酒店的路上，千临一直在絮絮叨叨地和郁延川说话，她太过激动和紧张，需要用言语来缓解自己的心情。

“你告诉我，这不是梦。

“刚刚发生的一切都是真的对吗？

“她除了老了一些，好像也没什么变化，可是为什么我有些慌。”她自顾自地说着，虽然是问句，但并不需要郁延川的回答，郁延川自始至终都紧紧地握着她的手，直到她累了，整个人像猫一样缩在他的怀中。

她现在这个样子可真乖呀，郁延川想。

他们第一次见面，她张牙舞爪，锱铢必较，看起来比任何一个女孩子都不好相处，而熟悉之后，才发现那不过是她的伪装。

看着她红肿的眼，他内心只有一个感觉——心疼。

她说，孙晓岚的这一生，过得太难了。而她从未想想自己，她的这小半生，生离死别都尝尽，她却从未说过一句委屈。

郁延川亲了亲她的头发，将她轻轻地放在床上，又盖好被子。

他没有发现千临悄悄地睁开了眼。

郁延川第二天醒得很早，但几乎是下一秒，他便发现了不对劲——千临的床铺是空的，整整齐齐。不知道她是什么时候离开的。

两人都是轻装上阵，除了一套换洗衣服也没有什么行李，千临的背包还在，人却不知所踪，给她打电话也打不通。

郁延川手忙脚乱地下楼上了车，车刚开出几米，又想起什么似的调转了头，照着记忆朝昨晚的方向走。可是他没有来过云海，对这里弯弯曲曲的道路一点儿都不熟悉，导航也不给力，好几次给指错路，他头昏脑涨地兜了一圈，找了一个多小时，才找到昨天老城区的位置。

结果才下车手机就响了，是派出所打来的。

“请问，你和千临是什么关系？”

“她是我女朋友。”

“那麻烦你来一下派出所，地址是……”

郁延川怎么也没想到，大清早，千临将自己闹进了派出所。

她是凌晨五点出的门，天还蒙蒙亮。她长期做寻人工作，认路水平比郁延川好了不少，一下子就找到了昨天的地方，从五点多一直守到七点，终于等到了方华出现。她跟着她去买早餐，看着她上了楼，看她进了门，又等了半小时，看着她和一个男人出门，正准备远远地跟去，没走几步，就被警察按住了。

警察见多了跟踪狂魔，不是小流氓就是猥琐的中年男人，偶尔也会有一些行为鬼祟想要偷抱小孩的妇女，他们还是第一次遇见这样漂亮的小姑娘跟踪一个阿姨，也愣住了：“你说，是她跟踪你？”

方华惊魂未定，点点头：“这姑娘不知道是不是精神有问题，从昨晚开始就跟着我，非说我是她妈妈，我没有女儿，就一个儿子……”

千临看着她的每一个表情。

说实话，她与记忆中的苏想容完全不一样，她们长着一样的脸，性格神态却千差万别——苏想容爱美，永远穿着漂亮的衣服，一丝不苟，她骄傲，从不会露出无助和害怕的神色，她对生活带着严重的不满，眼尾会微微上挑，带着一点点轻蔑，她如一团火焰，绚烂夺目，也容易灼伤人。

但方华不是，方华美丽，却温和内敛。千临第一眼看见她的时候，压根儿没细想，脑子一热，就跟了上去。她回去一夜未眠，也慢慢冷静，察觉出两人的不同。可是，千临仍旧不想放弃，电视中不是常有出事之后失去了记忆的例子吗？影视源于生活，她会不会也失去记忆了呢？

经历的失望多了，总是忍不住对一些不可能的事物生出奢望来。明明知道不可能，仍觉得奇迹会发生。

可她还没来得及确认，方华已经报了警。

郁延川看到千临的那一秒，悬着的心终于放下。

她很好，没受伤，好好地坐着，除了精神有些恍惚，别的一切都好。

他快步走到她面前蹲下，喊她的名字。

良久，她失焦的眼神才慢慢集中，目光落在他脸上，她太难过了，张了张口，发现自己竟然发不出声音。

“我……”

“别说了，我们先回去。”

方华那边得知误会后并没有要追究她的责任，见他们要走，有些愧疚：“不好意思啊，我……老城区治安不好，前段时间有个精神病人出来砍人，昨天小姑娘又有点儿激动，我以为这是个骗局，故意假装认亲以放松我的警惕好骗钱。我老公担心有危险就报警了。”

她叫方华，不叫苏想容，是土生土长的云海人，公安局可以证明她的身份，她的丈夫孩子都是她的证明。

她拿出了身份证，警方这边也有个热心姑娘调出了方华的户籍证明，千临终于死心了，目光越发黯淡，最后喃喃地说了一句“对不起”。

方华也为人母，看着她失魂落魄的模样并不好受，不放心她这样离开，想起她昨天身边还有个男人，忙让警方要了电话，让他来接人。

千临从方华拿出身份证的那一刻，便一直沉默着，这会儿忽然抬头深深地看了方华一眼：“阿姨，您可以让我抱一抱吗？”

方华一愣，点头。

方华是个普通的家庭主妇，早上还为丈夫煎鸡蛋和打豆浆，身上带着淡淡的油烟味和食物的香气，发梢是老牌洗发水的味道。

这个味道千临很熟悉，她小时候常用，苏想容却觉得不好用，她宁愿几天洗一次头，也一定要用进口的洗发水，每一次都是一点点地用，剩个瓶底也要兑几次水。

她长着和苏想容相似的脸，她们身上的香气却截然不同。方华感觉到脖子上有冰凉的液体落下，她摸了摸，却什么也没摸到。

千临轻轻地放开了她，笔直地站在她面前，诚挚地表示了歉意和感谢，然后和郁延川并肩离开了。

不知出于什么心理，方华忽然叫住了她："小姑娘。"

"嗯？"

"你一定能找到你妈妈的，一定。"

千临看着她笑了笑，朝她挥了挥手。她没有再回头。

当天下午，千临便和郁延川回了博陵。郁医生身为中心医院麻醉科的顶梁柱，请了两天假，整个麻醉科手忙脚乱。蔡予已经连打了四五个电话求老师回医院坐镇，他们被急诊和手术折腾得只剩半条命，平时郁延川连上十几台手术都是常有的事，轮到他们，大家都被压弯了腰，怂恿着郁延川爱徒给他打电话，看看能不能把他忽悠回来。

蔡予知道内情，道："我老师谈恋爱去了。"

"谈恋爱重要，还是我们的命重要？"

对郁延川来说，当然是谈恋爱更重要了，可是蔡予那边一句句"师母"听得他心情荡漾，也懒得去治他扰人假期的大罪，当即道："晚上到博陵。"

"我代表麻醉科全体人员向老师和师母表达爱意，我爱你们！"

郁延川开的免提，千临就坐在副驾驶上，听见这奔放的表白，终于忍不住笑了："你的学生，和你一点儿都不像。"

"一群猴子。"

“瞧你这老气横秋的语气，你才多大，也就比他们大三四岁。他们还叫我师母，都把我叫老了。”郁延川猛地一刹车，千临没坐稳，险些冲了出去。千临好不容易稳住，才发现原来是红灯，郁延川一脸无辜。

“那你愿意做他们的师母吗？“

千临这才发现，这话似乎有些不对：“你这是在向我求婚吗？”

她已经习惯了调戏郁延川，没想到他这次却闷声闷气地接了她的大招：“对，是求婚。阿临，你和我去墨尔本见我爸妈吧，然后我们结婚！”

他不是一时兴起，而是早有图谋，只是找不到合适的时机。从除夕夜两人在机场分别，他就一直想着这件事，他不想只和她在一起，他还想和她结婚，成为她的家人，不让她一个人孤零零的。

这下，词穷的是千临，她不是不喜欢他，不是不想和他在一起：“可是，我们认识才多长时间？”

“我可以确定我的心意。你呢？”他目光灼灼地看着千临，等着她的回答。

千临一时间竟然有些不知所措，还好身后的车忽然鸣笛解救了她：“绿灯了，走吧。”

郁延川看了她一眼，没有再勉强，上扬的嘴角却垂了下去。

对于郁延川的表白，千临除了欣喜、激动，更多的是感激，他那么好，那么优秀，就像一道她无法企及的光，却照进了她的世界里来。

她啊，何德何能。但这种欢喜仅持续了几秒钟，很快就被另一种情绪填满，她担忧，也害怕，却不是不自信。

“等这些事情过去，我就给你一个答复。”千临看着他精致的侧脸，声音不高，但她知道，他听见了。

“好，我等你。”他想，该来的无论迟到多久都会来。只是郁延川没想到，“该来的”没有来，“不该来的”会来得这么快。

从云海回来后，已经过了法定假期，学生们都陆续上学了，郁延希却始终赖在澳大利亚没有回来。

郁延川还以为他想多陪父母几天，晚回来几天也没关系，只要功课不落下就好，没想到接到戴月怒气冲冲的电话：“你弟弟没去上学，你这做哥哥的怎么也不当回事？”

“他不是还在墨尔本吗？”

“他大年初十就回了！”戴月震惊得很，郁延希早就回国了，机票还是她订的，他还每日报告自己的行程，不是在打篮球，就是看漫画，前所未有地乖，要不是戴月的老同学正好是郁延希的任课老师，聊微信时问了两句，她还不知道这事。

郁延川也觉得稀奇，打电话给郁延希，两三句就诈出了这家伙的位置——他回国后，伙同蒋百里两人去了西藏，现在正在回家的火车上。

郁延川不擅长做打报告的事，让郁延希自己和戴月说，结果才过了几分钟，戴月又打来了电话，没想到郁延希这家伙为了保身出卖了他。

“你谈对象也没说？对方是什么人？也是医生吗，还是公务员，或者律师？”

“都不是，寻人队队长。”

“什么？”戴月顿了顿，过了一会儿才道，“我们下个月回国，方便的话，安排见一面。”

“也好，我也有话要和你们讲。”

郁延川想，戴月或许对千临不会太满意，但她那么好，相处久了，他们会喜欢的。就算不喜欢，也没什么关系，反正他喜欢就好，他甚至不用偷户口本就能结婚，当年为了方便，他自个儿另立了一个户口本呢！他过去二十几年几乎从未做过什么叛逆的事，这会儿叛逆因子冒出头来，他已经开始认真地规划，甚至将户口本都找了出来。

只是事情从来不会按照人的想象发展。

将人玩弄于股掌间，是老天最喜欢做的事。

春节过后，博陵政府启动了“创文”活动。

违章搭建——拆；烂尾楼房——重建；下水道和沟渠——疏通。

“破晓”在这浩浩荡荡的创文热潮中也不能独善其身——办公楼下的违章建筑被拆掉了，停车场也被拆掉了，楼下又没有停车位，每天停车要在两条马路外找停车位，再步行来上班，严重影响了大家的上班热情。

房租又涨了，千临在广大群众的抱怨声中上了租房网，准备租个新的办公室改善一下环境，她看了一下价格后迅速地关掉网页：“同事们，天将降大任于斯人也，必先劳其筋骨，劳其筋骨，劳其筋骨！走两步路算什么，现在大家都在运动、养生，我们这是省了去健身房的钱啊！特别是小圆，你……哎呀，扔我做什么？”

千临接过林小圆朝她砸来的砂糖橘，三两下掰开，刚往嘴里送，电话响了起来：“咦，是你哥……”

林小圆一看，果然是：“队长，虽然我哥长得歪瓜裂枣的，但是是个纯情中年男人，他不会是对你动……”

玩笑的话没有说下去，因为她看见千临蓦地沉下了脸。

她像是听见什么极度震惊的事情，瞳孔微微放大，另一只手上的半个橘子已被她捏烂，汁水滴了一手，但是千临毫无察觉。

从接电话到挂电话，整整三分钟，千临仅说了两个字。

一个字是“喂”，另一个字是“好”。

挂了电话，她依旧站着没动，周银银和林小圆对了对眼色，林小圆点点头，拉着石磊和方知鱼往茶水间走。

没走几步，便听见千临对周银银说：“周姐，林警官说好像找到我妈了。”她顿了顿，才艰难地说出后面的话，“她死了。”

林小圆震惊地回过头，正好看见千临把那半只汁水淋漓的砂糖橘丢进垃圾桶，她认真而细致地擦着自己的手：“周姐，我不信，我不信是她。我找了这么多年，我找了那么多人，都不是她，她怎么可能忽然就出现了呢？不是她，不是她……”

“阿临。”

“我不相信，你说怎么可能，博陵就这么大，她怎么可能一直在博陵，直到现在才被他们找到！不可能！”

“阿临，你……”

“我很冷静，我很冷静，我现在好得很，我还要去比对DNA，我要告诉他们，她不是苏想容，不是我妈……”她的声音越来越小，她明明说的是否定的话，却没有底气，她不想承认，心底却隐隐约约有个声音告诉她，或许真的找到了，一个人不可能凭空消失，一定会有找到的一天。

可能是人，也可能是尸体。那具女尸是在博陵西郊的悬崖下找到的。

那荒山没有名字，高而陡峭，还有好几处悬崖，多年来不少人在那边出了事，政府多次严令禁止攀登和野营，前几年还有驴友去冒险，这两年渐渐地也就没有人去了。

创文热潮滚滚而来，通暗渠，开荒山，整个博陵被大起底，因为是政府投入资源治理山林，设备规模都是前所未有的。也因此在深山老林里搜寻到了三具骸骨，其中两具是未完全白骨化的男尸，另一具是女尸。

两具男尸通过法医鉴定，年龄在20到25岁之间，死亡大概两年；女尸年龄则是35到40岁之间，死亡时间超过十年。

警方对比了近年来博陵的失踪案件，很快就确认了男尸的身份，是几年前失踪的两名驴友。而在进行了女尸模拟画像后，警方初步推断是十四年前轰动博陵的出租车司机杀妻案中的女当事人，博陵的电台主持人苏想容。该骸骨上有伤痕，全身多处骨折，头骨更是粉碎性骨折，为致命伤，应该是从高处摔下后死亡，现无法证明是自杀、意外还是他杀。

千临在当天便与尸骨进行DNA比对，因为样本陈旧，要第二天才能出结果。这件事千临没有告诉任何人，她是孤身去的。

在苏想容出事、千山来入狱后，千临成了个皮球，被人踢来踢去，最后跟着外婆生活，那边的亲戚对她都不喜，外婆过世后几乎都断了联系，后来听说舅舅一家都搬走了，现在与苏想容有着直接血缘关系的，整个博陵也就剩下她了。

人啊，无论生前是风光还是落魄，死后都化成了白骨。可是，说来奇怪，千临看到那具骸骨的时候，眼泪忽然就不受控制地往下掉，那蓦地涌上来的悲伤，像冬日迎面袭来的冷风，让她不停地发抖。血脉啊，真是神奇的东西。

在去法医部之前，她否定那是苏想容。

可看到她的那一刻，她知道那就是苏想容——她年轻时出过一场车祸，右腿打了钢钉，那具骸骨上还有明显的痕迹。

第二天，千临去了白沙监狱。她以为千山来会像以前一样拒绝会面，可这一次，她成功地见到了千山来。想想也是，在监狱里虽被禁锢了，却也不是与世隔绝，创文开荒山发现骸骨的事情，在当天就上了博陵各大媒体，警方推断她是苏想容的时候，估计已经先传讯过千山来，他应该早就猜到她为何而来，所以早早就等着她的出现。

或许是没休息好，她看到他更憔悴了，原本就不直的脊梁，显得更弯曲。他一直低头看着自己的手，直到千临先开口："爸，他们说找到了妈妈，在西郊荒山的悬崖下，十三年前她已经过世了……"

"我知道，因为是我看着她摔下去的。"

千临一愣，没想到他会突然坦白："事情发生的时候，你太小，我不敢对你说出真相。后来，看着你东奔西走，我更是不忍心告诉你她不在了，我不想亲手毁灭你最后的幻想。这些年，我不敢和你见面，不敢看你的眼睛，我就怕会忍不住告诉你真相。"

"我没有对她出手，但是我也没有伸手去拉她，所以，我被指控的时候，一句也没辩驳。如果没有我，她确实不会死。"

千山来看着千临，那是他的女儿。十四年前，她还只是个上初中的小姑娘，惧怕苏想容，每次苏想容发脾气，她都老老实实地趴在桌子上写作业，又忍不住偷偷地看向千山来，一脸同情。好几次她还私底下怂恿他："爸，要不我们离家出走吧，我觉得妈该好好反省一下自己，她太凶了。"但苏想容的目光一扫过来她就退缩了，连和他说话都不敢了。

那个时候千山来觉得千临和自己真是太像了，色厉内荏。

后来，千山来和苏想容出了事，千临的成长过程他几乎没有参与，他和她很少见面，因为他无法面对她，可还是忍不住和达叔打听她的消息，偶尔忍不住也会和她见面，在她看不见的地方偷偷打量她。

她从一株飘摇的草长成了一棵挺拔的树，站起来都要比他高了，她的五官越来越像她的妈妈，只是苏想容是艳美，她却带着飒爽凌厉。

那是他的女儿呀，他越看越喜欢，可越看也越觉得心疼。

她从出生起就没有过上几天好日子，小小年纪就要承受生活和命运带给她的折磨。还好，她没有长成和他一样的人。

他清楚地记得，出事的那一天，他因为苏想容那一句"阿临不是你的女儿"失去了理智。现在想想，当时的自己多么可笑，她怎么会不是他的女儿呢？就算她不是他的女儿，那又怎样，反正她叫他爸爸，那些事如果没发生，他们现在还会一直生活在一起。愧疚压弯了他的脊梁，他夜夜失眠，头发也白了大半。这个秘密，今天终于可以讲出来了。

"出事前的一个月，我发现你妈妈不对劲，她天天早出晚归，换了新款的包，还买了不少护肤品和香水，我虽不懂女人用的东西，但也过过好日子，知道化妆品的牌子和价格，她带回家的东西绝对不是当时我们能负担得起的。起初我没有捅破，我只是告诉自己，那是她朋友送的，或者她自己存钱买的，我给不了她的，她自己能够拥有，我应该为她高兴……"自他赌博输得倾家荡产后，他对苏想容和千临心怀愧疚，所以平时苏想容怎么发脾气他都可以忍耐。毕竟，是他亲手毁了这个家，毁了她们的幸福生活。她们没有离开他，已经是对他的恩赐了。

可该来的还是会来。那天同事邀他喝酒，被他拒绝后忍不住出声嘲讽：“你在这累死累活，一分钱不舍得花又怎样，你老婆天天打扮得花枝招展在外面和男人鬼混！”千山来猛地回头，闷声给了他一拳，两人扭打在一起，在那混子的口不择言中，千山来的心慢慢地沉了下去。

他说的可能是真的。

千山来回了家，苏想容还没有回来。他安抚了千临，让她好好睡觉，然后抽了根烟，正准备出去，苏想容却回来了。屋里没开灯，苏想容被他吓了一跳：“你不睡觉，在这里干什么？”

“等你。”苏想容美丽的脸在黑暗中有些邪魅，她忽然顿了顿，说，“正好，我也有话和你说。”她说这话的时候，带着难得的平静。

这么多年来，她对他总是不耐烦，他不是不知道，可是他从未埋怨，是他毁了她的生活。这会儿，苏想容这么平静，他忽然有些心慌。果然，她说：“我们离婚吧！”

千山来猛地提高声音：“离婚？”

“别吵醒阿临，我们出去说。”她出了门，坐上了千山来的车。附近都是居民区，千山来和苏想容不想打扰别人，去了宝山湖。

那个混子嘴巴虽脏，却没有说谎，苏想容最近都和一个男人在一块。

“他是我的初恋，后来我们分开了，他去香港发展，现在过得很好，想要接我和千临一起过去生活，他承诺会对我和阿临好。”

千山来怔怔地看着自己的妻子。苏想容面无表情，不像在开玩笑：“这些年我太累了，不想和你一起过了。”

出事那一年，他其实提过离婚的，可苏想容却不愿：“他们都说我拜金才和你在一起，我现在离开你，不是如了他们的愿？我不走，也不分手，就算死，我也不让人看笑话！”

因为这句话，原本自暴自弃的他终于放下面子去开出租车。他的女人愿意跟着他，他还有什么资格和借口不努力呢？他已经犯了无法挽回的错，只能尽量去弥补了。

可是，现在她却告诉他，她太累了，要带千临走。

“不，不可以，我不会让你走，也不会让你带千临走！”

“你凭什么？这些年，我的付出还不够吗？你要怎样才肯让我走？阿临都十三岁了，马上要读高中上大学，我过得不好就算了，我不能让我女儿也过得不好！她不应该过这样的生活！”苏想容这次十分坚定，“我一定要带她走！”

她说完便要走，千山来被愤怒冲昏了头脑，扯着她的头发将她塞进了车里：“我不会让你走！”

“你竟然对我动手！”苏想容没想到千山来竟然对她动了手，她拼命挣扎，仍旧被他塞进了车后座，挣扎间，她的头磕到了后座上的折叠书桌，当即血流如注——那是千临的桌子，家里地方不大，她一直在餐桌上写作业，随着年龄增长，餐桌越坐越不舒服，她懂事得很，说买个折叠书桌就好了，才几十块钱，却可以用很多年。

千山来开着车，没注意苏想容受了伤。他被愤怒冲昏了头，他想，他就算死，也不会让苏想容走。

“你要走，除非我死！”

“那你就去死吧！”他听见苏想容冷冷的声音，回过头才发现她磕破了额头，满脸都是血。

千山来吓了一跳，将车子熄火。下了车手忙脚乱地拉着她，帮她擦血，可是苏想容却一脸决绝：“我以为你只是窝囊，但至少还是个男人。没想到你还打女人，你连男人都不算！”她说完拔腿就跑。

车已开到了西郊荒山，这边陡峭又荒芜，苏想容估计也是气昏了头，头也不回地往里冲，两人一前一后，很快就过了警戒线，苏想容终归是个女人，怎么可能跑得过千山来，很快就被抓住。

苏想容死死地瞪着他。她额头上的血已经不流了，却十分可怖。

千山来的愤怒还未消退，一下子也不想解释了："是你的错，我没有错！"

"对，赌博也是我的错！欠了一屁股债也是我的错！都是我的错！我最大的错就是认识你千山来，毁了我的人生！这是我最大的错！劳烦你放过我，放过阿临！我们会消失在你眼前！"

千山来看着她美丽的眼，知道这一次和以往不一样，苏想容是真的想离开他了，他又怒又慌："你是我老婆！阿临是我女儿！我为什么要让你们走！不可能！我死也不可能，你们要走，我一定拉着你们同归于尽！"

他说了很多话，也骂了起来，连自己都不知道自己说了啥。直到他听见苏想容说："阿临不是你的女儿，她不是！她是我和别人生的，你还要继续当个傻子帮别人养女儿吗？"

"你说什么？"

"我说，阿临不是你女儿……"话没说完，苏想容就挨了千山来一巴掌，这巴掌他用了极大的力气，她先是一愣，然后急了，发疯一般朝他冲了过去，与他厮打在一起。

已经过去了十几年，后面的事情，千山来记不清了。

他只记得苏想容不慎摔下去的那一刻，他想要去拉她，却被她满眼的恨意钉在了原地，仅是这一犹豫，她已经摔了下去，她甚至没有来得及发出尖叫。千山来吓疯了，喊了无数次她的名字。可是，回应他的只有他自己的回声。荒山悬崖有多高，没人知道，千山来几次要下去，都找不到路。直到天蒙蒙亮，他借着光往下望，什么也没看见。

没有苏想容，只有一片密密麻麻的葱郁的林木和尖锐的山石。

后来无数次深夜惊醒，千山来都在想，如果当时让她走，是不是就什么都不会发生。苏想容现在仍旧好好地活着，他的阿临也不至于在风雨里飘摇这么多年。可是，这个世界从来都没有如果。

千临没想到自己追寻了这么多年的真相，到头来只是一个笑话。

这些年，她始终不相信苏想容死了。苏想容性格张扬，说话恶毒又刻薄，对千临来说，苏想容比起沉默木讷的千山来实在是可怕太多，所以她从小和她都不甚亲近，而是更喜欢千山来。

千临以为苏想容是不爱自己的，觉得她是一个累赘，绑住了她和千山来。千临从未想到，在她看不见的地方发生了这么多的事。

这些年她没有一刻不想找到苏想容，好帮千山来洗脱冤屈。她每一次来都和千山来说自己寻人的进展，无论他回不回应。

可是他的沉默，不是因为失望，而是因为内疚，因为知道千临永远也不可能找到苏想容。

她以为，苏想容厌倦了她和千山来，离开了他们，不想回来了。

她以为，苏想容或许是出了意外，失忆了，所以没办法回来。

她以为，苏想容会不会是被人禁锢了，失去了自由，无法回来找他们。

她做了千万种假设，将苏想容的照片文在了身上满世界地寻找她，没想到她居然死了。在十几年前就已经死了。而千山来是最后一个见到她的人，他知道她在哪里，却从未说过一句。

她啊，一直将他摆在受害人的位置，却从未想过事情的真相是这样的——他目睹了她的死亡，却没有救她。千临听着他一字一句地说着，几乎喘不过气来，她按着自己的心脏，觉得它疼得就要裂开了。

探视的时间已经到了，她跌跌撞撞地起身，千山来察觉到她神色不对劲，起身想过去扶她，却被玻璃阻隔。下一刻便看见千临忽然倒了下去。

千临倒下的那一刻，看见千山来拼命地拍着玻璃，他的声音从扩音器里传了过来——

“阿临，对不起，阿临……”

“阿临你怎么了，你没事吧……

“救救我的女儿啊，求求你们救救她。”

人生真是太难了。千临想，她这十几年来的奔波与寻找，都是无用之功，都是纯粹的笑话。

那是她第一次感到绝望。苏想容出事时，她没有绝望；千山来入狱时，她没有绝望；被人欺负侮辱时，她没有绝望；孙晓岚过世时，她没有绝望。这一刻，她的心终于冷了，对千山来，也对自己。

千临感觉自己睡了漫长的一觉，却没有做梦。

都说浮生若梦，若真的只是梦一场那倒好了，梦中无论发生什么，都没有关系，反正再睡一觉，前一夜的梦便都烟消云散。

千临醒来就看见一片雪白的天花板。她还躺着，虚弱无力，连转头看看周遭的力气都没有。她索性睁着眼睛躺着，忽然听见蹑手蹑脚的脚步声，然后是一阵咋咋呼呼的男声："哥，哥，队长醒了！"

那是郁延希的声音。

很快，她又听见一阵急促的脚步声，郁延川的脸忽然在她眼前放大。他看起来和以前有些不一样了，千临盯着他看了好久，才发现他没有刮胡子，下巴和嘴唇上都是青色的胡茬。

郁延川见她目光发直，有些担忧："阿临，你还好吗？"

郁延希的声音及时插入，不肯落后："哥，你看队长这样子，是不是失忆了呀！"

千临倒是希望自己失忆了，但明显不是如此，她很快知道了自己是在郁延川的房间，郁延川先前生病时她来过，连床单都还是那一套。

"我睡了多久？"千临问。

一直等着看好戏的郁延希叹了一声"哎，电影里不是这样演的"，就无趣地出了门，他才不喜欢做电灯泡。

"两天。"

"什么？"

"你在监狱里晕倒了，被送到医院做了一番检查，人无碍，给你挂了点滴。我没你家的钥匙，所以想想还是将你送到我家来。"

千临“嗯”了一声，才看见桌面上有个文件。

“林警官拿来的，让我拿给你。”

千临不用看也知道那是DNA鉴定书，这东西现在已经毫无意义了。她再次闭上眼睛，却听见郁延川说：“阿临，别睡了，起来吃点儿东西。”

千临没有动，她仍旧闭着眼睛，想要再次入睡，即便知道很难。醒着要面对太多，睡着就什么事也没有了。

千临就这样昏昏沉沉地睡了好几日，像是做了一场漫长的梦。

说是梦，倒不如说是记忆的倒带，她不停地看见小时候的自己。

她看见自己穿着小背心坐在家中的小矮凳上做作业，千山来从外面回来，像变戏法一样给她变出一根冰棒，她接过来，刚撕开包装就被化开的糖水淋了一身——天气热，冰棒早化了。千临又伤心，又愤怒，想哭，却被他一把捂住嘴：“别哭，你一哭你妈又该骂我们了……”结果话没说完，苏想容已经站在了他们身后。

苏想容一边骂人一边给她洗被弄脏的校服，末了又翻出千山来的白衬衫，小心地搓洗袖子和领口，嘴上却不留情：“这么不爱干净，还要穿白衣服，我生来就是给你们父女折磨的！”她嘴上骂着，手上却洗得认真，纤长细腻的手上有好几处还破了皮。

她看见自己被苏想容牵着走在马路上，一辆车忽然撞了过来，苏想容紧紧地将她护在怀中。满地都是苏想容的血，她却不知道苏想容哪里受了伤，她吓得直哭，苏想容狠狠地喝住她：“哭什么，快给你爸打电话。”

千山来来得很快，看见苏想容满腿血的样子吓得脸都白了，抱起她就往最近的医院跑，跑出去好几米远才想起千临，扭过头冲她道：“阿临，你能不能站起来，妈妈受伤了，爸爸没办法抱你……”千临抬头看千山来，他眼睛都是红的。

很奇怪，这些年里，她一次也没有梦见千山来和苏想容，他们却在这短暂的几天里纷至沓来，交替入梦。

千临甚至分不清那是真实发生过的，还是她虚拟的梦境。

她是被郁延川叫醒的，醒来时一身冷汗。千临这些天没落过一滴泪，这一刻终于哭了出来。

“郁延川，我错了，原来我妈妈真的死了，我可能一辈子都摆脱不了杀人犯的女儿这个身份了，虽然人不是他杀的，可是她还是死了。而我还可笑地寻找了这么多年。”

她闭着眼，喃喃地说着。郁延川慢慢在她身边坐下来，从被子里握住了她的手：“你不是杀人犯的女儿，你是千临，是我的爱人。”

听着郁延川的安慰，千临昏昏沉沉地又睡着了。待她终于从这大梦中清醒过来，已经过了许多天。

郁延川以“她身体还未好”“郁延希功课需要人辅导”“奶牛需要帮忙”等理由一次次留住了她。为了证明自己没有居心不良，他主动搬到了客卧，将主卧让给千临。

千临自然知道这些理由是郁延川笨拙的关心。

她没有执意要回家，事实上，熊猫公寓也只是一个落脚点，压根不是她的家。虽然这么多年一个人住她都从未害怕过，但这一次，她却不想回到那空荡荡冷冰冰的房子。

这些年千临全靠“找到苏想容”支撑着，而现在苏想容早已死去，她所铸造的梦轰然倒塌，整个人也随之倒下，颓靡且消极。

她想为千山来请律师帮他翻案，千山来却拒绝了——他被判无期徒刑，但这几年表现良好，已减刑好几次，现在只剩下一年不到的刑期。苏想容不是他亲手推下去的，却也是因他一时的恶念而死，他不觉得自己无罪，所以从未为自己辩护。

确认骸骨是苏想容后，警方结了案，将她送到殡仪馆火化。千临没有给她举行葬礼，只是托人将她的骨灰撒入大海，她是渴望自由的人，她不应该被禁锢在那狭小的骨灰坛里。

做完这两件事后，千临便没再踏出郁家的大门。这些天她几乎都是睡了吃，吃了睡，偶尔会走出房间在客厅坐一会儿，看一会儿电影。

或许是得了郁延川的吩咐，郁延希卖力地逗着千临开心，一部接一部地放着喜剧片，又和蒋百里买了不少零食堆在千临面前，说："这是我最想拥有的醉生梦死的生活，好好享受吧！"

千临不忍心拂他的好意，躺着吃零食看电影，结果没多久，又昏昏沉沉地睡去。

下班回来的郁延川把她叫醒："阿临，你怎么睡在这里？"

"困了。"她看了一眼外面的天，已经黑了大半。

"回房间睡。"

她刚起身，郁延川又喊住了她，把拖鞋放在她脚下："穿个鞋子。"

他刚从医院回来，应该是刚下手术，淡淡的沐浴乳香气轻飘飘地钻进她的鼻腔。千临一愣，想起前两天他下班回家给她买了粥，她才吃了几口就都吐了，从洗手间清洗完出来正好听见郁延希在问他哥："你今天有手术啊？身上一股血腥味。"

郁延川平时下手术都会洗完澡再回家，这天火急火燎地回来却收获了千临的一脸菜色和弟弟的嫌弃。他闻了闻自己的衣服，然后钻进了浴室，再出来的时候已经洗好澡，手里拎了一个袋子——这套衣服，他连洗都没有洗，直接扔了。

千临有些不好意思，自己鸠占鹊巢，事还多得很。

这大半个月，千临一次也没回"破晓"。

她感觉一直以来支撑着自己的力量消失了，她再也站不起来。她变成了一只蛹，用厚厚的茧包裹住自己，别人进不来，她也出不去。

"破晓"的同事们组团来探望过她两次，估计是编外人员郁延希泄露了秘密，她关了手机，他们竟然还能找到星湖水岸。千临开门的时候被这一大群人吓了一跳，连方知鱼这种从不参加集体活动的社恐患者都来了。

一群人提着大包小包，林小圆带来了花，周银银买了周黑鸭，石磊帮方知鱼提了一大袋滋补药品。千临看得眼皮直跳，她又不是得了什么重病，燕窝人参都送来了。

石磊忙道："都是方知鱼从家里拿来的，别人送的，不要钱。"

方知鱼认真点头。

一行人浩浩荡荡地过来，和她看了一下午电影，压根就没有提到让她回去的事，反倒是千临绷不住："你们都出来了，办公室有人吗？"

"有两个实习生。"

"不用出外勤吗？前几天有个孤女来博陵寻亲，你们找到她的家人了吗……"千临刚问完，又讪讪地收了声，她已经决心不理会'破晓'的事情了，这会儿却忍不住插手。

石磊说："周姐说让你放个假好好休息，不和你提"破晓"的事。"

他们说不提，便真的不提，饶是千临旁敲侧击，也没有再说一个字。

他们兴高采烈而来，最后却被千临赶走。郁延希放学回来还在奇怪："队长你为什么赶他们走？"

"好几个案子到现在都没有消息，昨天还有个老人走失，好像是南泽人，现在还未找到亲属，他们却还在这里喝茶聊天……"

"你原来有关注寻人软件和内部群啊，我以为你都退了。"

千临一怔，才发现自己说好不理会，却又不自觉地将自己融入其中。

她讪讪地回了房间，忽然觉得有些空虚。

郁延川工作忙，前几天为了照顾她已经请了好几天假，又和同事倒了班，这几天几乎都是夜班。郁延希也忙，要上学要谈恋爱，他和蒋百里还是"破晓"的志愿者，偶尔还要出去寻人。

千临在房间辗转反侧，一直没有睡着。

忽然听到门外有响动，她忙起身，出去一看，发现郁延希穿戴整齐，正要出门，她问他：“大半夜的你去哪里？”

“上次有个少年离家出走你记得吗？他又失踪了！”

千临点点头，那个少年才十五岁，叫徐巍，据他的父母和邻居说，他叛逆又冥顽不灵，偷了家里的钱跑了。上次“破晓”找到他后，将他送回家，才发现徐巍被父亲家暴了许多次，“破晓”当即联系了居委会和妇女儿童保护组织协调处理，他们对徐巍父母进行了教育，徐巍也回了家。没想到这才过多久，他又失踪了。

千临心里咯噔一下，忙道：“我估计他又被家暴了。先报警，然后在志愿者群发布消息，找到徐巍后不能让他的父母和他接触，先联系妇女儿童保护组织。”千临边说边回房间换了衣服，“你等我，我和你一起。”

徐巍是周日下午离家的，离家时身穿校服和拖鞋，身上没有钱。

他应该是再一次被家暴了，才会心灰意冷地离家，这会儿情绪应该处于崩溃的边缘。一定要尽快找到他，否则还不知道会发生什么事。

“破晓”的志愿者已经将整个博陵的网吧、游戏厅都找了一遍，没有找到徐巍。周银银去了他住在乡下的奶奶家，也没发现徐巍的踪迹。千临与郁延希去了海边、江边，又联系了警方，但并没有发现有人自杀或落水。千临开着车与郁延希绕了大半个博陵，都没有找到人。

天将破晓，千临忽然想起了什么：“你上一次离家出走，怎么会和那些流浪汉混在一起？”

郁延希有些不自在，不知道千临为什么忽然提起这茬：“就……就是没地方去，又冷又饿，天桥边那几个叔叔一直劝我回家，我不回，他们就给了我一个面包，然后……”他忽然意识到什么，“走，往右……”

徐巍和郁延希一样幸运，遇到了天桥下那几个好心的流浪汉，他们找到他的时候，他正裹着报纸睡觉，与先前的郁延希如出一辙。只是，他比郁延希要惨得多，浑身都是伤口，整个人瘦瘦小小的十分可怜。

徐巍刚被叫醒，眼神有些迷茫，待反应过来想逃，却被郁延希一把捞住：

"别跑！"

"放开我，我不回去！放开我！"

"别跑，我们帮你报警了，你乖乖听话，破晓这边会给你找免费法律援助。"千临的声音在灰蒙蒙的晨曦中很是坚定，"徐巍，你所承受的我们都知道，现在只要你愿意，我们就可以帮助你。"

徐巍慢慢停止了挣扎，转头看千临："真、真的吗？"

"真的，相信我。"

徐巍慢慢卸下眼中的戒备，终于坐上了千临的车。千临没有直接去警局，而是开车去了中心医院。

千临这些天以来的痛苦和烦躁，在这一刻竟然慢慢地消散了。找到苏想容是她加入"破晓"的目的，但绝不是它的全部意义。

公益寻人所带来的快乐与成就感，是她在别处永远无法得到的。

郁延川值完夜班正准备回家，结果一出办公室便看见了千临。他先是一怔，以为自己疲劳过度出现了错觉，可揉了揉眼睛，她仍在那里站着。

"你怎么来了？"

这段时间千临的状态并不好，几乎不怎么出门，这会儿看起来虽然有些疲倦，却不再是两眼无神、精神恍惚的模样。

"送人来医院，顺便接你下班。"千临大清早打电话把石磊从被窝里拖出来带徐巍体检，她自己则假公济私来接男朋友下班。

回家路上，郁延川不停地打量千临，导致她都没法好好开车。趁着等红灯的空当，她忍不住问："你看什么？"

"看你。"

"为什么看我？"这段时间千临看了不少高甜偶像剧，一般被这样问男主角都会说"看你好看"，而郁延川不走寻常路，他说："你每天睡这么多个小时，为什么黑眼圈还是这样重，是不是没睡好？床不舒服吗？"

“还好。”

“如果不舒服，我帮你换个床？”

一直坐在后座假装睡着的郁延希忍不住眼皮一跳，他哥这样也能找到女朋友，真是太不容易了。千临估计也没想到郁延川语出惊人，她沉默了一会儿，女流氓的本质还是忍不住爆发：“床倒是挺舒服，就是有点儿冷，你要不要……”

“现在都要入夏了还冷？我回去给你添个被子。”

郁延川也不知道自己说错了什么，他听见弟弟在后座唉声叹气，而千临直到回了星湖水岸，都没有再和他说一句话。

千临在颓靡了大半个月后终于回到了“破晓”，整个办公室欢呼雀跃，犹如过年。方知鱼激动得无法表达自己的心情，连连在群里发了十来个烟花的表情包刷屏。毕竟，“破晓”永远人手不足，她又是一人顶十人的千队长。她的回归，大家都轻松一些，至少多了一个人值班。

林小圆神秘兮兮地将千临拉到一边，她还以为她要说什么机密，没想到她问的却是：“郁医生那么帅，睡觉打不打呼？”

“啊？”

她瞪圆了眼睛：“你们都同居了，难道没有睡一个房间？天啊，队长，你自制力未免太好了吧，那么盘儿正条儿顺的一优质男人，你竟然能够和他同住一屋檐而没有兽性大发，我真是太佩服你了！”

林小圆声音极大，整个办公室的人都看了过来，就连方知鱼都握着拳头用力地点了点头。

千临尴尬起来。她原本是准备搬回熊猫公寓的，但郁延川以各种理由留住了她。好吧，她其实也不想搬。

与喜欢的人住在一起实在是太美好了。

每天早上他们一起上班，下了班千临会去医院接郁延川，和他一起蹭食堂的员工餐，再开车回家。郁家的家庭影院从前无人欣赏，自千临搬进来之后使用率大大提高，两人逛了商城，买了水果，就躺在沙发上看家庭影院，放几部国内外爱情片。郁延川以为女孩子都喜欢看爱情电影，却没想到千临更喜欢看恐怖悬疑片。

两人依偎在一起，千临看着看着就睡着了。入了夜，她估计觉得冷，整个人都窝在他的怀中。

郁延川觉得自己不能乘人之危，却还是忍不住低头亲了亲她的脸，这一亲，却让他食髓知味，忍不住再次低下头。

千临觉得脸颊有些痒，迷迷糊糊睁开眼，便看见郁延川的脸。

黑暗中，他的眼睛亮得吓人，呼吸急促，头发也有些乱，就那样目光灼灼地看着她，几乎要将她吞噬。

在他吻下来之前，千临已经迎了上去。

后面发生的事情，千临已经记不大清了。她迷迷糊糊地被郁延川抱到了房间，还听见他小声地嘀咕："怎么瘦了这么多。"

她还没来得及为自己辩驳，他已经欺身压了下来……

再次醒来，天已经大亮，郁延川不在。自己被他用被子裹得严严实实，看来她那句"冷"已经在他内心扎了根，不把她闷死不罢休。

千临出了房间，正好听见郁延希正对他哥追问不休："我昨天不在家，你就睡到队长的房间去了？"

"那是我的房间。"

"你不是住客房吗？"郁延希一脸促狭，"没想到你是大尾巴狼。"

郁延川心情颇好，被弟弟逼问也没生气："被子湿了，睡不了。"

他说完刚好看见千临，脸一红，手一抖，整杯水就泼在了被子上。

这下真的湿了，他倒是可以名正言顺地搬回自己的房间了。

千临盯着他那张正义凛然的脸，总觉得他是故意的。

# 第九章

# 蓝精灵

如果余生没有你，纵然平安喜乐，健康如意，也毫无意义。

因为你才是生命的主旨。

郁延川搬回自己房间的当天，千临却没有回来，她在办公室过了一夜。

郁延川下了夜班，带着雀跃又羞涩的心情推开家门，却发现千临不在——他早晨去上班时，自作主张为她请了假，毕竟她一夜没休息好，要好好休养，却发现房间被褥整齐，千临不知所踪，他第一反应是慌乱地看她的衣物还在不在，见好好地占据他衣柜的一角，他心情才松懈下来，给千临打了电话。

“你怎么不在家？”他着急起来，语气竟然带上了一点儿委屈。

千临像是哄小孩一般：“我要工作呀！”

“不是让你好好休息吗？”

“可是，工作更重要呀。”

郁延川差一点儿就质问她：“工作重要，那我不重要吗？”可是他没有，他想着自己是个成熟的男人，可不是个小孩。然而在女朋友抛下他加班后，他只能坐立不安地在家中转圈，实在等不下去索性出门去找千临。

千临是临时被请出来坐镇大局的——“破晓”在傍晚时分接待了一个五十

多岁的求助者辛阿姨，她从千里之外的山区来博陵寻找女儿，林小圆、周银银和新来的小顾都不在，“交际花”石磊扁桃体发炎失了声，他与方知鱼面对一直哭泣的辛阿姨，只能求助在家“休养”的千临。

千临急匆匆赶来，花了十分钟弄清了前因后果。辛阿姨的女儿高蕾今年二十六岁，七年前离开家到城市打工，后来带了个流里流气的男人回家说要和他结婚，遭到家人反对后与男人私奔，并与家里断了联系。这六七年来她一次也没有回家，偶尔会收到她寄回家的钱，最后一次寄钱是在三年前。多年来辛阿姨多次尝试联系女儿，但一直联系不到，加上老伴卧病在床，找女儿这事就搁置了下来。几个月前辛阿姨老伴过世，料理完老伴后事后，辛阿姨千里迢迢赶到了博陵，看看能不能找到女儿。来博陵游荡了几天却毫无消息，最后在好心人的指引下找到了“破晓寻人”。

她以为“破晓”是营利机构，进门后从包里掏出了一个小布包，里面包了一小叠钱，估摸一千来块，硬塞给千临：“我只有这么多，等找到蕾蕾后，我再想办法凑凑。”

千临把钱推回去，辛阿姨眼泪又掉下来：“是不是太少了？麻烦你们帮我找到女儿，我一定会想办法报答你们的！”

“我们是纯公益的，不收钱。”

“真的？”辛阿姨一脸不可置信，她这一路寻女，因不识字吃了不少亏，也给骗了不少钱。若是再付了这一千块钱，她连吃饭都成问题，听千临说不收钱。她在感激之余又有些羞愧，激动得不知如何是好。

千临帮辛阿姨做好了登记，然后迅速发布了寻人信息，见天色已晚，正准备送她回去，她却露出了一点儿不好意思的笑：“没事，我自己回去就可以。”

千临看着她一身风尘仆仆，衣服也有些脏，估计好几天没换了，哪里不明白她的境况，当即要送她去附近的旅馆。

“不行，我随便找个地方住就好，不用住旅馆，那要多少钱呀！”

千临知道与她再说下去不知道要纠缠到何时，只好骗她说：“旅馆也是配套的，不用钱。”

辛阿姨将信将疑地上了千临的车。

她刚办完入住手续，郁延川的电话就打了过来。他听见千临说在旅馆，声音都变了：“你怎么住旅馆去了？”

郁延川向来一张面瘫脸，极少见他有情绪波动，千临觉得有趣，便逗他道：“今晚准备住旅馆。“

结果没几分钟，郁延川便匆匆赶了过来。

千临正想说话，看着郁延川铁青的脸，便知道玩笑开大了，忙在他开口前举手投降：“我开玩笑的。”说着又把手伸到他面前，以表决心，“你看，我内心一片平静。”

被当成测谎仪的郁延川又好气又好笑，将她的手捏来捏去，好久才道：“阿临，我不喜欢你开这种玩笑。”

我一点儿也不喜欢。因为我害怕你真的离开。

那天，千临还是被郁延川送回了郁家。

但郁延川给客卧换了一床被子，又睡到了隔壁去。

见千临一脸不解，他忙解释：“我明天一大早还有手术。”

千临难得地老脸一红：“我又没有要对你做什么。”

“可是，我怕我忍不住。”郁延川话音刚落，千临已经狠狠地摔上门，力道之大，险些撞到他的鼻子。

郁延希看见他哥吃了闭门羹，忍不住有些得意：“没想到你也有这么一天，像百里就从来不会对我做这种事。”

“因为你还不能光明正大地进入她家，现在还是地下恋。”徐清影和蒋兆失败的婚姻导致徐清影现在看男人都充满了不信任，严防死守女儿蒋百里谈恋爱，所以郁延希至今未能进入蒋家，每次约会都鬼鬼祟祟的。

本是同根生，相煎何太急。

郁延希原本要告知郁延川一个重大消息，被他这么一打击，狠狠地将提醒咽了下去——你不仁，就休怪我不义。

兄弟相争，伤及无辜，千临在第二天清晨就受到了战火波及。她睡醒才出房门便看到坐在客厅的戴月和郁金辉，她进也不是，退也不是。

他们是清晨抵达博陵的，只是和郁延希提了一嘴，未曾告知郁延川。结果郁延希与他哥怄气没有说，便出现了如此尴尬的场景。看着从郁延川房间走出来的千临，戴月瞪大了眼睛，倒是郁金辉一脸淡定，还笑着和她打了招呼：“延川的朋友？我是他的爸爸。”

千临在如此猝不及防的情况下见了家长，又是尴尬又是不安，好在自己穿戴得体，没有衣衫不整。她忙道：“叔叔阿姨好，我叫千临，是郁……延川的朋友，最近家里出了点儿事，借住在这里。”

郁延川刚好从隔壁房间出来，见了他爸妈，有一瞬间的惊讶，很快又恢复如常：“你们来啦，这是我的女朋友千临。”

戴月正要说话，被郁延川这一句话差点儿呛死。瞧瞧，这是什么语气！他们从墨尔本坐了十几个小时的长途飞机回博陵，又转机又转车，风尘仆仆地赶过来，他这语气就跟他们是来串门的邻居似的。

戴月从郁延川没回墨尔本过年便察觉出不对劲，郁延希又翘了课，她便回博陵看这两兄弟到底在搞什么鬼，结果一回家便看到一个女孩从郁延川房里走出，给了她当头棒喝。

她是历史系的教授，行事相对古板，见状脑子已觉得一团乱。

她正准备和千临好好聊一聊，千临却接了个电话，一脸抱歉道：“叔叔阿姨不好意思，我现在要去上班，要先走了。”

千临急匆匆就走，郁延川也紧随其后：“我早班，还有手术，让小希陪你们吧。”

戴月看着两人匆匆的背影，半晌没缓过来。

郁延希还在呼呼大睡，压根儿不知道发生了什么事，便被他妈从被窝里揪了出来："小希，我问你，你哥什么时候谈了女朋友，那个女孩是什么人？他不是喜欢陆家那小姑娘吗？怎么和这个千什么的在一起，你知道她的背景吗？怎么住到了我们家来！"

面对戴月的连环追问，郁延希脑子一片混沌，想也没想就说："好像是她爸妈出了事，我哥接她来家里住。"

话音刚落，看着戴月严肃的脸，他便觉得不妙。

自己似乎不小心坑了千临一把。

趁着戴月没反应过来，郁延希抓着手机进了卫生间，给他哥发了一封"飞鸽传书"：我对不起你，我暴露了队长，你好自为之。

郁延川却没有在意，他原本就想着安排千临与父母见一面，早见晚见都要见，这个时间对他来讲刚刚好。

郁延川自有一番主意，千临却感到头大如斗。郁延川将自己规划进他未来的人生里她是高兴的，可是想到自己乱七八糟的人生她便有些迟疑。

她想着，郁延川的父母或许不太会喜欢自己，毕竟他的出生与她有着云泥之别，但她努力表现一下，或许可以挽回一下局面。

没想到他们竟然在这样一个尴尬的场合下碰了面，且她还很不礼貌地连寒暄都没有一句就离开了。

这倒不是千临临阵脱逃，她确实是有事。昨天他们发出了寻人启事帮辛阿姨寻女，今天早晨有了消息，却也不算好消息——在火车站附近，志愿者曾看见过一个和照片上有点儿相似的女孩，她有段时间在那附近游荡，衣衫不怎么干净，精神看起来似乎也有点儿问题。

照片是高蕾七年前的样子，且她精神没有问题，应该不是一个人。但千临还是亲自去了一趟火车站，在附近的小卖部见到了志愿者，可惜她说那精神有问题的女孩已经有段时间没有出现了。一年前，她曾见过她在附近游荡，还给过她吃的，后来就不知道她跑哪去了。千临没有将这消息告诉辛阿姨，虽然她只有五十多岁，但在贫穷与忧愁的摧残下，看起来比实际年龄老了不少。她身体似乎也不怎么好，千临看见她鼓囊囊的背包里还有不少的药。

她又去了市救助站和精神病院，想着去碰碰运气——有时候好心人看到流浪人员会打电话报警，有家人的会被送回家，找不到家人的会被送到救助站。千临跑了一圈，人没找到，从精神病院出来的时候倒是遇到两个在过泼水节的病人。她给泼了一身的不知名的水，还在想着是回郁家换衣服还是回熊猫公寓，便在这时接到了戴月的电话。

她觉得应该是郁延希出卖了自己。

戴月的声音冷峻，带着一点儿傲娇，却有礼貌：“千小姐是吧，我是郁延川的妈妈，晚上有空吗？来吃个饭，就在星湖水岸，你认识路的。”

千临在社会摸爬滚打了十几年，已成了人精，哪里读不出戴月语气里对自己的不喜欢。她倒也不生气，换成是她估计也对自己喜欢不起来。

倒是郁延川，天真地给她打了电话说：“我妈说叫你回家吃饭，我去接你下班，晚上我和她说我们的事。”

千临含糊地应了一句，感觉这路道阻且长。

但她想着兵来将挡水来土掩，走一步看一步吧。

结果，当天晚上她和郁延川进了家门，看到坐在沙发上的陆忘怔住了，下意识地看向郁延川。

郁延川也很是疑惑，问陆忘：“你怎么在这里？”

陆忘认识他这么多年，知道他没什么意思，但这直白的发问还是让她有些气闷，她没好气地看了他一眼，又看了看千临：“戴阿姨让我来吃饭。”她和郁延川交往的时间虽不长，却见过双方父母，两边家长对他们的交往都毫无异议，没想到没多久两人便悄无声息地分了手。

戴月从小对郁延川就十分严厉，感情方面对他却没有多加约束。一是母子本就话不多，想管也管不了；二是觉得他做事极有分寸，没啥好约束的。结果现在闹出这么让人头疼的事。

今天早晨千临和郁延川前脚刚走，戴月后脚就打电话给陆忘，问她和郁延川的事，顺便打听了一下千临。

陆忘对千临的事一清二楚，加上孙晓岚那事，她对千临的感觉越发奇妙，谈不上喜欢，却也绝不是讨厌，就简单地说了几句。

陆忘这辈子就在背后说过一次别人坏话，结果被郁延川说像个小学生。她这次什么也没说，但精明如戴月，旁敲侧击还是问出了一些情况来，她越问眉头皱得越紧，头疼得厉害，索性与郁金辉商量，把人都叫到家里来吃饭。

郁家的餐桌是长方形的，郁金辉和戴月夫妇携着打酱油的郁延希坐一边，这边是千临和陆忘，郁延川众星捧月地坐在中间。

千临知道这阵仗是冲着自己而来，严阵以待。

戴月率先发出攻击：“千小姐是博陵本地人，令尊令堂是做什么的？”

她话音刚落，郁延川便放下了筷子：“妈。”

戴月问这话肯定是对她的家庭已经做了调查。相比郁延川的激动，千临并不生气，要来的终究会来，她不可能一辈子对自己的身世避而不谈：“我妈过世了，我爸14年前入狱，您如果当时在博陵，应该有看过这个新闻，我妈叫苏想容，以前是个电台主持人。”

在发问之前，戴月想，她如果撒谎，自己可以直接撕破她的伪装，可千临不闪不躲，不卑不亢，倒是叫她不知怎么把话问下去，再揪着这个问题不放倒显得自己卑劣，于是她换了个方向：“听说千小姐在做公益寻人工作？嗯，不知这个工作有什么上升前景？福利如何？”

“没有上升空间，没有五险一金，工资低于博陵的平均薪资，每日在外奔波，在外人看来甚至称不上正经的工作。但我很喜欢它，它让我找到了人生的意义，我会一直做下去。”

话已至此，戴月也没有再问下去。

她仍旧是客气地招呼着千临，目光却落在了陆忘身上。

陆忘优雅，学历高，还有一个完美的家庭，满足了戴月对儿媳妇的所有想象。她没将话挑明，对陆忘的态度却与对千临截然不同：“小忘回博陵有两年了吧，是中心医院最年轻的主治医师吧，评副高了吗？”

陆忘只是来打酱油的，正专心致志地吃饭，没想到战火烧到自己身上来，只能尴尬地应了两句。

戴月却不依不饶，又说了不少陆忘从前和郁延川恋爱时的事。

千临像是没听见一般，老老实实埋头吃饭，倒是郁延川，脸都黑了，正要说什么，千临的手机响了。

“抱歉，我接个电话。”千临接完电话回来，带着一点儿焦急，急匆匆就要走，“抱歉，叔叔阿姨，我有点儿工作上的事，就先走了。”

郁延川送她到门口，要和她一起走，却被戴月喝住：“你要去哪？”

郁延川想了想，也停住了脚步：“正好，我有话和你说。”

好好的一顿饭，只有郁金辉和郁延希不受战火波及，吃得畅快。

这边千临一走，陆忘见情况不对，也起身告辞。

陆忘一走，戴月的脸也沉了下来：“你说你，谈的是什么女朋友？先别说她家庭这么复杂，就连份正经的工作都没有，陆忘这么好你却和她分手，和这个什么千临在一起有什么好？”

她终归是受过高等教育的知识分子，也说不出什么难听的话，翻来覆去就那么一个意思——你这个女朋友，我不满意。

郁延川也不生气：“我谈女朋友我满意就好，您喜欢不喜欢，与我无关。”

“你这叫什么话，我是你妈。”

“但您什么时候对我满意过？”从小到大，他就是大家口中的别人家的孩子，长得好，成绩好，性格好，但戴月与郁金辉却对他极少有过夸奖，他们总希望他能够更好一点儿，他也默不作声地承受着，从未反抗。

戴月这会儿看着郁延川，觉得陌生得很。

可仔细想想，她对他也从不了解。

他从未开口要求过什么，她也不知道他喜欢什么；她对他的要求，他从来都是完美完成，她也不知道过程难不难；他从未反抗过她的决定，认同她的选择。可现在看着比她高了整整一个头的郁延川站在她面前，戴月才发现，他竟如此陌生。

“您可以不喜欢千临，因为你是独立的个体，有权利喜欢或者不喜欢谁。但是我喜欢她，即便您不喜欢，我也会继续喜欢她。”他想了想，又补充道，“她的工作是公益寻人，是值得尊敬的工作。您还记得我小时候失踪的事吗？那一年如果不是公益寻人组织的志愿者发现了我，我可能就回不来了。这是一份正经的、值得被尊重的工作，下次见到她，我希望您能给她道个歉。”

半天不吭声的郁延希也在这个时候插嘴道：“对，妈，我上次离家出走，风餐露宿，也是队长带我回家的……”说完他迅速地捂住嘴，他只是想帮个腔，没想到暴露了自己离家出走的事，戴月的目光严厉地扫了过来，郁金辉也不认同地看了他一眼。

“你什么时候离家出走的？”

郁延希成功地吸引了戴月的怒火，郁延川早已习惯弟弟比自己更受关注这事，却也不觉得难受，听着他们吵吵闹闹，转身往门口走。

戴月还在和郁延希纠缠“离家出走”的事，郁金辉快走了几步，叫住了郁延川。

两人沉默了半晌，才听见郁金辉挤出一句：“你妈做了大半辈子强者，都给我惯坏了，要她和千小姐道歉估计有些难，你先替你妈道个歉，下次见到她，爸爸再当面致歉。”

郁金辉将近一米九的身高，又高又壮，蓄了一脸大胡子，这会儿面无表情地说出这么“宠溺”的话，给郁延川塞了一嘴狗粮。郁延川同样面无表情地点点头：“你的女人还在闹腾，我要去找我的女人了。”

可惜千临没有瞧见这一幕。她是被志愿者的电话叫走的——高蕾找到了。志愿者在菜市场附近发现了高蕾，她的确精神有些不对劲，志愿者留住了她，并打电话通知了千临。

千临看到高蕾的时候，她正坐在花坛边揪着野花，快入夏了，她却仍穿着又脏又厚的棉衣，头发有些乱，目光也十分呆滞，脸上还有不少伤。

志愿者是个女孩子，见到千临忙道："我和我男朋友一起发现了她，不过她似乎对男人有些抵触，我男朋友一靠近她就又哭又叫，我只好让他躲到一边去。"千临顺着她的目光看去，果然，花坛的另一边还站着个男生，正百无聊赖地踢着小石子。

千临看向高蕾，叫了声她的名字。

高蕾抬起头看了她一眼，又低下头去。寻人启事上是高蕾七年前的照片，那个时候她剪着短发，穿着有些土气的T恤和牛仔裤，却青春洋溢，可现在她身上没有一丁点儿年轻女孩该有的朝气。

千临叫了她好几声，她都没有反应。直到千临说了一句"你妈妈在找你"，高蕾才如梦初醒一般，喊了一句"妈妈"。

"你妈妈一直在找你，我现在带你去见她？"

千临蹲下身去拉她，可高蕾却不起身，拼命地摇头。

"你不想见你妈妈吗？"

"不，不见……"高蕾仍旧在摇头，嘴里不停地重复道，"不见她，不见她。我不见她，别打我，别打我……"

"你别怕，别怕。没有人要打你，你冷静点儿，我带你报警，找警察好不好？"

可一说到警察，高蕾完全失控了，尖叫着就要跑。

千临好不容易才抓住她："你别怕，好好和我说，我会帮你的。"

高蕾在她的怀中颤抖着，好久都没有缓过来。

千临慢慢地拍着她的后背她才终于平静下来。

"没有人要打你，我也不报警，不带你去见你妈妈，好不好？你想要做什么，我都帮你好不好？"

高蕾抬起头认真地看了一眼千临："你能帮我找到我的孩子吗？"

高蕾失踪的这些年也不知发生了什么，她的精神出现了问题，整个人变得恍恍惚惚，说话稍微不注意，便会刺激到她。千临小心翼翼地安抚她，又靠着自己的猜测，将事情拼凑出个大概来。

她失踪的这几年一直和一个男人生活在一起，也有了孩子。但这个人经常打她，还不让她联系家人，否则打得更厉害。她曾跑出来过几次，但因为惦记着孩子又回去了，但每一次回去，都会被打得更厉害。

也不知道是怎样的折磨，才让一个好好的女孩子精神出现异常。千临第一反应便是报警，但听到报警二字，高蕾失控得更厉害，她只得作罢，想着先稳住高蕾再说。可她一直念叨着孩子，她想要找孩子。

千临想，先陪她去找孩子，找到孩子后再说。后来回想起这事，千临觉得这是自己做的最错误的一个决定。

高蕾精神恍惚，又容易受到刺激，所以千临让志愿者先回去，独自一人跟着高蕾去找她的孩子——她想着带高蕾找到她的孩子后便立刻报警，把那个伤害她的人渣关起来。

她热血上头，不管不顾往前冲，就像郁延川所说的，她太过冲动。

其实她不是冲动，她只是一个人久了，习惯什么事情都自己扛，以至于高估了自己的力量。千临随着高蕾走了很久，才走到她所说的地方。

她是想过开车的，可高蕾压根不肯上车，她害怕任何交通工具，只信赖自己的双脚。或许是可以见到自己的孩子，她显得很开心，絮絮叨叨地和千临说了很多。

千临靠着猜测将剩下的故事拼凑完整了。

当年高蕾外出打工遇到了一个叫小兵的男人，家里反对他们在一起，最后她和小兵私奔了，两人还生了孩子。但这个叫小兵的对她并不好，整天打她、打孩子。她想跑，可是放不下孩子，回来被打得更惨。她想过和家里人联系，但被威胁要杀了她全家后她就再也不敢了。

这些年她就在跑和回来的过程中精神失常了。这也从侧面验证了为什么曾经有人在火车站看见过她，她又很快消失了。

高蕾住在博陵北边的废弃厂房里。这里原来是个印刷厂，高蕾说她在这工作。千临记得印刷厂早在好几年前倒闭了，因为拖欠了不少的工资还上了报纸，后面工人搬走了器材，只留下个空壳子。

工厂长久废弃，荒草丛生，没想到这里还住着人。夜深了十分阴森，千临刚推开那道笨重的铁门，便感觉到后脑一疼，然后便昏了过去。

千临是在高蕾的哭声中醒来的，也不知过了多久，外面已经微微亮了，可这厂房里仍旧一片漆黑，不见天日。

“孩子，我的孩子……把我的孩子还给我……我的孩子呢……”

千临感觉到自己被反手捆住，高蕾被拴住了手脚，她仍旧在哭闹着要她的孩子。千临看见角落里有个男人站了起来，起身给了高蕾一脚：“哭什么，吵死了！我叫你跑，还跑吗？“

那是个瘦小的男人，尖嘴猴腮，身上的衣服又脏又破，还叼着一根烟。他看到千临醒来，扑哧一声笑了，说：“哟，醒了呀！没想到这个疯婆子跑了一次，还给我带了个惊喜回来！”

千临挣扎着要起身，却发现自己被捆得紧紧的，嘴上也被一块破布塞着，又脏又臭，让她几欲作呕。

“别挣扎了，没用。”他又踢了一脚地上的高蕾，问千临，“你怎么和这个疯婆子一起？她可是我老婆，你和她一起回来，给我做老婆吗？”说完，他又下流地笑了起来。

好在他只是嘴上说说，并没有要对她做什么，在角落里翻着她的包，没在里面找到钱，他愤愤地扔了包，又过来问她：“你的手机密码多少？”

见千临半晌没说话，他才想起她的嘴被堵住了，抽走她嘴里的东西

千临嘴巴一自由便拼命地呼叫，可是偌大的厂房一片寂静，却只听见自己的回音。然后她就挨了好几巴掌，还有那个男人的拳打脚踢。

她只好说了自己的手机密码，又报了支付密码，可惜她的账户余额只有几百块，于是又挨了男人一顿打。

期间，高蕾一直在哭闹着要她的孩子。

千临昏昏沉沉，被男人打了好几次，她感觉浑身都在疼，脑袋也嗡嗡地响。不知过了多久，男人终于停了下来。

“我对你没兴趣，你老实一点儿，我弄点儿钱花花，就放你回去……”

话音刚落，千临的手机响了，男人挂了几次，手机仍在响。最后他想了想，将手机递给了千临：“接，告诉他你去旅行了，不要找你。不然你就完蛋了！你的命在我手上，但凡听见一点儿不对劲，我立刻杀了你！”

电话是郁延川打来的，他有些着急道：“阿临，你去哪里了？为什么一直不接电话？”

“我出来旅行了，没在博陵。”

男人的刀就横在她的脖子上，千临听见自己的声音沙哑得可怕。

“你在哪里？我去找你。”

“不，别来找我。”千临感觉一阵疼痛，刀子已经割破她的皮肤，她咬咬牙，说，“我们分手吧！”

“你说……”

“我说，我们分手吧！既然你妈妈那么嫌弃我，我觉得我们在一起也没有什么意思。我们分手吧！我和你在一起，只是因为你十四年前救过我，我不喜欢你，只是为了报恩才和你在一起……”

她没有再说下去，因为男人把电话掐断了，她又挨了一巴掌：“话这么多，我叫你说了吗？银行卡密码是多少？快说……”

拳脚不停地落在千临身上，千临倒在了地上，她不停地喊着救命，可是没有人来救她，包括躺在她脚边的高蕾，她或许已经麻木了，在男人的踢打中没有哭过一句，只是喃喃地喊着：“孩子，把孩子还给我……”

千临不知道自己被关了多久。

十小时？十五个小时？或许没有，或许也不止。

她从未觉得时间如此难熬。她不知道自己被打了多少耳光，被踢了多少脚。到最后，她已经麻木，就像高蕾一样，一动不动地任由那个男人踢打着。

她像死狗一样，他反倒没了兴致，索然无味，拿着她的银行卡出了门。千临迷迷糊糊地挣扎着要起身，却发现自己站不起来，只能趴在地上，半蹭半爬，往门的方向挪动。

高蕾看着她，没有动，又成了那呆傻的模样，眼神呆滞恍惚。

千临离门不过十来米的距离，她却觉得遥远，也不知道过了多久，才忍着身体的疼痛挪到了门边，她咬咬牙，用后背朝门一撞，但除了感到疼痛，门一动不动。想想也是，男人又不傻，怎么可能任由她们在这里，却不锁门呢？

她颓靡地靠着门，冰冷的金属贴着衣服，硌得她生疼。

可千临一直努力地保持清醒，努力地支撑着，她相信会有人来救她。

几乎是这个念头刚起，门就有了响动，她心里一喜，可还没来得及兴奋，一桶冷水便当头泼下。

“你要去哪里？你要逃去哪里？你要像那个疯婆子一样逃跑吗？她是不是没告诉你，她每次逃了再回来都会被我打得很惨……”

那个声音像是来自地狱，千临挣扎着准备躲开，头却猛地一痛——他不知拿了什么东西，狠狠地打了她一下。

千临挣扎着躲开，他却像疯了一样哈哈大笑：“没想到你比那疯婆子还顽强，躲啊，你躲啊！你他妈的还有脸躲……”

他最后一脚下来的时候，千临头撞到了墙上，她咬着唇，感觉满嘴都是血腥味。可是她没有倒下，也没有求饶。她知道，会有人来救她。

会有人拼了命满世界地寻找她，会不顾一切地找到她。

拳头再次落了下来，男人揪着她的头往墙上撞。

千临倒下去的那一刻听见了高蕾的尖叫，她像是疯了一般，发出了尖锐的、像怪物一样的叫声。

男人终于放开了她的头发，朝高蕾走去。

千临的头重重地砸在地板上，她看着黑漆漆的天花板，听着高蕾的哭泣和尖叫，几乎控制不住自己。

她在不停地颤抖，她的人生从未有这么一刻像现在这样恐惧过。

她几乎怀疑自己要死在这里。

直到她听到了那个声音——“阿临。”

千临想要睁开眼，却发现怎么也睁不开。

“阿临。”

她听见有人在叫自己，不是错觉。可是她却无法回应，她只能拼命地挣扎，想要起身，却被人握住了手：“阿临。”

不是她的错觉。她猛地睁开眼，如愿以偿地看见那个叫自己名字的人——他好看的脸这会儿脏兮兮的，胡子也长了不少，见她猛地睁眼，似乎被吓了一跳，眨了眨眼睛，试探性地叫了一句“阿临”。

“我一直……听见你在……叫我，以为是……在做梦。”她用力地发声，好久才把这一句说完整。

“不是梦，是我。”千临听见他说，“你别说话，你声带受损了，现在别说话。”

她闭上眼睛又迅速睁开，发现屋顶仍一片雪白，这是她来了无数次的医院，而不是那魔窟一样的废弃工厂。

原来她已经逃出来了。她头疼得厉害，身上每一处都在疼，可是她仍旧想问，她是怎么出来的，是不是他找到的她。

郁延川握着她的手，感觉到她的焦虑和恐惧，轻轻地在她手背上拍了拍：“别急，别怕，别动。”

“我打电话给你的时候，你说要和我分手，还挂了我的电话。我当时几乎要砸了手机，可是很快我就发现不对劲，你提到了十四年前，你如果真的和我分手，为什么要说那么多呢？”

郁延川承认，最初接到千临的电话，他被愤怒与不安冲昏了头。

可是很快，他发现不对劲。

千临的声音沙哑，语气也不对，而她刻意提到十四年前的事，更显得诡异。所以他去了“破晓”，发现她没有回去过，林小圆联系了志愿者，有人提到千临送高蕾回家去了。

于是，他迅速地报了警。

但博陵这么大，要找到一个人谈何容易。

“破晓”发布了寻人启事，全体成员都出动了，但从早晨找到傍晚也没有千临的消息。

最后，郁延川想起了千临那通电话，他想她一定有什么要和自己说。她提到了十四年前，十四年前，他和千临是在北郊的盘山公路附近相遇的。他找到了那里，也在那儿听到了高蕾歇斯底里的叫喊。千临觉得唏嘘，从前都是她寻人，没想到有一天自己也会上了寻人启事。

郁延川声音很平静，可他握着千临的手却十分用力。

千临感觉到他在颤抖：“我看到你的那一刻，几乎想杀了他。我不敢去想，我晚一些出现，或者没有找到你，你会怎样……”

可是我知道，你会找到我。千临这辈子没有任何信仰，可是她在那一刻却执着而笃定——郁延川会找到她。

他一定会。他爱她，他会听懂她的呼叫。他爱她，他会给予她回应。

郁延川找到千临的时候，她已经被折磨得不成人形。男人打人毫无章法，只求自己爽快。虽然她只有头部流血了，却满身都是红肿与淤青，脸也高高地肿起，如果不是那一身衣服，他几乎认不出她来。

看见他的时候，她还笑了笑，说了一句“你来了”便昏了过去。

好像强撑到现在就为了等这一刻。

可是这一细节千临自己却不记得了。她昏了过去，所以她也不知道郁延川像疯了一样扑向那个男人，他长期在手术室，有着良好的体力，急起来，也忘记平时办公室开玩笑说的“别惹医学生，因为他知道哪里是要害”，只是凭着一股蛮力，将人往死里揍。

那男人又瘦又小，没挨几下，已经跪地求饶。

“够了，停下！”林大方与郁延川同行，原想着让这变态吃吃亏，可斯斯文文的郁延川打起人来不要命，眼见事情往不可控的方向发展，忙制止了。可怎么也喊不住他，只好强行把人拉开。

林大方这才发现，郁延川的眼睛都红了。

他这辈子最看不起男人哭，可看到郁延川红了眼，竟一下子说不出话来，想要安慰又觉得这一刻任何话语都显得苍白。

郁延川被拉开，也不气恼，又安静地回到千临身边，似乎想抱她起来，又不知从何下手，只是愣愣地看着她。

林大方往那个方向看了一眼，又看缩在角落里的高蕾，瞬间忘记了喊“别打”的人是自己，狠狠地往那男人腹部踹了一脚，又补了两拳，还是觉得不解气。那天参与解救工作的警察，凡是看到了两个女孩的惨状的，都恨不得将那男人千刀万剐。

有个女警官还在角落里偷偷抹泪：“他是人吗？”

郁延川觉得不是，他一定是恶魔。

那个男人叫王小兵，是高蕾的男朋友，九年前，高蕾与他在工厂相识，恋爱后他和高蕾回了老家，但高蕾的父母觉得此人非良配，要他们分手，高蕾被爱情冲昏头脑，一气之下与之私奔。

后面的故事与千临的猜测一致。王小兵确实不是可靠的人，好吃懒做，油嘴滑舌，还有暴力倾向，与高蕾在一起后总是打她，将她打出了精神分裂。高蕾不是没有跑过，只是她和王小兵有了孩子，每次跑完总是放不下她的孩子，又跑了回来。可是她并不知道，孩子已经死了。

高蕾被送到医院，见到了妈妈，嘴里仍旧嚷嚷着孩子，没人敢告诉她，那个五岁的小男孩，已经死了。

“那个孩子……早就死了。”说出最后一句的时候，郁延川几乎是咬着牙，“孩子就埋在工厂后面，王小兵说孩子是自己爬高不小心摔死的，但法医验尸发现孩子全身青紫，满是伤痕……”

千临不敢再听下去，用被子捂住了头。

郁延川怕她闷着，正想拉开她的被子，却见被子在轻轻地颤抖。

她哭了。他没敢再去拉她。

郁延川是医生，在医院里最常见的就是眼泪。病人的眼泪，家属的眼泪，甚至医护人员的眼泪，他见多了，却始终学不会麻木。

可他很少见千临哭。

她走的路远比寻常人难走，可是她极少哭，少数几次见她哭，她都是隐忍地落泪。

可这一刻，她却是毫不掩饰地号啕大哭，无助而脆弱。

郁延川想安慰，却无从下手，只能隔着被子轻轻地抱了抱她。

“你已经做得很好了。”

千临是在三天后见到高蕾的。千临的情况不算严重，却也不轻，好不容易在医生准许下下床，郁延川却不让，在她软磨硬泡下亲自推了轮椅，把她推到了高蕾的房间。

辛阿姨正在喂高蕾喝汤，见到千临，忙放下手中的东西。她又感激又内疚，千临是因为自己女儿才搞成这般模样，可是无论是感谢还是抱歉，说出来都显得苍白，她只能手足无措地站着抹眼泪。

千临最见不得别人哭，摆摆手，问辛阿姨：“她怎么样了？”

高蕾已经没有嚷嚷着要找孩子，估计也知道了事情的真相，只是呆呆地坐在那里，看起来精神状态比先前好。

辛阿姨摇摇头：“身体倒是没有大碍，就是总这样一坐就是一整天，我……”话没说完，她便要开始哭。

千临看着高蕾，也不知道她是清醒还是糊涂，只觉得她穿着病号服坐在那里，瘦弱又可怜。

她想起那一天王小兵扯着她的头发往地上撞的时候，是高蕾发出的尖叫声惹恼了他，否则，自己还不知能不能撑到郁延川出现。

她看着她，一时间也不知道说些什么，只是看着辛阿姨边哭边给她喂汤喝。临走之际，千临忽然听见她问：“他会下地狱吗？”

她没有说是谁，但千临心知肚明：“他会不会下地狱我不知道，但是法律一定不会放过他，他不会再来伤害你了。”

高蕾怔怔地看着她，似笑非笑，似哭非哭。

没过几天，她便听说高蕾出院了，随同辛阿姨回了老家。

她走的时候，千临正好要做检查，没能送她。回到病房的时候发现桌子上放了两个苹果，下面压着一张小纸片，歪歪斜斜地写着两个字——谢谢。

千临在医院住了大半个月。她身上多处软组织挫伤，还有严重的皮下出血，头部也缝了几针，再加上小腿骨折，病历上密密麻麻写了一页，但基本都是皮外伤，休养一段时间便可痊愈。

她总觉得自与郁延川相识后，这医院就成了她的家。

郁延川听她这么抱怨，也认真地点点头：“医院对我们医生来说，与家无异，你是家属，说是你的家也没错。”

千临没理他，躺了一会儿，忽然坐起来：“我那天在你家吃饭，说有点儿工作就跑了，这有好多天了吧，你妈妈本就不喜欢我，这下惨了，她肯定更不喜欢了，不许我们在一起怎么办？”

郁延川没想到天不怕地不怕的千队长也有发愁的时候，忍不住笑了：“不许就不许。”

“那你和我分手吗？听你妈的吗？”

“你希望我听吗？”

“那终归是你妈妈。”

“所以呢？”郁延川想起那一天千临在电话里的话，忽然一阵气闷，“因为我妈不喜欢你，你就要和我分手吗？我从不知道，你这么伟大。”

“她是你妈妈，是生你养你的人，可是她不喜欢我，我能有什么办法？”她见郁延川脸色一黑，慢悠悠地补充道，“你这么喜欢我，我能有什么办法？我总不能叫你不喜欢我吧？我估摸着她也很难喜欢我，她喜欢陆忘，我就努力不在她面前晃悠好了。”

郁延川觉得她这狡黠的模样实在可恨，可是她说得也没错——他这么喜欢她，能有什么办法呢？

千临嘴上说得轻松，心里却仍有个结——万一郁延川妈妈真的像电视剧里演的一样，让她离开他，她要怎么办？

离开郁延川是不可能的，那还能怎么办？

她翻来覆去没想出个章程，愁得坐立难安。

林小圆来探望她时，千临还在长吁短叹，忍不住问了一句，得知她满脑子都是这些乱七八糟的东西，恨不得在她头上敲两下，想起她还是个病人，又把手收了回来：“我看你就是闲的。”

想想也是，千临每天都在医院，又没有好利索不能出院，能不胡思乱想吗？千临坐着发愁，觉得有些累，便躺下了，躺着愁了一会儿，又睡了过去。

千临觉得这样不好。她才和奶牛相处了多久，已经沾染了猪的脾性，每天在医院除了吃就是睡，胖了一小圈。

她觉得出院这事该安排上日程了，可郁延川不同意。

她想了想，自己还不是他的家属，现在还可以自己决定出不出院。

住院的这些天，千临断断续续接待了不少探病的人。

有志愿者，有同事，还有郁延希和蒋百里，但最意料之外的还是陆忘——她真的是来探病，还带了个果篮，哪像郁延希，就带了几本漫画书。

千临和陆忘怎么也算不上朋友，但她来探病，她还是挺高兴，招呼她坐下后，两人就开始了漫长的尴尬聊天。

陆忘问了她身体状况，千临也问了她工作，实在没有话题可聊了，千临正想问问她什么时候评职称，陆忘终于开口打破了尴尬。

“我以前对你有些误解，对不起。”

千临没想到她酝酿了半晌说的是这个，忙道：“没什么，我不也对你有误解吗？我以前对你，还挺凶的……”

“你那天被送到医院，我刚好值班，听同事说了几句，才知道你是因公负伤。”她说完可能也觉得这个形容有些好笑，抿了抿唇，“我以前总觉得你莽撞、冲动，像个没头苍蝇，还有点儿看不起你。现在，我终于知道她为什么那么喜欢你了。”

千临还以为陆忘说的是郁延川，瞥见她眼底的失落后，才知道她说的是孙晓岚。她心底一沉，失去的终归不可能再回来。两人面面相觑了一会儿，陆忘便被电话叫走了，她看着她的背影，忽然道：“其实老师早就知道你是谁，她和我说很庆幸，你长得这么好看，她希望你往后的日子，仍旧能像从前那般骄傲，不要沮丧，不要低头。”

陆忘看着她，半晌才道：“下次撒谎，不要说那么长，简单才显得可信度高。”她顿了顿，又重重地说了一句，“谢谢你。”

千临却不知道她谢的是什么。

戴月女士来的时候，千临已经换好了衣服，正准备悄悄溜走。

结果一拉开门便看见了戴月，两人都被对方吓了一跳。

千临有些不好意思，半晌才叫了一句：“阿姨。”

“你要去哪里？”

“出院。”话音刚落，她就看见戴月皱了皱眉，低头看着她手中的水果，后知后觉明白——她可能是来探望自己的。

千临退了几步，将戴月请进病房。戴月没出国前是大学的历史教授，刻板严肃，不苟言笑，这会儿探病也带着一脸肃穆。

千临念书时成绩不好，对老师有着本能的畏惧，在饭局上的气势也是装出来的，这会儿面对戴月有些畏缩，给她拿了把椅子后便眼观鼻鼻观心地坐着。

戴月自己也不自然。她对千临没多大好感是真，但好几日见郁延川没回家，她打电话将他骂了一通，郁延川却也没解释，只说千临住院了。

戴月还想着她能出什么事，让郁金辉打听了下，得知事情原委后对她的不喜竟也少了不少。最后在小儿子的怂恿下，戴月还是低了头，买了水果探病来了。但她和千临确实没什么好聊，坐了一会儿，撑够了时间，就准备走了。

走到门口戴月才想起自己进门到现在还未问她一句“身体怎样”，转过头发现千临松了一口气的模样，又将话咽了回去，她挤出一句：“我们过几日回墨尔本，你有空来玩。”走了几步，又回头道，“如果没空，就不用特意来。”

“那你怎么回答？”听千临说到这里，郁延川问她。

“我说，没空也会努力抽空去。”千临有些懊恼，“说完后我感觉你妈妈更不高兴了。”

郁延川看着她长吁短叹的模样，觉得有些稀罕，忍不住又偷偷看了一眼，看完觉得她本就是自己女朋友，为何要偷偷摸摸地，便光明正大地盯着她看。千临前面二十几年过得水深火热，神经绷得像弦，加上做寻人工作，心思难免细腻，结果才住了十几天医院，这二十几年养出来的敏锐都还了回去，低头想着事，半天没注意到郁延川一直看着自己，也没注意到郁延川走到地下车库，走向了后备厢。

“阿临，你来帮我找一下东西。”

“找什么？”千临走了过去，后备厢一片空旷。

“找我的心。”他说完，朝她递来一个小盒子。

那是个朴实得几近恶俗的红色小盒子，此时正朝她敞开着，露出了一片璀璨——小小的指环镶嵌着钻石，是最简单的款式，却极其耐看。

郁延川见千临半晌没动静，还在思索郁延希教的这招是不是太恶俗，千临不喜，却听见她叫了一声他的名字——

“郁延川？”

“嗯？”

“我有没有和你说过，我爱你。”

我爱你，在你爱我之前，我已爱你。

# 深情呼叫


作者

7号同学

封面设计

杨小娟

内文版式

严岩

图片总监

杨小娟

特约编辑

向伟

出版社

中国致公出版社

总出品

湖北知音动漫有限公司

制作出品

知音动漫图书•漫客小说绘

## 图书在版编目（CIP）数据

深情呼叫 / 7号同学著. -- 北京：中国致公出版社,
2021

ISBN 978-7-5145-1779-8

Ⅰ. ①深… Ⅱ. ①7… Ⅲ. ①言情小说－中国－当代
Ⅳ. ①I247.5

中国版本图书馆CIP数据核字(2021)第026311号





深情呼叫/7号同学 著

SHENQING HUJIAO

出　　版　中国致公出版社
　　　　　（北京市朝阳区八里庄西里100号住邦2000大厦1号楼西区21层）
出　　品　湖北知音动漫有限公司
　　　　　（武汉市东湖路179号）
发　　行　中国致公出版社（010-66121708）
作品企划　知音动漫图书 · 漫客小说绘
责任编辑　黄雅芸　罗长敏　向伟
装帧设计　杨小娟　严岩
印　　刷　中印南方印刷有限公司
版　　次　2021年4月第1版
印　　次　2021年4月第1次印刷
开　　本　880mm × 1230mm　1/32
印　　张　9
字　　数　254千字
书　　号　ISBN 978-7-5145-1779-8
定　　价　42.80元